四つの凶器

ジョン・ディクスン・カー

青年弁護士リチャード・カーティスが、結婚を控えて元愛人の高級娼婦との関係に片を付けたいという顧客ラルフ・ダグラスに同行して、パリ近郊の別宅へ赴くと、女はすでに殺されてベッドの上で冷たくなっていた。現場にはピストル、カミソリ、睡眠薬、短剣と、四つの凶器が残されていたが……。多すぎる凶器の謎とやがて浮かび上がる事件の複雑な背景。引退した元予審判事アンリ・バンコランが難事件の解決に乗り出す。不可能犯罪の巨匠カー最初の名探偵が円熟味を増して帰って来た、シリーズ掉尾を飾る力作。

登場人物

リチャード・カーティス……………ロンドンの事務弁護士
ラルフ・ダグラス……………………パリ在住の富裕な青年
ブライス・ダグラス…………………ラルフの兄。外交官
マグダ・トラー………………………ラルフの婚約者
ミセス・ベネディクト・トラー……マグダの母親。旅行代理店社長
ローズ・クロネツ……………………ラルフの元愛人。高級娼婦
ルイ・ド・ロートレック……………ローズの現在の愛人。某閣僚の私設秘書
オルタンス・フレイ…………………ローズの元女中
アネット・フォーゲル………………ローズの現在の女中
エルキュール・ルナール……………巡査
ジョージ・スタンフィールド………トラー観光のパリ支店長
ジャン゠バティスト・ロビンソン……新聞記者。筆名「オーギュスト・デュパン」
ド・ラ・トゥールセッシュ侯爵夫人…上流相手の私的な賭博場を開催
デュラン………………………………パリ警視庁の警部
アンリ・バンコラン…………………元予審判事

四つの凶器

ジョン・ディクスン・カー
和　爾　桃　子　訳

創元推理文庫

THE FOUR FALSE WEAPONS

by

John Dickson Carr

1937

目次

四つの凶器

第一章　呼び出しの連鎖

もしも五月十五日の昼下がりの彼が、誰かにこう言われようものなら——わずか一日後の君はパリにいて、傍観者ながら「四つの凶器」事件と後世をかなり騒がす殺人事件に関わりを持つんだよ——さては内なる妄想のあれこれに踏み込まれたかといらぬ気を回し、恥ずかしくていたたまれなくなったはずだ。

五月十五日の昼下がりの彼は窓辺の席で、くさくさしながらロンドン中央西のサウサンプトン街を眺めていた。この「彼」とはカーティス・ハント・ダルシー&カーティス法律事務所の「カーティス若先生」または「リチャード先生」なる人物だが、自分から事務弁護士になりたがるようなやつは誰であれ金箔付きのバカだというのが現在只今の心境だった。とはいえ若輩者がこの事務所の看板に名を連ねてもらい、しけた眺めでも中央西のサウサンプトン街を見おろす席をあてがわれたのは望外の巡り合わせなのだが。カーティス・ハント・ダルシー&カーティス法律事務所は中庭と吹き抜けを囲む迷宮の趣で、専用執務室や会議室に仕立てた小部屋がつながり放題につながっている。来客にしてみれば、どの先生の部屋へ向かうにも、くまなく一周せざるをえない感があった。建物にはそこはかとないカビ臭さがしみつき、もれなく消化不良っぽいひげ面の肖像画ひとそろいに、姥桜《うばざくら》軍団の事務方が雁首《がんくび》揃えているのでは、やる気をそがれるなというほうが無理だろう。

しんから困ったことに、リチャード・カーティス若先生はいろいろとやる気をなくしていた。依頼客なら（同僚のおこぼれが回ってくるのさえ稀だが）外見の印象にだまされてくれるだろう。依頼客の目には、身を入れて丁寧に話を聞いてくれる、青サージ服の冷静沈着で頼りがいある若先生に見えているはずだから。そこは肖像画と同類のひげ面をした実父の所長仕込みである。そうはいっても見掛け倒しには違いない。なんせリチャード・カーティス先生、書類の山で品よく多忙を演出した陰でこっそり、「弁護士の頌春」の冒頭数行を推敲中ときた。

折も折、とりどりの葉叢《はむら》ないし枝に
多士済々なる鳥たち　げにも囀《さえず》りて、
承前の木の間に潜伏す——
当該の鳥どもの歌声が

まあ、無聊《ぶりょう》を払う手すさびというやつで、「わああ！」とわめいてお局《つぼね》タイピストのミス・ブリードンにがぶりと嚙みつくよりは、まだしも穏当な気晴らしだろう。折しも春から夏へと移ろうサウサンプトン街の風景が、季節相応のときめきを若先生にもたらしていた。

そんなわけでリチャード・カーティスが所内へ持ちこんだ白昼夢の数々ときたら、顧客のどぎもを抜きかねなかった。表向きはまじめそうでも、脳内は妄想全開だ。(例えばの話)、黒マントの衿《えり》を立てたお偉方がこの事務所に入ってきて、すかさず周囲をうかがう。

「カーティス先生」お偉方は言うだろう。「ある任務を引き受けてもらうぞ。手短に説明しないといかん、ここは見張られているんだ。さ、ここにパスポート三通とピストルがある。ただちにカイロへ発て、なんなりと君が適切だと思う変装で。ただし、くれぐれも小さな黒十字のカフリンクスをつけた男には尾《つ》けられぬように。カイロに到着したらさっそく〝七毒蛇〟街のさる屋敷へ出向いてくれ、目印は――」

ここで、カーティスの脳内深くに隠遁した冷徹な実務本能らしきものが命じた。これじゃあ、たわごとにもほどがある、いくら妄想だって事実関係の辻褄《つじつま》ぐらい合わせろ。とはいえ素敵な夢だけに、野放図に深入りしていけばきりがない。

「――さる貴婦人とそこで落ち合う――美人なのは言うだけ野暮だな?」お偉方にしてはかなり軽薄な言いぐさだ。「では取っておいてくれ、当座の経費にこの千ポンドを――」

まさにこの時、現実界でカーティスの部屋のドアがノックされた。貴婦人でも美人でもないお局タイピスト、ミス・ブリードンの登場である。

「お手すきでしたら、ハント先生がお呼びでございますよ」

カーティスはしぶしぶ腰を上げ、ハントの部屋へと向かった。父が一線を退いてからの所長は実質ハントだ。だが若先生に言わせれば、ハントは残念なやつだった。チャールズ・グランディスン・ハントという男、ひからびた野暮天の見本めいた見かけによらない、という可能性を匂わせるふしもほんの一時ぐらいはあった。ハントおやじはあれでなかなかという声もあり、五行戯詩愛好家《リメリック》とまで取りざたされていたのだ。それはさすがに眉唾だろうとカーティスはみていた。ハント翁がリメリックを口ずさむなど、当座の経費という名目でお偉方がぽんと千ポンド出すのと同じぐらい現実味がない。それでいて、そんなハントに「カーティス先生、ある任務を引き受けてもらうぞ」と言われる夢さえ思い描くこともあった。

ハントの部屋のドアをノックすると、いつものように強く鼻から吸うような音に続いて、おなじみの声が中に入るよう応じた。御大は鼻眼鏡をかけ、威儀を正して机についている。

「カーティス先生」さらに鼻から吸うと、「ある任務を引き受けてもらうぞ。夕方の飛行機でパリへ行ってもらうが、支度できるか?」

カーティスはわが耳を疑った。

「ええ、それはもう!」

グランディスン・ハント先生はこの返答をよしとせず、上から下までじろりと睨《にら》みおろしてまたもや鼻息を荒らげた。ついでによそゆきの口調までかなぐり捨てた。

「いかんなあ、リチャード」と言い出す。「そんなことじゃあ。どうも君はなんというか、あいにくな癖が――その――軽佻浮薄なきらいがあるが、あくまでカーティス・ハント・ダルシー&カーティスの看板に恥じぬ仕事をする気なら、そんな癖とは手を切らなきゃ、やっていけんぞ」と考え込んで、「正直に言ってくれ、リチャード。うちの事務所を多少なりとも退屈な場所と考えとるのか？」

「うーん、先生はいかがです？」カーティスは返した。「ずっとあっちの机でお茶を挽い――」

「それだよ」ハントは鬼の首でもとったように、人さし指を立ててさえぎった。「もうひとついいかな。むろん気づいているだろうが」と、後ろに積んだ鉄箱の山へあごをしゃくる。「うちの主要顧客は大英帝国内でもかなり保守的な家柄と、ごく一部の在外英国人のご家族に限られているな？」

「そこまでは辛うじて教えてもらっております。ですから――」

「ははあ！〝ですから〟退屈に決まりか？」他の者なら微笑で通りそうな影がハントの顔をよぎった。「リチャード、今はなにぶんそこを掘り下げているひまがない。だがな、もうほんの少しでも深く考えれば納得してもらえるだろうが、そのようなご家族を手がけるのは退屈とはまるっきり正反対だぞ。そうした方々は有閑階級だ。金がある。それでいて、英国を世界に冠たる倫理の国に押し上げた厳しい責任感からは解き放たれている。となると、結果として生まれるものはより――その――ああ――」

「いかれた連中ですか？」と、カーティスは嘆かわしい率直さを示して、「ちょっと。それって、そのものずばりの社会主義じゃないですか」

ハントはふだんの性格が許す限りで動揺し、弁解がましくぶつくさ言いだした。

「違う違う。頭脳も実行力も下院より上院のほうが高水準という実例なら、あるに決まっとる。

君に言わせれば」——相手の反論を先取りしながら鼻眼鏡を外し——「だからってさほどの根拠にはならん、かな。同感だよ。そうはいっても、今のは事実を述べたんだ。指摘したいのはこういうことだよ。法律事務所が保守寄りであればあるほど、扱わされる案件の危険度は増す。かのジョンソン大博士の最も名高い逸話だがね、ある時ボズウェルにこう尋ねられた。『先生、かりに赤ん坊と一緒に塔へ幽閉されたらどうなさいます？』博士はこれにいらだちを見せ、世間では愚問の最たるものと決めつけた。異議ありだ。ボズウェルは法律家だけに質問の狙いをちゃんと自覚しとる。それこそが、まさに誰もが答え方を知っていなくてはならない問い、対処の仕方を知っていなくてはならない状況なのだ。

さて、本題に戻るか」区切りを強調するかのように、ハントは鼻眼鏡を戻した。

「はい、そうしますと？」

「君にはパリへ飛んで、現地在住の顧客の代理人をつとめてもらう。ラルフ・ダグラスさんという方だ。聞いたことはあるだろう？」

「もしもぼくの頭にある方でしたら」カーティスは応じた。「それはもう。もっぱら酒と女と歌ですよね？　去年は持ち馬のダーム・ド・トレフルがグランプリを取り、その後の祝賀パーティではあんなことに――」

「そうだ、これまではかなりの遊び人だった」ハントは裁判官の判決ばりに重みをきかせて断じ、咳払いして気分を変えた。「だがね、それはもういいんだ。リチャード、肝《きも》に銘じておいてほしいが、ダグラスさんはもう極楽とんぼの若造じゃないんだよ。今は違うさ！　これ以上ないほど完璧に更生したと聞いている。もう午前様もなし。いずれ姑《しゅうとめ》になる方の要望をいれて競走馬の厩舎まで売ってしまった。ただ、わからんのは」ここで辛辣になって、「王侯の娯楽を紳士が楽しんじゃいかんのか。そうはいっても未来の姑は競馬の道徳性にどうも手厳しい見解をお持ちとかで——」

「つまり、ダグラスさんが立ち直ったのは恋のおかげですか」

「そうだよ、まさに」ハントは、話し相手が清新な名文句をひねりだしたと言わんばかりの飛びつき方をした。「ダグラスさんは来月にミス・マグダ・トラーと結婚される予定だ。いずれ姑となるミセス・ベネディクト・トラーは未亡人で、トラー観光という旅行代理店の現社長だ。ミセス・トラーについて早合点は禁物だぞ、リチャード。まだ老人でもないし、耄碌《もうろく》してもおらん。それどころか働き盛りだ。流行の先端を行き、おそろしく抜け目がない。きみなら美人と呼ぶかもしれんが、やたら大きな鼻がそいだように薄くて天を向いとるのが、どうにもいただけん。道徳性うんぬんの御託にしても……だがまあこの際だ。母上は娘とダグラスさんの結婚を頑としてはねつけた。自身のおめがねにかなった婿候補は確かブライス・ダグラスといってラルフ・ダグラスさんの兄でね、外交畑で嘱望されとる若手だ。だから、目前に迫る結婚に母上の了承をとりつけるまでは実にどうも難航を極めたよ」

それでもまだカーティスには、自分の役目がこの話のどこらへんにあるかが見えてこない。

「母上の了承？」と繰り返す。「そのお嬢さんは未成年ですか？」

「自己判断できる年頃だよ」と、ハント。「だから母親に従っていた方がなにかと好都合だと心得ているわけだ。ミス・マグダ・トラーは今時の——うーん、ちゃっかり美人とでも言うべきかな。あらためて言っておくが、くれぐれも早合点するなよ。若い二人の相思相愛はどうやら疑問の余地がない。ただし——邪魔者がいてな。そのお邪魔虫はマドモワゼル・ローズ・クロネツという」

「ダグラスさんの元愛人ですか」

「ああ」

「手切れ金目当てですね」

「違う」

ハントはそう言うと、机の抽斗《ひきだし》からなにやらびっしり埋まった用箋を出した。じっくり見直してことさら鼻息を荒らげ、カーティスへ押してよこす。差出人の住所と日付はフォッシュ街五十三—二、金曜夜だ。内容はこうだった。

ハント先生、
事情説明を試みる手紙を書きにかかって今晩これで五度目の下書きなんですが、どうもだめですね。だらだらした話がややこしすぎて、何の説明にもならない二枚目や三枚目をやむなく破り捨てるといったありさまです。だから首尾よく伝えるには、じかに会って話すしかないと思いました。事情はこんな感じです。目下ちょっと厄介の種を抱えていて、助言がほしい。たとえほんの数時間でもいい、パリまで出て来てくれればすごく恩に着ます。ロンドンへ飛びたいのはやまやまですが、あいにくマグダとトラー夫人が当地（オテル・クリヨンです）にいて、小生がどこかへ行くのは無理なんです。

おそらくご承知の通り、小生は二年前にローズ・クロネツという高級娼婦《プール・ド・リュクス》と親密でした。一年以上囲ったおかげで、法外な金も使わされました。あ、待って！――厄介《ラ・クロネツ》といっても、君が考えるような契約不履行とかそんなんじゃないんです。クロネツ姐さん（ポーランド系英国人です）といえば当地で名だたる女で、小生以前にもパトロンがぞろぞろいました。実をいうと、身ぐるみはがれる前にさっさと手を切ったのは小生だけらしいです。マグダと出会って頭が冷えたおかげでしょうか。

　厄介というのはこうです。あの女との付き合いはじめに、マルリーの森外れに別宅を買ってやりました。よくあるごてごてした家で、トリアノンもどきの赤斑大理石に屋根まで届く長窓といった調子で、随所に趣向を凝らしています。別れ話になり、女が出て行ってからはずっと無人でした。それが今になってあの別宅で何やらひどくおかしなことがもちあがり、そこにラ・クロネツが絡んでいます。ここで言えるのはそこまでですが、どうも、ただではすみそうにありません。

　なんとかこっちで相談に乗ってもらえませんか？

よろしく

ラルフ・ダグラス

カーティスは早くも想像をふくらませつつ、眉をひそめながら最後まで目を通した。

「しかし、何を考えているんですかね？　目下の厄介の種って何でしょう？」

「それがわかれば苦労しないよ」ハントの口調がどこか厳しくなった。「だから君をパリへやるんだ。夕方の便で行ってモーリスに泊まれ。ダグラスさんには電報で、お住まいへ君が――住所を書き留めろ――あすの午前十時ちょうどにお邪魔すると伝えておく。あすは日曜だが、しらふの話にはむしろ好都合だろう。ただしボズウェルと赤ん坊の話をくれぐれも肝に銘じておいてくれよ。厄介の種のほうはあんがい一筋縄ではいかんかもしれん。それはさておき、この手紙で何か思いつくことは？」

「あります。トラー母娘はローズ・クロネツについて何か知っているんでしょうか」

ハントは、ひどい消化不良もかくやの渋面を作った。「さあ、それは。ただ、知っていると見るべきだろうな」

「それで、うちの事務所はその女について何か知っているんでしょうか？」

「まだだ。むろん、あの人がその種の――ああ――高級娼婦とわりない仲だったのは承知していた。とびきりの上得意にはそういう方がごろごろいるからな。収支報告書だけでも一目瞭然だったよ。どうやら宝石にすこぶる目が高いご婦人だったらしい。あの女の情報はさておくとして」深く息を吸うと、ハントはつくづくとこちらを眺め、「あのな、リチャード。バンコランなる御仁の名を聞いたことは？」

カーティスは、自分の妄想も結局のところそれほど的外れではなかったかも、という気がしてきた。

「まさか、あのフランス最高の名探偵ですか？　ああ、いや、だった人か。二年前の政界のすったもんだのさなかに辞職しちゃいましたからね。もうすっかり伝説の存在と化して、はたして実在したのかと思うほどですよ」

「アンリ・バンコランはな」ハントは天井をにらんだ。「私が見込んだ人物だ。よく知った仲だよ。重々しくとりつくろった物腰やお上品な冷静沈着ぶりにだまされてはいかん。あれほどリメリックのセンスがあるやつにはお目にかかったことがない。酔って歌になるだろ、特に四重唱だとバス担当で最高の喉をご披露するよ。そう、勇退したんだ。追っつけわかるだろう、その実像は君が刷り込まれてきた人狩りの餓狼なんぞより、はるかに滋味のある人物だと――」

「幻滅だなあ」

「そうかねえ」ハントは考えこんだ。「なんでも、引退後はいささか――その――身なりに構わなくなったらしい。これまでもよく考えたもんだよ、世に名高い夜会服や魔王風のねじり髪は、職務に役立つから念入りに整えていただけの小道具じゃないかと。幸い、引退後も薔薇栽培なんぞに走らず、もっぱら釣りと猟で日々のおおかたを過ごしている。年がら年中、何かしら狩らずにはいられないんだな。で、本題に入るがね」ハントは咳払いした。「とうに辞めたとはいえ、警察に隠然たる影響力を持つバンコランは今回すこぶる役立ってくれそうだ――わかるな、リチャード？――マドモワゼル・ローズ・クロネツの情報をできるだけ引き出すんだ。バンコラン宛の手紙を預けておく。現住所は知らんが、オルフェーヴル河岸でブリーユ現警《シェフ》視総監《ド・シュルテ》に身分証明書を提示すれば、すんなり教えてくれるさ」

ハントはぱっと立った。枯れきった小柄な体に、かつらに見えるほどビシッとなでつけた髪。額《ひたい》にしわを寄せた表情からすると、どうやら助言をくれるつもりらしい。

「以上だ、リチャード。君に全権を委任するから、カーティス・ハント・ダルシー&カーティスの面目を保つ形で今回の案件を片づけてきてくれ。言うまでもないがダグラスさんに会ったらただちに報告しろ、必要なら電話を使え。深刻な情勢になったと私が判断すれば、責任者として応援に駆けつける。ま、おいそれとそんな不測の事態にはならんだろうが、いちおう用心はしておく——ああ、ちょっと、リチャード」

「はい、何か」カーティスは戸口で振り向いた。

ハントがおごそかに、「こんなのを聞いたことがあるかなと思ってね。


『香港娘がおったとさ——』」

ハントは日曜学校かというほどおごそかにリメリックを暗誦した。口述筆記のために入室したミス・ブリードンの手前、カーティスは爆笑をこらえながら自室に戻り、そこではたと気づいた。自分はようやく名実ともにこの法律事務所の一員となれたのだ。

第二章　ローズ・クロネツ終焉のベッド

日曜の午前十時前、リチャード・カーティスはがたつく旧式な辻自動車でなく、例のぴかぴかしたワインレッドの新型タクシーでリヴォリ街をすべるように走りながら、ただもう嬉しくてたまらなかった。パリ市街をふんわりくるんだ暖かな薄靄《もや》の切れ目から、コンコルド広場を陽光が照らしている。陽光は林立した街灯やセーヌ河畔の緑に映え、おぼろに霞む凱旋門めざして木陰ゆたかなシャンゼリゼをのろのろ進む車列の屋根にきらめく。たまの自動車の警笛が、日曜の朝の静寂をよけいにひきたてる。車の音が過ぎると、白いエプロンの男たちが思い思いに出てきて、箒《ほうき》の音をたてて舗道を掃き清める。

ここは（カーティスの私見では）ロンドンより空がひらけ、より赤い地平線と、木陰に抱かれた低い家並みが連なる。この街ではどんな冒険が起きるだろう？　なにしろパリとは幾年もご無沙汰で、人の心をとらえてやまないその手管にはとんと無防備になっていたから、タクシーの運ちゃんが運転中にふかす安い機械乾燥葉《ジョーヌ》の臭い煙――フランスでは煙草を吸う人はおらず、燃え尽きるまで口の端にくわえているだけ――までがパリ情緒だった。目抜きのシャンゼリゼを通りすがりに懐かしいあの場所この場所を目で探す。なだらかな芝生に純白クロスのテーブル席をしつらえ、まばゆい電飾の綱を渡した左側のあれはドワイヤン。右の栗林の奥はローラン。アンバサドゥールはまだあるかな？　今時のパリのカフェはどれも艶消しガラスにミュージカルコメディ劇場の書き割りみたいに塗りたてた内装で、新しくても入りやすく、夜は照明がにぎやかだ。カーティス若先生は仕事で来たんだぞと自分に言い聞かせなくてはならなかった。ただし、うぬぼれてはいなかったのでこうも考えた。こんな朝に、ぼくの助言なんか何になる？

　フォッシュ街五十三―二で車を降りると、しかるべく真面目な顔を装う。日ざしたけなわでも、木陰が多く閑散とした街だ。ブローニュの森を控えるせいか、家々というより庭々と形容したくなるたたずまいで、窓の鉄製鎧戸《よろいど》をあげた家はほとんどない。だが五十三―二では、玄関通路に騒々しくモップがけしていた建物管理人が手放しの笑顔をみせた。「あらあ、ムッシュウ・ドゥーグラズねえ？」名前を出しただけで、驚天動地の重大機密を聞かされたみたいに大仰な声をあげた。「あの方、ちっとは良くなってればいいんだけどさ《ジェスペール・クィル・ヴァ・ミュー》！」あとは世話焼きのおかみさん丸出しで、「五階《クワトリエーム・エタージュ》だからね、ムッシュウ」

　カーティスのほうはダグラスが体調でも崩したかと危ぶみつつエレベーターで上がり、呼鈴を押すか押さないかでドアが開いた。

「おはよう」かなり震え声だが愛想はいい。「ハントの人だね？　それはそれは。さ、入ってくれ」

　そんな調子ではあったが、庭に面した窓辺に朝食テーブルをすえた奥の部屋まで案内されて、カーティスもやや緊張がほぐれた。ラルフ・ダグラスはやれやれ一安心という顔だった。

「朝のこんな時間に着替えまですませているとは意外だったろ？」と尋ねてきた。次いでこれは誤解を与える物言いだったか、あるいは説明を要すると思い直したかで、こう付け加えた。

「その――ゆうべはあいにく、ひどい夜でね。だけどハントの電信があったから、けさは務めをはたさなきゃってずっとどこかで気にかけてはいた。トルコ風呂のおかげで生き返ったよ、もう本調子だ。コーヒーは？」

「いただきます」

双方が相手を見定めにかかり、カーティスはこの主人役にすぐ好感を持った。ダグラスは予想したドラ息子とは似ても似つかない。だらけた態度や倦怠感はさして目につかず、いっそ頑健で明朗快活という言葉が似合う。贅肉のない長身の金髪に、大ぶりな造作と穏やかな青い目。容姿にアクはないがある種の鋭い知力を目にのぞかせた感じは、当初の先入観ほど世間知らずではなさそうだ。かすかに腫《は》れぼったいまぶたと、むやみにごしごしやったとおぼしい顔以外に、ゆうべの深酒の痕跡は見当たらない。椅子の腕木に両肘をあずけて膝で手をそろえ、カーティスから目を離さずにいる。ゆとりのある灰色の服が広い肩幅を強調していた。

ややあってラルフ・ダグラスはくしゃっと破顔した。

「そうだな」と、いきなり、「派遣されたのがひげの人でなくてよかった。自分のバカっぷりを思い知らされてしまう」

「その心配はご無用に。すぐ本題に入るかどうかはお任せしますよ。時間はいくらでもあります」

「あのね」ダグラスはおもむろに切り出した。「お目当ては法律上のアドバイスだけじゃないんだ。同国人と話したいんだよ。フランス人はいいやつらだけど――」窓の彼方を眺める。「おれはフランス語が流暢ってことになってる。ここで友達もたくさんできた。パリは気に入ってる。それでも六ヶ月もフランス語しか耳にしなければ、どうにかなっちゃうよ。わかるだろう?」

「ですよね」カーティスは認めた。「かくいう私も、似たような思いを味わったことがあります」

「別ものだからね、それだけさ。かといって当地で知り合った英米人では、目下のていたらくを笑いものにされるのがオチだ。だから、せめて中立な立場で絶対に笑ったりしない同国人に会いたくてね――」片手を差し出しかけてためらい、やがて膝に戻した。「もっと言うと、ロンドンの事務所で会うんじゃ、今から話すことは絶対に説明しきれない。やっぱり思うようには伝わらないよね。価値観は人それぞれだから。すらすらとはいかずに何度も噛んじゃうだろうし。そういうわけだよ」また言葉を切る。「なあ、ドライブしないか? 自家用車をすぐ回してこさせる。話は車の中でできるし、おもてで気分転換したい。なんなら――マルリーの森まで遠出しないか」

五分後の二人は、ダグラスの二人乗りの車をエトワール方面へ走らせていた。ダグラスはハンドルにもたれ、フロントガラスを相手にするみたいな姿勢で話している。

「ささやかな謎解きの前に」と言う。「ハントに聞いてきた大筋がどうであれ、要点をはっきりさせといたほうがいいな。婚約者のマグダは古今未曾有の逸品だ。ひきかえトラーのおふくろはイケズばばあだよ。イ・ケ・ズ、イケズばばあね。おれには猛反対しておきながらブライス兄貴にぞっこんで、ぜひ娘婿にってさ。ブライスは超優等生タイプだよ、ただし外務省特有の冷静沈着男で、どんな時でもチューブから歯みがきを絞り出すみたいに、八方美人の優等生的な回答しかひねり出せないんだ。なんの話題でも打てば響くように応じるくせに、本音はどれにも興味なさそうな感じだね。さて、ようやくローズ・クロネツの話になるんだが——」

「ちょっと失礼。ミス・トラーはローズ・クロネツの件をご存じなんですか？」

「ああ、何でも知ってるよ。別宅のことも。ああもう」ダグラスはぎょっとするような急角度にのけぞって、天を仰いだ。「彼女は全然気にしてないよ、なにもかも終わった話だから。包み隠さず話してある。たぶん、ローズみたいな名うての男殺しを駆逐してやったのが内心まんざらでもないらしい。興味津々だよ、ローズはこうなの、ローズはああなのってやたら聞いてくる。だけど気にはしてないね」

「トラー夫人はいかがです？」

「いや、ママ・トラーは何も知らん。それも困りごとのうちなんだよ」

「その辺の事情をちゃんとうかがわないと、助言のしようがないですねえ」カーティスは考え込んだ。「ですが、この場で思いつくものがひとつ。男同士の話ですがね、もしもあなたがそのお嬢さんと両想いのご関係でしたら、トラーのお袋さんにはすっこんでろと言ってやって、さっさと嫁にしたらいかがですか?」

ダグラスがグランダルメ通りへさっと車を乗り入れると、たまたま通行人のひとりを執拗に追い回す格好になった。

「言うは易しだよ」憤懣《ふんまん》をもらす。「けど、君はあそこんちの内情を知らんだろう、あの古狐がマグダの喉首を締め上げる手口なんかを。ママの言いつけを聞くかどうかなんて生易しい話じゃないんだ。見方によっちゃ脅しだよ。まったく、そうとしか言いようがない。脅しだよ!だって——まあ、まずはほかの説明がすっかりすんでから、そっちも追い追いね。

さてと、ローズ・クロネッツの話か。関係は一年とちょっとだった。けっして惚れてはいなかったなあ。不思議なんだが、ほんものの美人なのはマグダのほうで、ローズの器量は多少なりと落ちる。でも、ローズには何かがある。ああ、見ればわかるよ。赤毛だ。それに尽きる。いわゆるお色気とはまったく違う、刺激というか、ひねった機知とでもいうか、それにかかればおれより正気の連中が身を滅ぼしていった。言っちゃなんだが、機会があれば君だってそんなふうにやられるよ。だからってわざとらしく世をすねた女じゃない、息をするのと同じぐらい自然体で、あざとさとは無縁なんだ。おれみたいな俗物には、あの自然体が不可解でしょうがないよ。

ローズは——ほかに言いようがないから、古めかしい物言いだが——ローズは淑女なんだ。おれの知る限り、ゲスで品のない言葉を吐いたためしはない。実に行儀がいいし、よく気がつく。それしきで驚くなんて、外国人を知らないと言われそうだね。だけどやっぱりそうなんだよ。いっぽう、『本気の恋に落ちたりできる?』とあの女に尋ねたことがある。答えは、『ええ、もちろん』だった。『だとしたら、金勘定抜きの愛情だけで誰かと一緒になれるかい?』そしたらかなりきつくやられた。『なれるわけないでしょう。そんなふたりは結ばれる余地なしよ。もちろん老いて男の人が寄りつかなくなれば、お金で愛を買うしかなくなるでしょうけど』なあ、君、その言いぐさには心が凍ったよ。実際的なのもそこまでいけば狂気の沙汰だ。単純明快なのが一抹の救いだね。だけどいくら単純明快なおれでも、こんな理屈にはつきあいきれないよ。さ、これで本件いっさいを君に肩代わりしてもらおう……肩の荷をおろしてせいせいしたよ……あとひとつだけ。ローズとおれは映画の離婚みたいに円満に別れた。それからあの女は、しばらく前から自分にご執心だったド・ロートレックという男に乗り換えた。たぶんおれに含むところはみじんもないし、こっちもそうだ。ただし、おれの結婚を邪魔して何もかも台無しにすれば数千フランの臨時収入《プラティーク》にありつけると見てとれば、ローズならやってのける。恨みじゃなく、ただ実際家なんだよ」

熱弁をふるううちに太くしっかりしてきたダグラスの声にも、アクセルを踏む足にもおのずと力がこもり、ポルト・メイヨーの冴えない郊外を一気に走り抜けた。彼がさらにこちらを向いて、

「で、どう見る?」

「問題は」カーティスは言った。「あなたの一番恐れる事態は何か、です。おっしゃるように契約違反には当たりません。あなたが何らかの手紙を書いたかどうか、約束をしたか否かによ

らず」——心なしか、ラルフ・ダグラスは赤面したようだ——「ローズに関しては問題になりません。恐れているのは、その女がトラー夫人に暴露することですか？」

「いや、これっぽっちも。なんならあの婆さんに、おれから話したってかまわないよ」

「じゃあ、何を恐れていらっしゃる？」

「不可解な異変が三つあった、目下の頭痛の種はそいつだ。最初のやつは、君ならどうってことないと言いそうだな。あの別宅——マルブル荘というんだが——を家具付きでそっくり買い取りたいという話がきた。しかも、なかなかの好条件だ。ただし出どころはローズを引き受けたド・ロートレックってやつだよ。さだめし君なら、ローズがあの家に惚れこんで男にねだったんだというだろう。ド・ロートレック自身も実際家で、一から別宅をしつらえるより、家具付きの出来合いを買ってすませたほうが安上がりだと胸算用したんじゃないか、とね。だけど——なんか違うんだよ。持ちかけようが遅すぎる。ローズがあの男とくっついて八ヶ月から十ヶ月はたつんだぜ。

　そこまでは見過ごせるかもしれん。だけどお次は一大事だ。木曜日にド・ロートレックが電話をかけてきた。おれとしてはあの家はどうせ売るつもりだったし、結婚が決まってからはなおさらだ、だから、その話を詰めにご足労願いたいと申し出た。ド・ロートレックのほうでも、数日パリを離れるが、戻り次第ご連絡すると応じた。

　ようし！　そこまではとんとん拍子だ。で、おれは金曜日の朝になって、車で別宅——今そこへ向かっている途中なわけだが——を見てくる気を起こした。ざっと見て回って、浮浪者や泥棒に悪さをされていないか確認しようと思ったんだ。ハント宛の手紙に書いた通り、別宅はあれからずっと無人だったのでね。家具調度もあらかた上等品だ。気ままな女ひとり用のしつらえで、わざわざ管理人を置くほど大きな家じゃない。それでも最寄りの巡査《アジャン・ド・ポリス》に礼をはずんで、巡回のついでに目を光らせてもらっていたし、出入りの庭師にも中をこまめにのぞいてくれと言ってあった。

それでね、別宅の戸締りはきちんとしてた。窓は鎧戸をおろし、家具にはほこりよけのカバーがかかり、ほこりがたまってて、出てった時のまんまの薄暗さで手を触れた形跡はない。入ってとっさに玄関灯のスイッチに触れた。指で押しながら思い出したんだが、電気や水道は止めさせたんだった。そこが問題なんだよ。だって御覧じろ、電気がついたんだから。

おかしいとは思ったよ。その件を自分で会社に電話したのはよく覚えていたんでね。それでも見るだけは見て回った。ずっと無人にしておいたのは確かだ。やがて、ローズの寝室のあった二階へあがり――凝った室内に、小《プチ》トリアノンにあるルイ十五世の愛妾デュ・バリー夫人の寝台そっくりのベッドがある――そこで見回した。出て行きがけにローズはいつもの行き過ぎな合理性を発揮して、テーブルクロスやベッドシーツなどのリネン類をごっそり持っていった。使い道ならいくらでもあるからってね。それなのに、見ればあのド派手なベッドに枕もシーツもあるじゃないか」

話に気を取られたダグラスは連れの方へ向いたり、車のハンドルを平手でばしんと叩いたりして前方がすっかりお留守になっていた。でも、カーティスは路上注意をそれとなくうながしたりしなかった。洗いざらい吐き出したおかげで、ダグラスの顔にぐっと生気が戻ってきている。

「だけどさ」いきなり言葉を継いで、「誰か住んでいる、使っているという感じはなかったよ。シーツはまっさらの手つかずだった。ただ——置いてあるだけだ。いやほんと、鎧戸からこぼれるかすかな光が頼りのあの暑苦しい部屋につっ立って、どことなくゾッとしてきた。

また階下へおりてキッチンに入り、流しの蛇口をひねってみた。水が出る。そこへ電気冷蔵庫のモーター音がしたので、開けてみた。冷蔵庫は遅い夜食用の備蓄でぱんぱんだった。トリュフとか、フォアグラとかそういった感じの。片隅にはルイ・ロデレール・シャンパンのハーフボトルが六本入れてあった。ところでローズ・クロネッツは寝酒に必ずルイ・ロデレールのハーフボトルをあけていた。でね、電気や水道を切れと言ってあったのに、何者かがあとでおれの名をかたって、会社に取り消しの指示を出したと気づいた理由がもうひとつあるんだ。電気時計だよ」

「電気時計？」

「そう。冷蔵庫に電気時計が載ってて、どっちも同じコンセントにさしてある。時計は動いていたが、とんでもない時間をさしてた。ぜんぜん狂わない時計がだぜ。そこではたと気づいたよ。わかるだろ？　時計は電気を止めた時にいったん止まった。そしてまた電気が通じた時に——誰かの指示で——止めた時間から動き出したってわけさ。

まあね、ちょっとおかしいとは思ったよ。例の巡査をつかまえに外へ出た。エルキュール・

ルナールという、謝礼とひきかえにこの家の見回りを頼んだ男だ。すると、どうやら実際にあの辺をうろつく輩《やから》がいたらしい。少なくとも別宅の塀をぐるっと一周していたそうだ。エルキュールは水曜の晩と木曜日にも奇天烈《きてれつ》な『来客』を見かけたんだが、いつもまかれてしまったという。コーデュロイの上っ張りで、『かかしそっくりのやつ』だったらしいよ。

何が言いたいのか自分でもわからなくなってきた。ただ、何やらひどい異変が続いているのはわかる。困るのは、その原因を究明しようにも、ローズと会うのはおろか電話さえ避けたいんだ。トラー母娘のパリ滞在中は、ほぼべったりお供させられるんでね、何かあったら……ここを曲がる」

もうパリはずいぶん遠ざかってしまった。このへんは丘陵地帯に漆喰《しっくい》塗りの村々が点在し、そこを過ぎて尾根にさしかかれば、真昼の太陽の下でも色をなくしたマルリーの黒い森があらわれる。整備された道が森外れで分岐し、脇道を四分の一マイルほど進んだ。

「着いたぞ」ラルフ・ダグラスがぼそりと言った。

車が止まると、強い印象を受けたのは、ぎらつく太陽の下、まるで隠しごとでもしているかのような、この森の異様な静けさだった。エンジンの音が切れると、静寂が物理的にその場にすべり込んできたみたいだ。カーティスはエンジンが止まる最後の声を聞いた。車から降りると、自分の足が路傍の草にこすれる音がした。二人に影を投げかける高い石塀は、芝を植えた盛り土の内側の砂の小径に出る門二つを設けている。やはり人目をはばかるように、塀の向こうには背の高い灰緑色のポプラが四角く密集して植えこまれ、熱で揺らいで見える。

「門が開いている」ダグラスの声がやたらと響く。「ほら！　南京錠をかけておいたのに」

きしむ鉄門をくぐる。砂の小径のさきに、木々の額縁に囲われたマルブル荘があらわれた。赤斑大理石づくりの低く長い母屋に、短めの翼ふたつがこちらへ張り出している。四角い窓ガラスをはめ、窓枠を白く塗ったアーチ形のフランス窓がいくつも、ドアのようにテラスに面していた。二階建てだが上は屋根裏部屋風に仕立て、すぐ下の白いアーチ窓をうんと小ぶりにした窓をつけている。その窓すべてに鉄の鎧戸がおりていて、細いすきまの筋が並んでいる。この別宅にはどことなく違和感がある。そよぐ枝のすきまからもれる太陽の光が赤大理石の優美さを際立たせ、テラス前には青いヒエンソウと黄色いアイリスが華やかに咲き乱れていた。にもかかわらずそこには乾いた、重苦しい雰囲気があった。さながら立ち枯れたか、朽ち果てる間際のように。

すると、鎧戸の一つが動いて上がり出した。

二人から五、六歩以内の一階の窓だ。ラルフ・ダグラスは一度だけ悪態をつくとテラスへの低い段を二つ駆け上がった。すると、フランス窓が中から押し開けられた。テラスに飛び出してきたのは、黒服に白いエプロンをかけた小柄な中年女だ。

「んまああ！」芝居じみた大げさな声だ。「あなた、心臓が飛び出すかと思いましたわよ」

ただでさえ小じわの多い目をいっそうすがめてまばたきしながら、間近でのぞきこむようにする。がっちりした体つき、白塗りし過ぎて荒れた肌、エラの張った輪郭にはそろそろたるみがきている。眼鏡の赤い痕が鼻柱に深い。そこで、はたとダグラスを見分けたらしい。胸を押さえた片手をおろすと芝居っ気をふるい落とし、甲高い声まで一変させた。のぞきこむのをやめた。明るく張った声にはいんぎんな剽軽さとおもねるような調子さえあった。「あなたさまでしたか、ムッシュウ・ドゥーグラズ！」熱心に話しかける。「おはようございます、ムッシュウ・ドゥーグラズ！　わたくしとしたことが。よくおやすみになれましたでしょうね？」

「おれは――」ダグラスは言葉に詰まった。

うやうやしく打ち明け口調になった女が、「ですが、お出かけに気づきませんで、ムッシュウ。お部屋にいらっしゃいませんでしたね。もちろん――わたくしとしましては――マダムをお起こししないほうがよろしいかと存じまして、おわかりですわね」

「いや、わからん」ラルフがかすれ声のフランス語で応じる。

「チョコレートはできておりますけど、なんでしたらムッシュウがご自分でお持ちになりますか」女の物言いが非難がましくなった。「そろそろちょっとした心づけをくださって、パリへ帰らせてくださいますの？　ご親切にバス代を上乗せしてくださるかしら。それと」――エプロンのポケットからハンカチ包みを出してそうっと広げ、レンズが片方とれてもう片方が割れた眼鏡を出した――「ムッシュウのことですもの、ゆうべご自分が踏み割ってしまわれた眼鏡をおそらく弁償してくださいますね？」

「誰だ」とラルフ。「貴様はいったい誰だ？」

「ムッシュウ？」

「言ったろう、いったい誰だ？　ここで何をしている？　その眼鏡がどうした？　それに――」またも絶句して衿元に手をやった。

「そんな、オルタンスに決まっておりますよ。マダムの女中です。まあねえ、二年前にお暇を出されましたけど、ゆうべもムッシュウに申し上げましたように、たとえ一夜限りでもまたマダムにお仕えするようお声をかけていただいて嬉しい――」

「どこのマダムだ？」

「ムッシュウとご同様に、ゆうべここにお泊まりになったマダム・クロネッですわ」

「おまえには耳寄りな話だろうが」と、ラルフ。「ゆうべ、おれはここに泊まってないし、マダムとは一年近く会ってない。おそらくこれは――」

お追従《ついしょう》を浮かべたオルタンスの目に、全く異質な険《けん》がきざした。それでも一歩さがって存分に非難をたたえた口調になり、「ムッシュウ、ばかになさってますわ。まあそんな、いくらなんでも心ないことを！　ここへおいでになったのは確かでしょう。ご自分でいろいろお指図くださったじゃありませんか。おっしゃったでしょ――」

「マダム・クロネッは今どこだ？」

「二階のご自分のお部屋でおやすみですよ。おっしゃったでしょ――」

ダグラスはそっと女を押しのけ、フランス窓の中に一歩踏み込んだものの、敷居で振り返ってカーティスを見た。顔色はすっかり元に戻り、真剣そのものの表情で、「あのな」と訴える。「まずはこう思うだろ、ここまで引っ張り出しておいて何やら自分をかつごうって魂胆じゃないかと……ああもう、何とでも好きなように思ってくれ。誓って言うが、ここには泊まってない。誓って言うが、この女の話はさっぱりわからん。わかるのは、自分に何らかのたくらみを仕掛けられてるってことだけだ。来てくれ」

なかはこの翼のあらかたを占めるほどの奥行きのある応接間で、まっくらに近い。そそくさと室内を抜けたラルフが大きな中央広間へ出て瀟洒《しょうしゃ》な奥階段を上っていく。あがっていって目指したのは左翼のいちばん奥の一室だった。そのドアを割れんばかりに叩く。オルタンスの靴がキュッキュッと鳴りながら階段を上がってくる。

「ローズ！」

またもぶっ叩いてハンドルを手荒にがちゃがちゃやると、ドアは開いていた。礼儀作法抜きで押し入る。

続いてカーティスが入っていくと、この別宅のほかと同様に室内はやはり暗かった。真正面の奥の高窓は鎧戸が開いているが、タッセル飾りをあしらった厚いカーテンは閉ざされ、すきまから細く光が漏れるだけだ。それでも見えることは見え、秘めやかなこの部屋でいちばん大きな右壁際のベッドが見分けられる。脂粉の香や散らかった室内から、上掛けのかかった体の輪郭を見るまでもなく人の気配を察知できた。女はほとんど首まで上掛けにもぐり、なんとも穏やかな顔で仰臥《ぎょうが》していた。カーティスは近寄りたくなかったが、閉じた蠟《ろう》のまぶたと、静かで大きな丸顔は見てとれた。枕の上に広がった長めの断髪は濃い赤褐色だ。ベージュピンクの部屋着らしいものを着て肉づきのいい片腕をむきだしにして胸をかばうように曲げていた。

ラルフ・ダグラスが優しくもなんともない手つきで女の肩をつかみ、それから後ずさった。

「ローズ！」

再びおずおずと肩に手をかけ、今度はさらに素速く後ずさりし、しばらくは肩をかすかに震わせていた。「なあ、カーティス。こっちへ来て触ってみろ。石のように冷たい。おそらく――」

第三章　浴槽の短剣

　カーティスはベッドの反対側に回った。むきだしの腕と肩は大理石より冷たくなめらかなばかりか、それ以上に硬かった。二人とも互いの顔を見ることもせず、凝然と見おろすばかりだ。戸口からオルタンスが、いつでも悲鳴をあげる気まんまんの高い声で歌うように、

「ご病気ですの？《エレ・マラード》」

「死んでる《エレ・モールト》」と口にしたラルフは、ほとんど放心状態だ。

　その後の展開に男二人は虚をつかれた。まるで誰かが蛇口をひねったようにほとばしったオルタンスの悲鳴も、悲鳴をあげながら、信じがたいほどすばやく身をひるがえして部屋から逃げ出したのも。

「捕まえて」言ったのはカーティスだった。「早く！　あの女を捕まえて閉じ込めて。さもないと——」

「わかった」ラルフはきっちり自分を抑えているように見えたが、ドアへ二、三歩進んで振り向いた顔は、死体の顔に負けず劣らず生気がなかった。「神かけて、おれは無関係——」

「あいつを追うんだ！」

ひとりでベッド脇に残ったリチャード・カーティスは、とんでもないことになったとまず思ったし、ラルフが開けっぴろげな快活さを装って事前にお膳立てしてから、わざとここへ強引に連れだしたんじゃなかろうなと強い疑いを抱いた。頭の奥では、自然死ではないのをとうに見定めている。そのくせ、ローズ・クロネツには一見して自然死以外を匂わせるふしがない。

いつしかカーティスは、生前のこの女の魅力はなんだったのだろうと考えていた。だが、在りし日のピリッとした機知や活気がどれほどのものであれ、この粘土細工からは雲散霧消し、あとに残るは小柄で骨太な三十五ぐらいの、いい体だが顔はむしろ不器量な女だけだ。しなびた顔と形容したほうがいっそ当たっている。あとになって、とっさに殺人だと思った理由を思い出そうとした。もしかすると、死んだ女の投げ出された右腕のつけねに近いキルティングの上掛けに、血痕とおぼしい小さな乾いたしみがあったという事実のせいだろうか。

とにかく、光を入れないことには……。

室内は薄暗いが、別宅を囲む木々のせいでうっすらと緑色に染まった日ざしが入ってくる。ワックスがけの床と古いカーテンのすえた臭いで息がつまりそうだ。カーティスは窓の厚いカーテンを開けようとした拍子に、すぐそばの大きな丸テーブルに蹴つまずきそうになった。窓の外は小さなバルコニーだ。次に、どうしたものかと思いながら室内へ向き直った。

天井はあまり高くなく、光の具合で黒に見える、いかにもフランス風な濃赤色サテンの壁面が、燻《いぶ》し金塗りの木部を引き立てていた。クリスタルの小型シャンデリアは蠟燭を模した電気だ。窓に向かい合った壁面には、廊下への戸口のほかに黒大理石に金をあしらった立派なマントルピースがあり、みじんも動かない大理石の置時計と、姿見にはまるっきり役立たずな金箔の大鏡が飾られていた。カーティスの左手の壁には半開きの浴室ドアの脇に半天蓋式のベッドがすえてある。最後に、右手の壁に半開きになった別のドアがあり、そのさきは閨房《ブドワール》という か化粧室になっていた。

しかし、室内の散らかった印象の主たる元凶は、あの大きな丸テーブルが椅子二脚やカート式の小さな給仕テーブルもろとも窓ぎわへ押しやられているせいだった。ここでリチャード・カーティスはいくつもの違和感を覚えた。給仕テーブルの上は恋人同士の夜食用の飲食物がぎっしりだ。とくに飲み物は、抜栓したシャンパンがワインクーラーに一本さしてあり、そばに開けてない壜がもう二本控えている。シャンパングラス二個の汚れ方からすると最初の一本は飲んだらしいが、食べ物を丸テーブルに出した形跡はない。皿やカトラリーやテーブルクロスは給仕テーブルの下段にきちんとそろっている。

次にカーティスは大きな丸テーブルを見た。ぴかぴかの天板に載っているのは三つだけだが、ちぐはぐもいいところだった。具体的には（1）磁器灰皿。ふちに燃えさしの煙草が車輪の輻《や》のように整然と十本並んでいる。（2）黒檀の柄つき直刃の大型カミソリが折りたたんである。（3）大工が使う小さなやっとこ一本。

「ほら！」ラルフ・ダグラスが言いそうな声が出てしまった。

とたんにラルフが部屋に入ってきた。こいつが怪しいと思いながらも、「典型的な」アングロサクソンらしいたたずまいにどこかホッとする。

「オルタンスは一階のトイレに閉じこめてきた」ラルフが報告する。「逃げられないのはあそこだけだ。ぎゃあぎゃあ大騒ぎしてるよ。こう言っている――あの、そのまま言うと、ローズは殺された、つまり殺人事件だと言うんだ」なんとかまともにカーティスと目を合わせた。

「おれの仕業か、さもなければローズの宝石目当ての犯行だと。根も葉もない話だろう？　だって、見たところ、どこにも不審な点はないんだから」

「さあ、それは。死につながりそうな要因が何かありました？　心臓が悪かったとか、そういったことが？」

「それは聞いてないなあ」ラルフはベッドを見つめた。やがてちらりと視線を戻して、丸テーブルのカミソリを見た。「あんなものを何のためにこんなところへ？　そうそう、それに君の後ろ。そらな！　窓の手前のカーペットだよ」

カーティスは振り返った。カーテンのタッセル飾りがこすれるあたりに、ぴかぴかする金属の端がのぞいている。二二口径ピストルの無骨な銃身で、黒い握り以外は銀張りの鉄製だ。

「カミソリとピストルか」とラルフ。「そうだ、死体を見ておかないと」

ベッドに戻り、少したためらってから、曲げた右腕の下から上掛けを外してめくった。二人が見た限りでは、ベージュピンクの部屋着をまとう体の表裏とも傷や血痕はない。上掛けを元通りにするのは仕方なくカーティスがやった。連れがにわかに危険なほど緊張してまぶたをぴくぴくさせ、手を震わせたからだ。

「あいつも可哀想に――」ラルフが息を吐く。「なあ、今頃ようやくこんなに実感がわいてきた。考えたくない。ああいう凶器じゃなくてせめてもだ——」カミソリを、ついでピストルをあごで指した。「困ったことに死んでる。不思議でならんよ。睡眠薬をかなり常用していた、抱水クロラールとかそんな名前の。その飲みすぎが元だと思うかい？」

さまようラルフの視線が半開きの浴室ドアをとらえた。内側に手を伸ばしてドア横のスイッチをつける。浴室は別宅にあとから足した最新式設備で、外窓はない。黒タイル張りの内装に、床面より低くて浅い浴槽。洗面台上段の棚にうがいコップと並んでいる円筒形の小さなボール箱がカーティスの目にとまった。「英人調剤師ストリックランド、オーベル街十八番」という印字ラベル以外に細かい記載はない。ハンカチを使ってボール箱を開けると、小粒の白い錠剤がほぼ満杯だった。

「このての薬を常用してたんですか？」

「ああ。その薬剤師の名は覚えがあるし、そんな感じの錠剤だったよ。どういうものかは知らないが」

「とりあえず、この箱の中身はほとんど減ってないようですよ。強い薬ですか？　劇薬でしたか？」

「さあ、どうだろう。いつもは一回につき二錠だった」

「ここは」見回したカーティスはうむと声を洩らした。「武器庫なみですね。これまでで殺しに使える品が三つですよ。ピストルにカミソリに劇薬です。かりに——」

カーティスは浴槽の中をのぞきこみ、死体のショックがおさまりかけた矢先に今度こそ心臓がでんぐり返って吐きそうになった。四つめの凶器を見つけたからだ。とっさに思い浮かんだのは、女の右の前腕近くの上掛けについていた、乾いた血のような小さいしみだ。浴槽の排水口近くに短剣が落ちていた。細身で長めの錐《スティレット》刀型で、三角の刀身に銀細工の柄がついている。どうやら水をかけたらしいが、血痕が乾く前に薄めてざらざらにしただけだった。薄いしみが点々とついている。つややかな黒タイルの浴槽自体は、汚れて濡れているように見えた。

「これで女の死因がわかりましたよ」カーティスは突然言った。

「なに言ってんだよ、刺されてないよ！」ラルフが言いつのる。「二人で探したけど、体には何の痕もなかったじゃないか――」

「そうですよ、刺されたんじゃありません」

カーティスは再び死体のところに戻ると、嫌悪感を抑えて、曲がった右腕の下におっかなびっくり指を入れた。人間の口のようにぱっくり開いた不気味な長い傷が指先に当たる。指でなぞると傷口が開いて、縁はかなりざらっと乾いていたのであわてて手を引いた。とはいえ、傷口が見つかるのは予想していた。これまで下敷きになっていて目につかなかった二の腕の大動脈が一刀のもとにすっぱり断ち切られている。

「失血死なんですよ」カーティスは両手をこすりながら、「わかりませんか？　ローマ人の自害作法ですよ、ただしあっちは静脈を切り開くので流血はもっとゆるやかですが。彼女はあの浴室に行ったんです、そうでなければ誰かに連れこまれた。誰かがあの短剣で彼女の動脈を切り、誰かが床より低いあの浴槽に入れるか、床に寝かせて浴槽のふちから腕を垂らすかして、血が流れるにまかせた。そうして死んだ――血をすっかり抜かれて。その後に誰かが手際よくベッドに寝かせたんです」

場がしんとした。二人して、化粧っけのない、大きくて愛想のない不細工な顔に見入る。

「じゃあ、殺人なのか？」ラルフが問い詰めた。

「そうですよ。さ、気をしっかり持って聞いてください。こちらへ私がうかがったのは助言するためですから、ハントが来られるようになるまでは引き続きそういたします。私には事実を話してくださいね。やったのはあなたですか？」

「冗談じゃない！　なんでおれがあいつを？　百歩譲ってかりにやるなら、よりによってこの別宅でやると思うか？　何もかも、すぐさまバレるに決まってる。この――この家を見るたびに嫌けがさす。いっそ焼き捨ててしまいたい」

「お気を確かに。一階のあのオルタンスという女は、ゆうべあなたがここにいたのは間違いないと断言しています。立証はたやすいはずです。もしも違うなら、どこにいたんですか？」

「ああ、さっきよりはましな質問だ」ラルフは思い出しにかかる顔になった。金髪をなでつけながら、どすどすと大股で二、三歩行ったり来たりする。「えーと、フーケでマグダと食事した。食後はおれの車に乗ってブローニュの森巡り。その後、マグダを母親の待つホテルへ送り届けた――」

「それ、何時でした？」

「宵の口だよ。十時半かな。おれはアリバイを証明できたかい？」

カーティスはにやりとした。ラルフ・ダグラスはまたコルク栓みたいに浮上し、双方の気分が上向いた。「まだわかりませんよ。それからどうしました？」

「用があってブライス兄貴と会う約束をしてた。だけど、なんだか。おれはマグダをおおむね口説き落として、君が言ったようにあのお袋にすっこんでろと言ってやるのを待つばかりだった。それで有頂天だった上に、けさがた君がパリに着くと知った。だから早めに寝るつもりで、しばらく行き先を決めずになんとなくドライブしてから家へ帰ろうと……。いや、待て！　うめき声なんか上げるなよ、おれだって探偵小説ぐらい何冊も読んでるさ。ドライブの行く先こそ決めなかったけど、自分の現在地はちゃんと把握してた。ほんの気まぐれでパシーの小さなカフェに寄り、帰りがけに一杯やろうとした。そこはタクシーの運ちゃん連中で混み合う、おれ好みの場末の店だ。連中に話しかけたり、まわりに一杯おごってやったりした。別にへべれけだったわけじゃないからな！——」

「そのカフェの店名を思い出せますか？」

「いや、でも通りの名は知ってるよ、ベートーヴェン街だ。その店ならいつでも探し出せるし……。まあ、そのおかげでやっと店を出るころには三時半近くなり、ずいぶん気もとがめたし、頭が割れるようだった。アパルトマンの管理人を叩き起こすのに、これでもかと呼鈴を鳴らして大声を出すはめになってさ。めったにしないんだよ。管理人のおばさんめ、窓から顔を出して、紳士らしくありませんよなんてほざくんだから」

「管理人はあなたの姿を見たんですね？」

「そのはずだ」

カーティスは思案した。「その情報はどれも使えますね。もしもあなたが三時半までご帰宅でないなら、あのオルタンスという女はなぜあの家に泊まったなどと断言するのでしょうか――？」

カーティスがサウサンプトン街で妄想したのと瓜二つの流れだが、実際に起きてみれば嬉しくもなんともない。ひどく気がかりなだけだ。いかにも非日常のどぎつい事件で、サウサンプトン街の妄想とはおよそ水と油といってもいい。だが、自分たちをとりまく黒ずんだ赤の壁紙や、ローズ・クロネッツが殺された無残な手口と同じように現実のできごとだ。女が死んでいた室内に凶器になりそうなものがピストル、カミソリ、箱入りの錠剤、短剣と四つあった。だが、その中でいちばん使われそうにない凶器が使われた。だって刃先だけが頼りの錐刀《スティレット》みたいな凶器で動脈を探り当てて断つくらいなら、明らかにカミソリを選びそうなものなのに。夜食はいろいろ用意してあったのに、夜食用の丸テーブルには煙草の吸いがらをふちに整然と放射状にならべた磁器灰皿と、小型のやっとこ一本しか出ていなかった。

現段階では「まだ」を繰り返すしかない。カーティスは本腰を入れにかかった。

「ホテルで婚約者の方と別れてから」続けて尋ねた。「カフェに到着するまではどれくらいでしたか？」

「長くて二十分かそこらだ。かなり自信がある」

「カフェを出た時刻を立証できると思いますか？」

「うん、それは大丈夫だろう。さっきも言ったようにタクシーの運ちゃん向けに夜通し開けてる店でね、時間を気にする客のために大きな壁時計があるんだ。おれのほかに何人か一緒に店を出た。正確な時間はわからないが、三時をだいぶ回ってたよ。だから、もしもオルタンスが――」

「もしもオルタンスが何でございますか、ムッシュウ?」フランス語で冷たい声がさえぎった。廊下のドアが開いて、オルタンスが入ってくる。身を震わせて怒りながらも、せいいっぱいの威厳を保っていた。

その背後から巡査がのぞきこんだ。

「ムッシュウはお忘れですのね」オルタンスがよそよそしく、「女でも、窓を壊して声を限りに助けを呼ぶぐらいできますすよ。さ、おやっさん、あたしの言い分が嘘かどうか白黒つけてよ」

巡査は短いマントの下の背を丸めて、カーティスがいぶかしがるほど迷った挙句にとうとう女を押しのけて前に出てきた。大柄な年輩の男でごま塩の口ひげをたくわえ、おしゃれらしく帽子をあみだにかぶっている。息があがっているばかりか、妙にいたたまれない、疑念に近い表情を短気そうな顔に浮かべている。ベッドを鋭く一瞥し、たじろぎながらも警官らしく背中で手を組むと、長靴の片方の爪先でカーペットをとんとん鳴らした。

「おはよう、エルキュール」ラルフがさらっと切り出した。

「おはようございます、ムッシュウ・ドゥーグラズ」エルキュールは喉奥からむくれた声を出し、肩越しに親指を後方へ倒した。「この婆さんにね」さっきの侮辱のお返しとばかりに、「マダム・クロネッツ殺しで告発されてますよ」

「そいつ、頭がおかしいよ」

「どう見てもそうですな」エルキュールはベッドへ近づきながら賛成した。「だって、あんたさんがマダムの喉をカミソリで切ったっていうんですから。うん、喉は切られてないぞ！　だけどマダムは亡くなってる。心臓かなんかですか？」

「いや、他殺だ」とたんに、エルキュールの顔つきがほぐれる寸前から一気に逆戻りした。それでもダグラスはあくまで主張した。「腕の動脈を切られてあの浴室で失血死したんだ。だが、おれじゃない」

「ああ、こんちくしょう」エルキュールは声を殺して悪態をついた。

「それに、おれからもオルタンスにぜひとも聞きたいんだが、なぜ、マダム・クロネッツがカミソリでやられたとはっきり言いきれるんだ」

ダグラスにそこをつかれて、オルタンス自身ちょっとひるんだらしい。とはいえ狭い室内に入ってからずっと、ろくにきかない茶色い目をあの丸テーブルに貼りつけている。今度は前に出てきて、顕微鏡をのぞきこむ感じでなめるように検分していた。

「まず、そこにカミソリがあるからです」平然と指さして答えた。「それにゆうべ、ムッシュウがそのカミソリを研いでおいでなのを見かけましたので。それに、たった今思い出しましたけど、邪魔しなければもう百フランやるとムッシュウが約束してくださいました」

第四章　ピンクのしみ

ラルフ・ダグラスの顔がわずかに変化し、大きな口をさらに広げて、どこか恐怖じみた表情になった。自分もそうなっているかな、とカーティスは少しだけ気になった。

「なら、あんたさんが……」エルキュールが性急に言いさしてぴたりと口をつぐむと、前にも増して血走った目で女を凝視する。どうやら何かの踏ん切りをつけかねているようだ。「これも本当じゃないんでしょ、ムッシュウ・ドゥーグラズ？」

「ええ、違いますよ」ここらが介入の潮時だとみて、カーティスは口を出した。エルキュールにことさら改まった口調で話しかける。「自己紹介してよろしいですか。私は英国の弁護士で、ダグラスさんの友人です。名刺をどうぞ」エルキュールはまだピンとこない顔で名刺を眺めた。

「こちらのご婦人はなにやら常軌を逸した妄想下にあると申し上げておいたほうがよさそうです。ムッシュウ・ダグラスがこのマルブル荘にゆうべ泊まったと思いこんでいるようでね。ですが、そんな事実はないとわかっています。なんでしたら、ここへは立ち寄ってもいないという証拠を提供いたしますよ」

「そんな、ほんとよ」オルタンスが叫ぶ。「だってちょっとそんな、いくらなんでも……」

エルキュールの表情の曇りがとれた。「黙っとれ、婆さん」とすごむ。「妄想、とおっしゃったかな?」

「さもなければ、われわれには理解不能な何かでしょうな。本人にただしてみたほうがよさそうじゃありませんか?」

「いいでしょう。そうします」エルキュールはチュニックのボタンを唯一外した箇所から手帳を、帽子裏から鉛筆を出してみせた。その筆記具を検分する姿を、オルタンスは穴が開くほど眺めていた。「あんたの名前と住所は?」

「オルタンス・フレイ。七区デ・ザール街四十一番よ」

「職業は?」

「ご婦人づきの女中です」

「なら、雇い主はマダム・クロネツか?」

「今は違いますよ。お暇を出されて二年と少しになるの、ムッシュウがマダムと付き合いだす前に。いや、そうじゃないの、おじいちゃん」オルタンスはいち早く牽制すると腕組みした。「あんたなんかには思いもよらない理由でお払い箱になったのよ。あたしの職歴は世間のどこへ出しても恥ずかしくない。やめたのは目が悪いせいなんだから」

「ちょっといいかな」ラルフが遠慮がちに口を出した。「その話は本当だ、エルキュール。マダム・クロネツからじかに聞いた。マダムがご機嫌斜めの時にお目当ての品物がなかなか見つからないと『オルタンスみたいな目ね』が口癖だった。慣用句って感じでね。ついでに由来も聞かされたよ。なんでもオルタンスはいつも眼鏡を置き忘れ、置き忘れたと言ってはひとりで勝手にむかっ腹を立ててたんだそうだ」
「おおきにご親切《ビアン・アミアブル》さま、ムッシュウ」オルタンスはよけいかたくなに腕組みしながらやれやれとかぶりを振った。「だったら、わたくしをご存じだったんですね？　わたくしも存じ上げております。つい先頃知らせていただきましたから」エプロンのポケットから汚れた手紙を出して丁寧に広げた。「よかったら読んでよ、おじいちゃん。英語よ。読める？　あっそう。じゃあ、あたしがフランス語に直してあげる」
そうしてすらすらと歌うように、しかもひとつも間違わずにやってのけた。

マドモワゼル・フレイ
たしかあなたが以前に奉公なさっていたマダム・クロネツから、心配り細やかで気のきいた人材というご評判を聞いております。そこでこのたび、心配り細やかな方にぜひともお願いしたい仕事があります。小生は一時マダム・クロネツと親しくお付き合いしていた者ですが、しばらく前に関係を解消しました。親密だった時のマダムはボワシー近郊マルリーの森外れのマルブル荘にお住まいで――

「そこの話なら、とうに聞いてましたよ」読み上げを中断したオルタンスがぼそりと言う。

ここにきて望外にもマダムと復縁の見込みが出てきました。五月十五日土曜の夜にマルブル荘で小生と逢ってくださる約束をとりつけたのです。それで当然ながら、その晩の身の回りのお世話に女中をつけてもらいたいとのご要望でしたが、諸般の事情で、今のお抱え女中をお供にするのはマダムのお為にならないと愚考しております。もしもあなたに一晩だけお引き受け願えれば、報酬は充分はずむとお約束しますし、今後につながるかもしれませんよ?

マルブル荘へは土曜の午後においでください(門と建物の鍵を同封します。ポルト・メイヨーからボワシーまではバスか路面電車で、あとは現地でお尋ねになれば)。家の中をいささか手入れしていただかないといけませんが、見苦しくない程度で結構です。マダムには左翼の寝室、化粧室、居間の続き部屋を、小生用には右翼の部屋を支度してください。あなたは一階キッチン脇の部屋を使ってください、きっと快適に過ごしてもらえると思います。キッチンには食材をふんだんに補充しておきますし、家事に必要な道具一式はあなたの部屋にあります。小生は夕方に現地入りして、その後の指示を出します。ただし、マダムのご到着は遅れる見込みです。

マドモワゼル、当方の誠意のしるしに百フラン紙幣を同封いたします。万事こちらの意向通りに動いてくだされば、日曜にはあなたの財布にこれがもう四枚入ると思ってください。

匆々

「一から十まで話がうますぎるわよ！」オルタンスはヒステリーと際限ない繰り言で自制心が決壊寸前だった。「あんたの言い分も、約束も、『誠意』だなんて！　『今後につながるかもしれませんよ？』口がうまいわねえ！　あたしは資産もないし、何ヶ月も職にあぶれてた。だから土曜の朝にあんたからこの手紙がきて、もうもうすっかり有頂天になって、希望で胸をふくらませてさ――」

「オルタンス」とダグラス。「誓って言うが、今この場で百フラン紙幣を十枚やる。おまえが事実を話してくれさえすれば」

よもや、オルタンスのようにずんぐりした女がここまで機敏に動けるなんて予想もつくまい。手紙を見ようとするダグラスから跳びのき、泣きながら透明なハンカチを握りしめるように片手を鼻に当て、もう一方の手で手紙をしっかりつかんでいる。今朝の熱烈歓迎ぶりはどこへやら、恐怖に顔をゆがめて。

「もう遅いよ」と険悪な口ぶりで、「あたしゃ事実を話してるんだ。手を触れないでおくれ。この人殺し、あたしゃあんたの仲間でもなんでもないからね。人殺し！　そうともさ。ひーとごーろ――」

そぞろ不安になった弁護士はこのへんで火消しに回った。ラルフ・ダグラスは今ので本気になって財布を出し、百フラン札を束にして女に振ってみせようとしている。この場の興奮状態は伝染するらしい。こんな騒ぎがカーティス・ハント・ダルシー&カーティス事務所で起きたらと思うとつくづくゾッとしない。

「オルタンス」と申し出てみた。「こちらとしては、せめてその手紙を見ないわけにはいかないんだ。エルタンス。エルキュールに渡して保管してもらえばいいじゃないか。警察は信じるだろう?」

「いいねえ。そいつは地に足のついた提案だ」エルキュールはうなり声で賛成し、あとは割とすんなり手紙を取った。タイプ打ちの書面で、巡査はそれをぶらんと宙にかかげた。

「で、どうです?」カーティスは英語で聞いた。

「ここまでいくと、ちょっと洒落にならないね。あれはおれの署名だよ、絶対だ」とラルフ。「自分の署名ぐらい見ればわかる。しかもタイプライターの癖まで——あのな、いったい何のおふざけだ? おれは書いてないぞ」

オルタンスは片手で目をぬぐいながらも、不幸のどん底といった只今のありさまから、だんだんと不思議そうな目をダグラスに向け始めた。そこへカーティスが話しかける。

「今のぼくらの話が聞きとれたんですか、マドモワゼル? 英語を話すんでしょ?」

「少しだけよ。あんたにはうんざり!」

「きっと英語の達人なんでしょう。その手紙には難易度の高い単語もいくらかありますよ。私もそれくらいフランス語ができればいいんだけど。さっき読み上げるのを見ていてふと思ったんだけど、もしかして、その手紙を誰かに訳してもらったんじゃ——」

「だったらどうなの、ムッシュウ」女は居直って冷たく応じた。「だったら何さ? ひとをソルボンヌの教授だとでも勘違いしてんの？」

「誰に見せたんです？　お知り合い？」

「商売柄、そういう心得があるとこへ持ってったの。旅行代理店へ。トラー観光よ、イタリア大通りの。そう、それに知った仲でもあるし。パリ支店長のムッシュウ・スタンフィールドとは幸い顔なじみなの、マダムのおなじみさんで、ご旅行の時はいつも手配一切を引き受けてくださったご縁でね」

「そりゃまた口の堅いことで」ラルフは呆けた声を出した。

「そうでもしなきゃ読めませんからね。口止めはしましたよ」

ふさいだラルフは両手をポケットにつっこんで、女の周囲を巡りだした。カーティスに向けて口の端からこぼすようにぶつぶつと、「ジョージ・スタンフィールドか――こいつの言うように、このパリきっての人気代理店の統括者で、トラー女社長の腹心ときた。おいちょっと、こいつは想像以上にまずいじゃないか」ところが今度はエルキュールがとまどって口出しした。

「ほらほら、事件の話に戻りましょう」と不平をこぼす。「そんな管《くだ》を巻いても何にもならんでしょうが。なら、この手紙を否認するんですね、ムッシュウ・ドゥーグラズ？」と、ひらひら振ってみせる。「結構、記録しときます。先へ進みますよ。さてと、婆さん、話を続けな。自分の言葉に気をつけるんだぞ、この鉛筆がお待ちかねだ。あんたは土曜の朝にこの手紙を受け取った。手紙の内容を教えてもらって、それからどうした？」

「ここへ来たに決まってるでしょ」オルタンスがやり返す。「仕事が山積みなんだもの、あたしがきちんとこなしたのは見ての通りよ。だけど大急ぎってわけじゃなかった。だって、ムッシュウ・ドゥーグラズは夜までおいでにならなかったから――」

「ははあ！　ムッシュウ・ドゥーグラズがみえたのはその頃か！　それが何時だね？」

「九時ちょうどよ」

「お聞きになってますね、ムッシュウ・ドゥーグラズ？」

「聞いてるよ」ラルフは答えた。「もっけの幸いにもほどがある。さてと、いいかい、エルキュール。ゆうべの九時はレストラン・フーケで食事してた。婚約者が裏づけてくれるし、あの店の給仕長も裏づけてくれるし、ウェイターたちも裏づけてくれる。これ以上、楽に裏が取れるものってないよ」

「今のを聞いたよな、おばちゃん？」おもむろに、大きな口ひげがひるがえるほどの息をフーッと上げてエルキュールが問い詰めた。「ええ、おい？　何があったか話すんだ」

「だからこうして事実を話してるじゃないか！　九時ちょうどに誰かが呼鈴を鳴らした。あたしが出たよ。そしたらムッシュウだった。レインコートに黒の帽子でさ。英語で話しかけられたよ。こんなふうに――」

「そこがわからん」エルキュールは狐につままれている。「あんたの言い分が嘘でなければ、ムッシュウ・ドゥーグラズになりすました誰か別人に決まっとる。いいか、婆さん！　その旦那《ジュストマン》を見たらわかるかね？　さっきは目が悪いって話だったが――」

「そうよ。だけどその時は眼鏡が割れてなかったんだ」オルタンスはポケットから眼鏡の残骸を出しながらどなった。「確かめろっていうなら、あれは英国人の顔さ。赤ら顔に金髪碧眼でね、どう転んでも間違えっこない。しかも英語でムッシュウ・ドゥーグラズだって自分で名乗ったんだからね。だけど眼鏡の話が途中だったっけ。その人の帽子を預かって外套を脱がせた時に、あちらさんが寄木細工の床に足を取られてさ。背中はこっち向きだったんで肩が当たって――こうよ！」迫真の演技で、自分の片手で鼻柱をはたいてみせた。「痛かった、涙が出たわ。眼鏡は飛んじゃうし。しかも謝りながら言うのよ、どうやら眼鏡を踏んづけて壊しちゃったみたいだって」

ちょっとした沈黙を、エルキュールのぜんそくめいた咳が破った。

「どうやら明白のようですな」と、エルキュール。「ちょろいもんですよ。最初にその男を見た時……照明はあったんだね？」

「そうよ、ちゃんと照らしてた。下の玄関ホールの照明です」

「それから眼鏡が壊れた。なるほど。だが、声はどうだね？」

「あら、おんなじよ。どのみち英語だと、どの声も似たりよったりだけど」

ここでリチャード・カーティスはにわかに新たな認識で目がさめる思いがした。思うに自分たち英国人の思い込みも五十歩百歩に違いない。中国人はみんなそっくりに見えるというだけでなく、フランス人やイタリア人の大半もほんの数種類に分類されてしまう。盲点だった、まさか向こうにもそう思われていたなんて。かくいう自分も外国語で話す声の特徴までは、ほとんど気が回らなかった、判別するのは音の高さだけだ。だからそれ以外だと、前に一度会った程度では、大勢の中からこのフランス人とあのフランス人の聞き分けはできない。カーティスの頭の中でだんだんと犯人像が具体的になってきた。これが殺人者の巧みなところだ。姿を隠したりしない。オルタンスの視力と外国語の声を逆手に取って、明るい電灯の下で大胆に歩き回っているのだから。

みながそれに気づいたようだが、いちばんあわてたのはエルキュールだった。

「どうやら――」と言いさしてやめた。「ねえ、ムッシュウ・ドゥーグラズ。あなたに害意を持ち、あなたになりすませるほど似ている人に誰か心当たりは？」

「うーん……いや、知る限りではいないよ」

「ご親戚は？　ご兄弟とか？」

「ないね。兄ならたしかに一人いる。だけど、どうやったっておれと間違えるなんてありえない。兄貴は背が低いし、口ひげがある。それに」自信なさそうな身ぶりで、「君は兄貴を知らないからな。たとえ変装の疑いがあったって――続けてくれ、オルタンス。それからどうした？」

「その男は――あんたは――ああもう、どっちか知らないけど！　とにかくすごくいい人だった。あたしを応接間へ呼んでいろいろ話してくれた。マダムの女中のかわりに呼ばれたわけを。なんでも、今のマダムはムッシュウ・ド・ロートレックって人に囲われてるんだけど、その人はずいぶんな焼きもち焼きで手が早いんだって。ちょっと怖いじゃないの！　で、マダムの今の女中はムッシュウ・ド・ロートレックがつけたスパイなんだって。でもその人がこの週末にパリを空けるから、そのすきにムッシュウ・ドゥーグラズと逢引できるんですって。でね、その人に言ってあげたの。何をお飲みになりたいですか、どうぞお楽になさっておくつろぎをって。そしたら今はいい、パリへ戻らなくちゃって――」

「パリへ戻る？」

オルタンスはうなずいた。「そう言ったでしょ。マダムのご用でほんの一時だけパリに戻るけど、今晩中に別宅へ戻る。ちょっと遅くなるかもしれないけどって」

エルキュールのうなずきを合図に、カーティスが質問役を引き継いだ。

「その人が出て行ったのは何時でした？」

「九時二十分ごろかしら」

「出入りの足は自動車？」

「あらっ、知らないわ！」オルタンスはぎょっとした。「車の音は聞こえなかったし」

「話している間に、そいつの顔をよく見る機会がありましたか？」

「無理ですよ、ムッシュウ、眼鏡がないんだもの。ぼやけたピンクのしみみたいに見えただけよ」

「相手はずっと英語でしたね？　なるほど。それから？」

「それからね、ムッシュウ」オルタンスはカーティスの鄭重《ていちょう》な扱いにいくらかほだされてきて続けた。「特に何事もなく過ぎて、マダムのお着きは十一時過ぎでした。お車の音が聞こえて――今もここのガレージに入ってます――お迎えに出ました。マダムおひとりでね、旅行カバンを二つさげてらして、あたしにびっくりなさって。それで申し上げたんですよ。『あらまあ、マダムはこの週末にご自分でおさんどんをなさるおつもりでしたのね。そりゃあ、ムッシュウ・ド・ロートレックがあんな独占欲のお強い方で、お宅の女中さんもあてにならないのではねえ？』そしたらびっくりするじゃありませんか、みるみる険悪なお顔になっておっしゃったの。『ほんとに独占欲の強い人よ、いまいましい。この週末の代価がどれほどについたかは言わぬが花ね。笑ってしまう』」

「正確にはどういうことをさしていたんでしょうか？」

「さあ、どうでしょう、ムッシュウ。その話はそこまでで、あとは、『ムッシュウ・ド・ロートレックのほうでも週末を楽しんでくれるといいけど』とおっしゃっただけです」

「ですが、マダムの挙動はいかがでした？　たとえばダグラスさんにずいぶん会いたがってましたか？」

「ええ、それはもう！　ほんとに逢いたくてたまらないご様子で。うきうきして元気いっぱいでしたよ。そら」――オルタンスは脇で両肘を曲げ、威勢のいい軍隊式の歩き方をまねてみせた――「こんな感じでね！　ご機嫌がいい時のマダムは最高なんですよ。自然児なの。その一方で、心なしか気がかりを胸に抱えておいでのようでした。そりゃまあ、あんなわけでお顔の動きはよく見えませんでしたが、なにしろご気性をすっかりのみこんでいますからね。しいていえばムッシュウ・ドゥーグラズが出迎えてくださらなかった、その後もなかなかおいでにならなかったというので戸惑ってらしたの。それでもなるべく表に出さないようになさってましたよ」

「おいでくださいとダグラスさんがご連絡したのはどんな方法だったと言っておられました？」

「お電話があったそうです」

それまでずっと片足ずつ重心をかけていたラルフが、ここで中っ腹気味に割って入った。

「どういうわけで、おれにそこまで未練たらたらだったんだ？」

「ムッシュウはご存じない？」オルタンスが尋ねた。「あたしの知る限りじゃ、マダムが別れる踏ん切りをつけないうちに離れていった殿方はムッシュウだけですよ。まあそれでね、マダムをこの続き部屋にお連れしまして、そちらの化粧室で旅行カバンを荷ほどきしまして」と指さし、「マダムはその間にあちらの居間で一休みされました。あたしはお召し物や宝石類をしまって——ああっ、しまった！」オルタンスが声をあげ、自分のおでこをぴしゃりとやった。「宝石を忘れてた！」みなが動くより先に、脱兎のごとく化粧室へ消えたが、安堵で息を切らしながらすぐに戻ってきた。「いえ、大丈夫。思った通りだわ、宝石は盗られてない。化粧テーブルの抽斗《ひきだし》の小箱に入れといたの。だけど、どこぞの屑野郎があのきれいなローズウッドの化粧テーブルにねばねばの壜を載せて痕をつけちゃって……。ゆうべの話を続けましょうか？ ええ、マダムをお風呂へ入れて差し上げ、そのあとでイヴニングドレスにお召し替えを手伝いました。だらしないなりでムッシュウをお迎えするなんて、とんでもないっておっしゃるから。かれこれ十二時を過ぎてたのに、ムッシュウはまだおみえにならないの。それで、あんたはこれでおさがり、もう寝なさいなと言っていただいて。ごらんになりますか？」

またもてきぱきと半開きの化粧室のドアへ向かう。室内の鎧戸は閉まっていたが、黒白市松の大理石張りの床以外は現代風で豪奢な室内が見える程度には明るい。化粧テーブルいっぱいにさまざまな化粧品が散乱していた。ローズウッド材の光沢を損ねる壜かグラスとおぼしき醜悪な輪じみさえ見分けられる。ただし、身に着ける物はひとつも出ていない。化粧テーブルの下に黄色いサテンのミュールが一足あるぐらいだ。オルタンスはざっと見渡すと、続き居間へ向かった。

カーテンも鎧戸も開け放った脇の窓から、すがすがしい外気が入る。その窓から出られる大理石のバルコニーには洞窟めいたアーチが並び、頭上を覆う葉叢から木もれ陽が射している。その先に大理石の外階段がある。灰色と金色の鏡板張りの室内は豪奢でロマンチックな第一帝政時代の青い家具でまとめていた。あえて敷物なしの寄木の床を踏む一同の歩みがクリスタルのシャンデリアをかすかに鳴らす。ここのマントルピースの飾り時計もやっぱり動いていないが、グランドピアノと、書棚がひとつかふたつあった。バルコニーに開け放した窓辺に特にしつらえられた席——さしむかいの椅子、何かを待ち受けるようにサイドテーブルの上に寄せた銀の燭台一対。中央テーブルには(ちぐはぐにも)別のワインクーラーが出ていた。ただしワインボトルは一本もなく、グラスもない。

「ここへマダムを残して行きました」オルタンスがあっさり説明した。「あの窓はその時もこの通りに開いていました。それに、かけねなしにきれいな晩でしたね」

「あなたはそのあと寝たんですね?」

「いえ、すぐというわけには、ムッシュウ。それで思い出したんですけど。ルイ・ロデレールのハーフボトルを持ってきてとマダムに言われました。ご存じでしょうけど、マダムは毎晩寝しなに、ほかに何をお飲みになったあとでも必ずあれを召し上がり、したたかに過ごされることもありました。ムッシュウがおみえになったらもっと飲むはずね、でも今はハーフボトルでお先に始めておくわって。だって悩みごとがおありで――かんかんに腹を立てておいででした。ええ、そりゃあわかりますよ。どれだけにこやかにしておいでてもね――ムッシュウがおいでにならないからです。こっちは足音をひそめましたよ。あんないい晩に、マダムの癇癪《かんしゃく》を浴びせられちゃたまりません」

ルイ・ロデレールの話は酒好きらしい目つきのエルキュールの興味をひいたらしく、どた足で寄ってきた。

「ほほう？　なら、そのハーフボトルは今どこなんだ、婆さん？　見かけてないぞ。寝室には何本かあった。夜更けにちょいとつまんで飲むやつだろう。だけど、あっちはフルボトルばかりだったぞ……」

女が皮肉る。「まあまあ、そりゃ大変だ！　あたしにわかるわけないでしょ？　お気の毒なマダムの死の真相は消えたシャンパンのハーフボトルの行方にかかってると思ってんのね？」

「とにかく記録しとこう。メモ：ハーフボトル一本紛失」

この事件にはそれなりに有益な方針だなとカーティスは思ったし、何日もたたずに自らその見解を裏書きすることになったが、その時は引き続きオルタンスを問いただしにかかった。

「で、ハーフボトルを持って行ってあげたと。それから？」
「そこまでです。マダムがおっしゃるには、ムッシュウのお戻りにそなえて軽いお夜食を支度してね——おじいちゃんがさっき言ってた、ちょいとつまむものです——でも二階へは持って上がらなくていいわよ。給仕テーブルに支度だけしといてちょうだい、あとは必要ならムッシュウに運んでいただくわと。で、そうしました。あとは戸締りをすませて、キッチン脇の小部屋へ寝に行きました。一時十分前でしたが、ムッシュウはまだでしたので目をさましていました。もしかして、あたしが入れて差し上げないといけないかなって。一時十分過ぎにムッシュウが勝手口から入ってこられました。どうしてわかるかというと、電気をつけて小部屋の置時計を見たからです。それでね、勝手口のドアが開く音を聞いて震えあがってしまい、『ムッシュウ・ドゥーグラズ、ムッシュウ・ドゥーグラズ、ムッシュウ・ドゥーグラズ』と、答えてくださるまで呼んじゃったわ。それから小部屋のドア越しにキッチンの様子をうかがいました。茶色いレインコートと黒い帽子と、ピンクがかったしみみたいなお顔ぐらいは見えましたよ。
給仕テーブルに出しておいたお夜食のことをお伝えしたの。そしたら、うん、知ってるよって。家の脇を回りこむ途中で居間のバルコニーにいたマダムから声がかかったって。ムッシュウはこう言ったの」いきなりオルタンスは英語に切り替え、歌うような口まねで、「こう言ったのよ。『そら、いい子だから寝んねして、今夜だけはマダムと水入らずにしておくれ、そしたらもう百フランあげるよ』
そう言われてそりゃあ喜んだわよ、わかるでしょう。ドアを閉めてまた横になったわ。でも意外にもムッシュウはなかなか二階へ上がろうとはせず、キッチンでごそごそ音を立ててらっしゃるのよ。思いましたよ。呆れた、どこの世界にこんな愛人《アマン》がいますかって。だけどもちろん、英国人気質《ティアン》はわかりっこないものねえ。そしたら、どうにも腑《ふ》に落ちない音がするじゃないの。しばらく続いたかしらね、騒々しくはないんだけど、どうも砥石で何かの刃物を研ぐ音なのよ。

思ったわよ。何やってんですかムッシュウ、二階でマダムが待ち焦がれていらっしゃるのにって。それでこっそりベッドを出て、うんと細めにドアを開けてみたの」――オルタンスは、親指と人さし指をうんと寄せて、いかに細めだったかを伝えた――「のぞいてみたら、ムッシュウはこっちへ背中を少し向けて立ってらした。てらてらした、灰色がかった長方形の物を手にしてね。小型の砥石だとわかったわ。その砥石で、やっぱり光るものをごしごしやっていました。

だけど、もちろんその時は気に留めなかった。神経には障《さわ》るけどね、きっとローストチキンを切るナイフでも研いでいらっしゃるんだろうって。でも、カービングナイフと違って刃先までは研いでなかったけど。最後にムッシュウの気配を聞いたのは、二階へ行きがけにあたしの小部屋の前を通られた物音ね。給仕テーブルを押していかれて、車輪のきしみやらお皿が鳴る音がしたの」

「で、何時でした？」

「一時十五分でした」オルタンスはすっかり血の気をなくしている。

沈黙を破ったのはエルキュールの鼻息だった。「おいおい、こいつはいくらなんでも度が過ぎるぞ」バルコニーへ駆け出しながら、「向こうの林の陰から、こっちの窓を見張っとるやつがいる」

第五章　かかし殿の登場

エルキュールが見た、あるいは見たと思いこんだものが何かは不明だった。エルキュールは塩辛声で怒号するや窓辺に仁王立ちして太い腕を振り、犬でも追っぱらうように、「シッシッ！」などとやっている。他の面々が横に並ぶ頃には何も見えなかった。

「消えました」エルキュールのセリフは言わずもがなだった。「だけどねえ、あそこの林の陰にいたのは確かですよ」

よっぽどカーティスは、「そんなやり方でそいつが捕まってくれるとでも？」と聞いてやろうかと思った。どうも今日は、実直なエルキュールの言動にまで不審を抱いてしまう何かがあるようだった。しかしながらこの武装警察官《ジャンダルムリ》はすでにこの場の皆から支持されており、みだりに絡まないに越したことはない。

「いたのは誰ですか？」

「のっぽの古い上っ張りの男。前に見かけたやつです」

「以前にかかし呼ばわりしたやつか？」ダグラスが追及する。「今日だけでなく、この敷地で二度見かけたという男だな？」

「飲みすぎよ、おじいちゃん」オルタンスは倒れそうな顔をしながらも言い張った。「散歩中のかかしを見る癖でもあるのね」

エルキュールが向き直る。「こら、ちび婆！　あんただってよく晴れた晩にレインコートを着た男を見る癖があるんだ、お互い様だろうが！　なかなか聞きごたえのある話をしてくれたけどな、それ相応の理由で眉唾だと見とるよ、この紳士がたも本官も。あのかかし野郎をそう呼ぶのは、かかしにお似合いの古帽子をかぶっていたからだ。ただしパイプをふかしてたがな。さてと、あんたの話に戻ろう。そいつはカミソリを研いでたってか――砥石で！　あんたがカミソリの研ぎ方に疎《うと》いのはバレバレだね……」

「見たまんまの話よ」

「それにさっき聞いただろう、この方々によればマダムはカミソリで殺されたのと違うぞ」

「そうは言うけどね。じゃあ、どんなもので殺されたのさ？　あんたは見たの？　ぜひとも聞かせてもらいたいけど、消えたジャンパンのハーフボトルをさも一大事みたいに取りざたした以外に、そもそも何かしたっけ？　当然の手順を踏んで、もう署長《コミッセール》さんには報告したんでしょうね？」

エルキュールは毒々しい目で女をにらむと、肩にぶつかるふりをして脇をすり抜け、足音荒く化粧室から寝室へと消えた。がみがみ女房よろしく女中があとを追う。カーティスの腕をラルフがそっと押さえて引き留め、二人でしばらく居残った。

「ああもはしたない言い合いをされたら、かなわんよ」とラルフ。「まいったね。だが、あの老嬢にも一理ある。エルキュールはどこか悪いのかな、どう思う？　たしかに真っ正直な男だし、この界隈では顔がきく。さてと、おれたち、これからどうしようか？」

カーティスは封筒の裏にメモを取っていた。「オルタンスが話したあの時間割を聞いたでしょう？」

「謎の男が出没した時間のことか？」

「そうです。男はゆうべの九時にここへ来ました。出かけたのは九時二十分です。また出直して一時十分にあらわれ、二階へは一時十五分に行っています。あなたのほうは九時過ぎまでフーケにいた裏は取れるんですよね？　一時前後はいかがですか？　その時分にパシーのカフェにいたという裏は取れます？」

「まず堅いね」

「だったらわれわれは問題なしです」カーティスは強い酒でもぐいとやりたくなった。「あなたが警察を恐れるには及びませんし、風評はいくぶんか火消しできそうです。何者かのなりすましだと警察が納得すれば――まじめな話、やりそうなやつに心当たりは？　今の状況はおかかりですよね。今回のは探偵小説でおなじみの、変装を凝らして別人に化けて自分の女房までだますような手の込んだ趣向とは大違いです。お手軽なものでしょう。オルタンスは眼鏡なしではコウモリ程度の視力しかありません。犯人は一度だけはっきり姿をさらして、自分の外見をあの女の頭に焼きつけ――変装はほんのうわべだけ――その上で眼鏡を割ります。あなたにアリバイがなければ危ないところでした。大筋の手口は直截的ですが、枝葉はどうか？　武器庫そこのけに凶器を並べたてたのはなぜか……」

そこへ隣室から呼ぶ大声と、なにやら言い合う騒ぎで話の腰を折られた。エルキュールが寝室の丸テーブルのそばで手袋をはめてカミソリを検分している。刃を開いて、いろんな角度から日にかざした。

「オルタンスの」と断言する。「言い分にも事実がひとつはありました。ほら、これですよ！どうやらね、どこぞの阿呆が油を引いた石ころでこいつを研ぎやがった。しかも刃の立て方を間違えてて、刃が一部なまくらになって傷がついてます。おまけに油でぎとぎとだ。ですがね、マダムの腕の動脈を切ったのはこれじゃありませんよ。血は一滴もついてませんし、犯人が洗い流したとすれば油も一緒に落ちてるはずです」憤懣やるかたない顔でカミソリの刃を閉じてテーブルに戻した。カーティスはこの男のお手並みにますます一目おいた。「そこで、オルタンスの言い分がかりに信じられるとすれば、どういうわけでその男はこの刃を研いでおきたかったのか？」

「いいんですか」カーティスが念を押す。「署長より先に手を触れちゃって——？」

「本官の職務ですから」エルキュールはいかめしく答えた。「ところで、窓辺の床に転がってるあのピストルですが。人殺しが持ってたのを見かけたか、婆さん？」

「いいえ、一度も」

エルキュールはぜいぜいあえぎながらピストルを拾い上げた。「英国製の自動拳銃だ。よし、大事な証拠だ。弾込めいっぱい、発射の形跡なし。よし。だが、マダム殺しの凶器はどこだろう？」

カーティスが浴室に連れて行った。黒タイルの浴槽のふちに四人でかたまって見おろす。刀身がうっすら血に染まり、銀の柄をあしらった細身の三角刃にオルタンスがたじろぐ。

「だけど、それなら知ってるわよ！」と言い出した。「浴槽のそれ。マダムのお持ち物よ。コルシカ土産でね、スタンフィールドさん――さっきちょっと言ったトラー観光の偉いさん――が気持ちばかりですがって数年前にくれたの。どこにでも持って行くほどマダムのお気に召してね」

エルキュールが胡乱《うろん》な顔をする。「えらく物騒な小物じゃないか、婆さん。それでも書き留めておこう。マダムはゆうべも持ってきたのか？」

「そのようね。化粧テーブルの抽斗《ひきだし》にしまったのはあたしよ」

「まったく、ここは不可解な話だらけじゃないか」しばらく短剣をにらんでから、エルキュールは憤懣をぶちまけた。「マダムは失血死だ、それはよし。あの凶器で腕を切られた、血がついてるもんな、それもよし」四苦八苦してかがむと、いまだにところどころ濡れた浴槽の底を手袋の指先でおっかなびっくり触る。うっすら茶色に汚れた指先をかかげてみせた。「これは血か。そうとも。犯人が血を流しているマダムをここで押さえつけたか、入れっぱなしにしたという点に異論はないはずです。だけどね、犯人はどうやってマダムをそう仕向けたんですか？　マダムは頑丈なご婦人でしたよ。襲われたには違いないが、大声を出すとか、相手をひっかくとか、抵抗したはずです。それなのに争った形跡はない。頭を一撃されて気絶でもして

「洗面所の棚に紙箱があるでしょ」とカーティス。「友人は、たぶん睡眠薬だと言っています」

エルキュールは箱を取り上げて匂いをかいだ。

「どうだね、婆さん？」

「睡眠薬よ」オルタンスは認めた。「けど、それがなにか？　マダムの喉に力ずくでねじこんだりできないでしょ、無理強いで血を流せないのと一緒よ。殴り合い上等でもなきゃ、ほんとに無理よ」

「じゃあ、マダムが自分で飲んだとは考えられんか？」

オルタンスは自明の理だろうと訝《いぶか》しむ表情をうっすらのぞかせた。「あんた、どう見てもヤキが回ってるわ！　恋しい人に逢いたくて身を焦がしてる晩に、マダムがわざわざ睡眠薬を飲むって？　どんな茶番よ！　笑わせないで」

「だったら、なぜこの箱がある？——わざわざグラスの横に？」

「なぜ、なぜ、なぜ！　あたしにそう聞くの。じゃあ、なぜ自動拳銃やカミソリがそこらじゅうに散らばってて、お気の毒なマダムは死んだの？　なぜ何かが起きるの？　あたしに聞かないでよ。このどスケベ英国人どもに聞きな、ぜんぶこいつらが持ちこんだ厄介ごとじゃないか。ああ、神さま！」声をあげたとたんにオルタンスの我慢の糸が切れ、ひきつけたように泣きだした。

「そら、聞くんだ」エルキュールが片手で制した。「シー！　婆さん、黙って耳を澄ましな」

みんな、その音に気づいていた。別宅のドアというドアは開けっぱなしで、玄関も、応接間のフランス窓まで開いていたのだ。みんな黙って、左翼を迂回する車道に自動車が入ってくる音を聞いた。

ラルフが寝室の手近な窓へ急ぐ。窓の掛金を外して押し開け、バルコニーに出た。と思ったら、同じくらいあわてて室内に逆戻りした。

「もうだめだ」感情を抑えて、「マグダだよ」

「何のことだね?」エルキュールが聞いた。

「おれは最後の最後まで見届けないと」ラルフはエルキュールに構わず続けた。「彼女、どんな風の吹き回しで来たんだと思う? もしもトラーのおふくろが——ひとりじゃ手に余りそうだ。一緒に来て、おれの心の支えになってくれ。でないと困る」あとの二人に向く。「おれの婚約者だよ。今のおれがどれだけの窮地にいるかはお察しの通りだ。後生だから、説明がすむまでは絶対に降りてこないでくれ」

そのままカーティスを連れて廊下へと走り出て奥階段を駆けおり、キッチンへ向かう。勝手口は鍵が開いていた。数段おりればツゲの生垣に囲われた半日蔭の庭《シェード・ガーデン》だ。草丈のある青いヒエンソウに縁取られた細い砂道のさきに、大理石の小さな丸い建物があった。円柱を巡らして円形の腰掛けを置いた神殿風のつくりだ。でも、今の二人の視線が向く先はそちらではない。若い女が早足で家の脇を回りこみ、角を折れて日だまりの中にいきなりあらわれた。

どこかで——おそらくハントに「ちゃっかり美人」などとほのめかされたせいか——これま

でカーティスは、マグダ・トラーに長身で活気のない、したり顔の金髪娘という印象を持っていた。実物はまるで違う。マグダ・トラーは小柄で、黒髪をローズ・クロネッツと似たような断髪にしていた。どこか意気消沈してはいるものの、活気がないどころか。ぱっと見、お色気たっぷりのローズのあとでは物足りなく思うかもしれない。あくまで最初だけだが。また一目、さらにまた一目と見直すうちに心にしみてくるのだが、この娘の魅力は血色のよさとか、ハシバミ色の目とか、どこか超然とした感じに弧を描く形のいい眉にとどまらない。笑顔になれば、口の両端にえくぼが刻まれる。ただし今は、笑みはない。薄手のツイードコートのポケットに両手をつっこんで威勢よく別宅の角を曲がった。オープンカーの運転中に顔にかからないよう、細長いリボンで髪をまとめている。おちついた物腰ながら、傍目《はため》にも神経をとがらせていた。

いきなり棒立ちになり、目を白黒させる。

「ラルフ！　あなたなの？　でも――」

「そうだ。そういう君は何しに来た？」

「そんなつもりは――困ったことになったと聞いて……。困っているのはあなた？」

「いや。聞いたって誰に？」

「知らない人。どこかの人が電話をかけてきて。だからわたし大急ぎで飛んできたの。でも抜け出す前に母と教会へ行かないといけなくて。そのあとも着替えないと出られないし、出てからも、このひどい家を探し当てるまで何時間もかかっちゃった」

二人とも見つめ合って立っていた。カーティスが彼女に目をやるのはその時点で二度か三度めだったが、そのたびに妙に憂鬱になる。この気取らない若いお嬢さんのためなら、ダグラスがローズ・クロネッツと何度でも縁を切るというのもわかる気がしてきた。

「じゃあ、ここがあのお家なの」娘はなにやら考えこむように目をやった。そうして物思いにふけるうちに、どうやら「あること」に思い当たったらしい。きっと自分の顔にそれが出ているはずだと気づいて、ふと赤くなった。

「忘れてたよ」ラルフがちょっとあたふたと、「紹介するのが順序だよね。カーティス先生、ミス・トラーだ。カーティス先生はおれの弁護士だよ、マグダ。ロンドンから着いたばかりだ」

娘は見ず知らずの相手にいっそう赤くなり、お澄ましの殻にこもった。カーティスも好印象を与えようと力み過ぎて、ぎくしゃくと固まっている。

「ど、どうも」とミス・トラー。

「ど、どうも」とカーティス。

「あのな、マグダ。どうしても大事な話があるんだ。単刀直入に言っちまったほうがいいな。ある意味、困ってるんだよ。ローズ・クロネッツのことで——」

「なるほどね」とマグダ。「それで弁護士さんなの、それならみんなで腹を割って話し合えば、泥沼からあなたを助け出してあげられるわよ。んもう、ラルフったらおばかさんね、あのふしだら女とよりを戻したの？」

「違う違う。それよりたちが悪い。あの女は死んだよ、マグダ。誰かに殺されたんだ——この家の二階で。犯人は不明だ。けさ死体を見つけたのはカーティスとおれでね、ちょっとしたツキがなければ、今頃はおれが手錠をかけられて警察へしょっぴかれる途中だったろうな。おい、気絶しないでくれよ」

「それで上手に打ち明け話をしたつもりなの」マグダは一呼吸おいて言った。「気絶する予定はないわよ。だけど、腰をおろせる場所がどこかにない？」

三人で砂の小径をたどって大理石の神殿へ行き、腰をおろして顔を見合わせた。

「誰かに抜け駆けされる前に、おれの口から話しておく」ラルフが陰気に、「法廷で宣誓証言してくれ。ゆうべの九時前後から九時二十分までのおれはどこにいた？」

「そんなの知らな——ちょっと待って、決まってるじゃない。ディナーをご一緒したわよね。つまり、その時間に起きたってこと？」

「君から説明してやってくれ、それが仕事だろ」ラルフはむっつりと煙草をつけ、カーティスはそもそもの初めから話しにかかった。不気味な箇所はなるべくはしょり、ゆっくり話しながら無罪の根拠になる事実を一つ一つあげてみせる。マグダはハシバミ色の目を見開いて、まつ毛もろくに動かさずに聞き入った。そうして話が終わるころにはほとんど笑顔になっていた。

「今しがたは人見知りしてごめんなさい」とマグダは言った。「この人をゴタゴタの地雷原から上手に助け出せる人がいるとすれば、おそらくあなたでしょうね。ラルフったら、つくづくおバカさん——！」

「なんだよ、どうしておれがバカ呼ばわりなんだよ？」言われたほうはムッとして大声を出す。

「何したってんだ？　どうすりゃ未然に防げた？　おれが殺したわけでもあるまいし——」

「ラルフ、頼むから口を慎んで。あなたが彼女を殺したかどうかはどうでもいい……じゃないわね、かなりどうでもよくないわ。だってこれから自分と結婚しようって人に、先が思いやれるような面をいろいろ見せてほしくないもの。でもね、気にするのはそこじゃないって話よ」

「それが方針か、わかった。何かにつけ疑問や難題が出たら、おれをバカ呼ばわりしてくれよ、それで万事が上向くと思えるんだろ」

「ねえあなた、あなたはとても頭のいい人よ。そうでなければわたしが好きになるわけないでしょ。ただひとつ困るのは、せっかくの頭がこういう時はまるっきり役に立たないことね」そこで言いよどみ、「あのねえ、よりによって間の悪い時にいろいろ重なってしまって。けさ、母がここへ出かけてきても驚かないわ……」

ラルフは目を上げた。

「千客万来の真打ち登場だな」と言う。「なんでわざわざ?」

「ゆうべ、うちまで送ってくださった後で母と揉めたから。初めはなんでもなかったのに、どんどん話が大きくなっちゃって。その挙句にとうとう、あなたにずっと言われてきたとおりにしようと決心したの。母に言ってやったわ、『感謝なんて願い下げよ』、ラルフが結婚したい時にいつでもするわって。人でなしよね、わたし。でも、パリに来てまでくだくだしいお説教なんてあんまりだわ、堪忍袋の緒を切る一撃にはもってこいよ」カーティスに向かって、「これはお含みおきいただいたほうがいいわね、ええと——法律顧問のお立場で。あのね、わたしの父は殺人罪で判決を受けたの」

カーティスは空とぼけたりしなかった。

「ミセス・トラーは実母ではないとおっしゃる?」

「そうよ。父は一九〇八年、わたしの生まれる数日前にペントンヴィル監獄で絞首刑になりました。母はお産で死にました。おかしな話よね、母は街娼だったのに。当時のわたしは世を騒がせた赤ちゃんなの。当時のミセス・トラーは今より信心家でね、わたしをどん底の境涯から拾って育ててくれました。わたしのフルネームはメアリ・マグダレーン・トラー——改悛するマグダラのマリアというわけ。罪と悪徳の申し子として生まれ、以来、いやというほどそう言い聞かされて育ったのよ」

その話しぶりは気負いもなく、内心で粋がるふうもない。ただ事実を述べているだけだ。いったんは制止しようとしたラルフだが、自粛した。話し終わった彼女の表情がふとほぐれ、口許のえくぼをいっそう深めて黒い断髪をかすかに揺らした。

「だからね、カーティス先生。たぶんわたしはたいていの知人より犯罪衝動をふんだんに持ち合わせているんじゃないかしら。でも、こういうとフロイト博士はさぞお困りでしょうけど、まだ何もしでかしていません。それでも厄介なこともあるのよ。こんなひどい事件が起きるでしょう——まあね、殺人に巻きこまれた罪で起訴されるとは思いませんけど。誰の目にもラルフそっくりな金髪の大男には見えそうもなくて、不幸中の幸いだったわ。だけど誰かがあの前歴を掘り返しそう……そしたら母にぎゃあぎゃあやられるのよ……」

ラルフは動揺した。「いやあ!　そこまで考えつかなかったなあ……」

「わたしは考えた」マグダにすぱっとやられる。「だからげっそりしてるの。あなたのお兄さまはどこ?」

「ブライス? なんでブライスがこの件と関係あるんだ?」

「どこにおいでかしら? とても影響力をお持ちのはずよ、警察だったか政府だったか、両方だったかしら。もちろん殺人をもみ消すのは不可能でしょう。でも、あなたとわたしが手をつないで新聞紙上で踊らされるのを食い止めていただけるなら――いいじゃない?」ニッと笑いかける。「そうなったら、それはそれでかえって楽しいかもしれないけどね」

「だけど、ブライスが!」ラルフは首をかしげた。「警察に影響力! 初耳だよ、そんな話」その顔には、ブライス・ダグラスが誰かに影響力をふるうなんてとても考えられないと書いてあった。「信じがたいよ。兄貴は――影が薄すぎる。ただし、おれの知る限りじゃ、外務省でかなりの地位には昇ってる。兄貴の話はしたよな、カーティス。いついかなる時と場合でも、どんぴしゃりの正しい言動しかしないやつだと」

「まあ、いくら外務省でも、そいつは立派な長所じゃないですか」と、カーティス。「それに、今のわれわれにそういう資質が欠かせないのも確かです。どんな地位におられるんですか?」

マグダは考えこむ顔になった。

「もちろん、全部たわごとかもしれないわよ。だけど母やわたしには、思わせぶりにいろんな話をなさるから――」

「君にぞっこんだからな」

「だからって、それに腹を立てるわけにもいかないわ、あなた。まあとにかくブライスが年の半分を費やしてロンドンとパリを往復しているのはたしかよ。それに、いつもアタッシェケースなんかを持ち歩いているとすごい重要人物に見えるじゃない。だからって、それだけじゃ大してわからないでしょうね。たとえ力をお持ちでも、使ってくださるかどうか。わたしが上手にお願いしないと。ああもう。あなたが何と言おうとね、ラルフ、今のわたしたちは最悪の泥沼にいるのよ。それをこれからどうするかが問題じゃない？」

「ことによると」まったくなじみのない声がした。「何かご提案できるかもしれませんよ」

そこはかとなく気さくな、かなりゆっくりした低音で英語をしゃべっている。こんもり茂った枝を透かして切れ切れの陽光がこぼれ、三人がいた小さな神殿の白大理石の床でかすかに揺らめいて列柱の影を映し出す。柱のはざまに、今度はやけにひょろ長い影が落ちた。まずカーティスが気づいたのは、これまでかいだことがないほど強烈な最下等の煙草だった。お次に、戸口にたたずむ男が着ているコーデュロイの両肘とも、ずいぶんすり切れているのが目についた。五十代半ばのほっそりした長身、その身なりに帽子は何の貢献もしていない。パイプをふかし、しわしわのまぶたの下から親切そうな目で三人を見ているが、無精ひげをあたらなくてはさまにならない。それでも、パイプを口から外してぼろ帽子を上げてみせた身のこなしの品格たるや、ちょっと無類だった。

「泥沼なら抜け出せますよ、ミス・トラー、私が一肌脱げば」長身の男は続けた。「この地方の地主でしてね。バンコランと申します」

第六章　鎧戸を透かし見て

ここフランスでほかのどんな名前を出されても、これほどカーティスを驚かせはしなかったはずだ。心の奥底に軽く一撃食らったといっても過言ではない。かつてはあれほど隙のないおしゃれで鳴らした人が、こんなお化けに成り果ててサウサンプトン街四十五番の事務所へまかり出ようものなら、グランディスン・ハントに何と言われるやら。そう思う反面、ハントならリメリックで応じそうな気もする。百歩譲ってこれがアンリ・バンコランなら――気品ある声や身のこなしはまさしく彼その人だが――世に名高い魔王の目など、消えうせた特徴もある。それとも、本当に消えうせたのか？　そのへんは測りがたい。

マグダがどうぞと手で示すと、このお化け氏は悠然と帽子をかぶり直して大理石のベンチに腰かけ、ひょろ長い脚をそっと伸ばした。ひげを当たらないといけないのは事実だが、口ひげと漆黒のあごひげは霜の降りた刈株さながらに揃えてある。帽子の陰のおびただしい小じわの中で片目がちかりと光っていた。どこか学者臭いとはいえ、流暢すぎて気圧《けお》されるほど見事なアメリカ英語を操る。凝ったフランス語の文章をあらかじめ頭の中で練り上げておいて、念入りに英訳しているみたいだった。

「うわあ」ダグラスが言った。「あなた、まさか、あの……？」

「そのまさかです」とバンコラン。「ついでながら、私は生まれて初めて悠々自適の身になりましてね。ミス・トラー、失礼いたしました。どうやら、このパイプに煩《わずら》わされておいでのご様子。消しましょう」と、力強い手首をひと振りして消し、もうもうと臭い煙をたてた。「ヴァージニア産の極上品ではありませんが、スズメバチ除けには向いております」

「ぜんぜん平気です」マグダは涙ぐんで咳きこみながらも、屈託なく笑ってみせた。「ですが、お嫌でなければ煙草はいかが——？　こちらでは何をなさっておいでですか？」

だんだんとカーティスにものみこめてきたが、たとえどんな姿に身をやつしてみせようと、これこそ、かねて噂に聞く通りのバンコランだった。この人の尋常ならざる気力が他に及ぼす絶大な信頼感はまさに瞠目《どうもく》もので、みんな当面の問題をあやうく失念しかけた。バンコランがくっくっと笑う。

「地主をしております」と言う。「そう名乗ればせめてもの箔がつきますし、なんでしたら道のさきにある所有地をお目にかけますよ。猟の季節以外はそれなりにまとまった時間がとれますのでね、これまでろくに読む暇がなかった英仏の古典をたしなんでおります。今はもっぱら、さる叙事詩を一行ごとに三度ずつ読み返して途中まで来ました。どうやらギッチーガミーとやらいうご無体な名で呼ばれる場所近くのネイティヴアメリカン一族の話らしいですよ」と、不得要領な顔をする。「そのあとで庭へ出て、ためになる本を食卓に立てて静かに晩餐をとっておりますとね、あの邪魔なスズメバチどもがワイングラスにわんわんたかってきます。どうです！　これぞ無上の境地ではありませんか？」

「では、もう引退なさったんですか？」ラルフがちょっと不思議そうに尋ねた。

「言いようによっては」

「いや、もしかしてエルキュール・ルナールが見た『かかし』ってあなたかなと思いまして」

バンコランが姿勢を改め、「ならば即刻、本題に入りたいとおっしゃる？」と慇懃《いんぎん》に問うた。

言外に漂う問答無用の響きに、全員が言葉を失う。

「心からお詫びしますが、ずっとあなた方を見張っていました」さらに続けて、「聞き耳まで立てていました。それでも尽力にやぶさかではありません。さしあたり、当地の管轄署長ラペをこちらへ向かわせましたし、警視庁《シュルテ》の車が追っつけ到着するはずです。同じ呼ぶなら、あの者たちがおそらく最適任でしょう。そう、ローズ・クロネツのことでしたら万事把握しておりますよ」カーティスを見た。「ダグラスさんの弁護士さん？」

「そうです。あと」カーティスが、「あなた宛の手紙をあずかってきました」

上着の内ポケットから出した封書には、ハントのきちょうめんな細かい字で書かれた宛名がある。開封しながら、いぶかしそうに目を細めたバンコランだったが、いくらも読まないうちに安堵とまでいかずとも、興をそそられた顔つきにはなった。

「こうなると」と言う。「状況は一変しますな。おう、これは渡りに船だ！」腰を上げて、「カーティス先生、内々で少しよろしいかな？　ではご両所、ほんのしばし中座いたしますよ？」

カーティスは、体を大きく揺らして大股で歩くバンコランと連れだって細道をゆっくりたどった。相手はまたぞろあのひどいパイプを詰めにかかっている。わずかに神殿からの声が「だからさ、あれが例のあいつなんだよ」と聞こえた頃には、ともに別宅の角を折れていた。

「いかにも、例のあいつです」とバンコラン。「ダグラスさんがあの程度にとどめてくれて、いっそ嬉しいくらいですな。握手しましょう、お友達。英国の友人知己でもジェフ・マールに次いで気心の知れた古狐ハントのご同僚とあらば、どなたであれ無条件に信用いたしますよ。さ、これをお読みなさい」

バンコランが見せてくれた手紙にはこうあった。

アンリ殿
依頼人ラルフ・ダグラス氏がローズ・クロネツなる女性に関わった経緯について、本状持参の同僚リチャード・カーティスに必要なだけの詳細を提供させます。その女性の行状を、ぜひとも貴君ならではのつてを駆使して、能《あた》う限り洗い出していただきたい。使えるかもしれないのです。以下は確言しかねますので、カーティスに伝えて誤解の危険を冒す気はありませんが、ふと思うに、同名の女性が——五、六年前——貴国秘密警察のマッセ配下におりましたね。プロヴァンス選出議員のあの事件を覚えておいででしょう? 同一人物だとすれば、何が起きているのでしょうか?
うちのリチャードをせいぜい鍛えてやってください。いいやつですし、英国の弁護士稼業という鉄火場をしのぐに足る気骨の有無を示そうとしているところです。あのアルバニアの伯爵夫人を思い出しませんか？

本状は焼き捨ててください。表沙汰にする内容ではありません。


読み終えて目を上げると、バンコランは平然と一服していた。

「秘密警察――？」カーティスが文中の言葉を繰り返す。

「まあね。むろん副業にすぎません。たまにマッセに仕事をもらっていただけの女です。それでね、君、にわかに想像をたくましくして、やれオルセー河岸のフランス外務省爆破とか、大戦再燃の陰謀などと邪悪なスパイ工作のあれこれを思い描かないように。私のいう秘密警察は、はるかに地に足がついた仕事ですよ、いささかロマンには欠けますが。奈辺の事情をこんなふうにご説明しましょうか。さしずめ閣議が、あるいは閣内委員会にせよ、近日開かれるとしましょう。議題としてはフランのインフレ現状維持あるいは平価切り下げ。建造予定の新造巡洋艦六隻をどこの造船所でどの業者に作らせるか。万博開催を一九三七年と一九三八年のどちらにするかまで多岐にわたりますが、どれをとっても証券取引所には耳寄りな話です。閣議決定は十二時間から二十四時間たつまで外部には公表されません。もしもその間にだれかひとり、あるいは六名ほどでもいち早く内情をつかんだとすれば。（早い話が）もしもひそかに情報漏洩した者がいれば――」

「ぼろ儲けできますね」

「そして漏洩が発覚しようものなら、あとが大変ですよ」とバンコラン。「われわれはそうした事態にさんざん悩まされてきました。パリっ子は国を裏切ったとみれば、すぐさま無差別にギロチンを要求してきます。政府は転覆、あとは三色シャツのデモ行進がフォリー・ベルジュールのレヴューもどきのお祭り騒ぎです。食い止めなくては」

横手を抜けた車道に、マグダが乗ってきたらしい無蓋の青いスポーツカーがあった。バンコランはそのステップに腰かけて顔をしかめた。

「政治の話はよしましょう」と続ける。「本件に政治が絡みすぎるのはよろしくありません。願ってもない謎、刺激的な謎、正々堂々の頭脳勝負が見込めるわけですからね。全軍、前へー！　ですよ」前予審判事《ジュージュ・ダンストラクシオン》は手放しの笑顔になり、「前へ」の音を長く転がして嬉しそうに揉み手をした。「このさい白状しますと、ギッチーガミーにはいささか食傷気味でした。ですが、これだけは申し上げておきます。ご内聞に願いますが、さきほどお話しした閣議漏洩にはどうも不穏なふしがあり、どうやら名を出すまでもないさる閣僚づき私設秘書が火元らしいのです。その秘書はルイ・ド・ロートレックと申します」

カーティスは口笛を鳴らした。

「なら、ローズ・クロネツの同棲相手ですか？　なるほど。では、秘密警察があの女にド・ロートレックの身辺を探らせていたわけですか？」

「この件では違います。情人から何か探り出すのに一年近くかかるような女では、秘密警察であれ、他のどんな雇い主であれ、使いものになりません。いやいや、マッセに雇われていたのはせいぜい一、二週間ですよ。英国政府はそうした罠を使わないでしょう？」

「あちらは実際的ですからね」バンコランはさらりと言った。「かくいう私がこの事件に行き当たったのは偶然です。ダグラスさんのご烱眼《けいがん》通り、エルキュール・ルナールの『かかし』は私です。エルキュールは私を見知っていますが、この服装の時ではありませんでした。それに、わざわざあの男に秘密を明かしたりしませんよ。地元の酒場で油を売りすぎる……。さてさて、それで、どんなことがあったでしょうか！　二週間前に庭でのんびりと、ためになるドン・キホーテの本を読んでおりましたら、秘密警察を束ねるムッシュウ・マッセが訪ねてきました。ムッシュウ・マッセの口ひげはまさにドン・キホーテよろしく不景気にしおたれておりました。相談に来たのではなかった。気心の知れた相手と一杯やりながら、目下の気がかりを延々とこぼしたかっただけです。ド・ロートレックの件もそのひとつでした。以前にマダム・クロネツがこの別宅にいたのを存じていたもので、興味をひかれた次第です。

それで――まあね、不覚にもしだいに引き込まれていきました。なぜ私があれほど露骨な手でエルキュール・ルナールに姿をさらしたのかと不思議に思われたことは？　ああして注意をひくほかなかったのです。さもなくば私のように、あの場に居合わせた誰かを見てしまったかもしれません。やはりこの家に興味を抱く誰かを。ここの侵入者を二度見かけました。一度めは……この日付は正確にしましょう……四日前の五月十二日、水曜の夜でした。二度めはおといの五月十四日、金曜の宵の口でした」

カーティスは頭の中で日付を整理し、けさのラルフ・ダグラスの話を考え合わせた。十四日の金曜といえば、ド・ロートレックの購入打診を受けて、ラルフが別宅の検分に出向いた日だ。(考えてみれば、ド・ロートレックはなぜあんな不可解な打診をしたのか?)そして同じ金曜日に、ラルフは電気や水道が通じ、ローズ・クロネッツの部屋がベッドメーキングされ、冷蔵庫に出処不明なルイ・ロデレールのハーフボトルが六本入っているのを発見した。

カーティスは、自分にじっと注がれるバンコランの視線を感じた。

「ご思案中ですかな?」バンコランがすかさず小声で促す。

「いえ、あまり。水曜はともかく、金曜にあなたがごらんになった男は侵入者でもなんでもなかったかもしれませんよ。ダグラスさん本人が金曜に来ていますから」

「ほう? いつですか」

「午前中でした」

バンコランは首を振った。「いや、こちらは夕方でしたよ。それに今から申しあげる理由で、ラルフ・ダグラスさんとはまず別人だと思います。

では順を追ってお話ししましょうか。まずは水曜です。私が侵入者を見かけたのは、つましい田舎家の食糧買い出しにボワシーへ出た帰りでね。その男が塀を乗り越えようとしていたので、侵入者だと気づきました。月がかなり明るく、塀にのぼった姿が見えました。ふたつきの大型バスケットを持っていましたね。茶のレインコートに黒い帽子でした」

「オルタンスの話に出てきた、ゆうべの殺人犯と同じ服装ですね?」

「同じ服装です」

「そいつの顔はごらんにならなかった？」

「もしかすると長くかかりそうですよ」バンコランは妙な言い方をした。「その顔を見るまでには。さて、私は一頭立ての馬車を――そうです、無灯の一頭立て――少し先へ進めておいて、調べに戻ろうとしました。あいにく、そこへ酒場からふらつきながら帰ってきたエルキュールが自転車の上に太鼓腹を波打たせて、小癪《こしゃく》にも手提げランプで詮索するように見てきたのでね、やむなく断念してひとまず帰宅し、ためになる読書に取りかかりました。

それでも興味はそそられましたよ。泥棒らしからぬ侵入者でしたし、中身がぎっしりのバスケットを持っていましたので。私は二晩続けて別宅の向かいの生垣の陰に張り込み、田園の美について黙想かたがた、パイプでスズメバチを払って過ごしました。そうしますと金曜の夜にまた『お客さん』です――が、同一人物ではない。こちらは背が低く、レインコートの男と雰囲気がまるで違います。今度は門の南京錠を鍵で開けていました。とっさに、所有者のラルフ・ダグラスではないぞと思いました。ローズ・クロネツが住んでいた時分に、遠目に何度かお見かけしましたのでね。

状況はこんな具合でしょうか。別宅は空き家です。マダム・ローズは秘密警察の手先となってド・ロートレックのもとへ行きました。水曜の夜にレインコートと黒い帽子の男が何やら詰まったバスケットをさげて塀を乗り越えます。金曜の夜には別の男が門を開けて入ります。どれもこれも互いに無関係かもしれません。おそらくはそうでしょう。ですが、それゆえに興味をひかれましてね。開けっぱなしの門から入り、男のあとをつけました。

男は忍び足で別宅の左手に回り、われわれが現にこうしている車道から勝手口へ向かいました。別宅の鎧戸はおりていましたが、キッチンには灯がついています。つまり、その晩はさらに別の人がいたのでしょうな。私がつけてきた男はその灯を目にして距離を置き、かなり用心してキッチンの裏窓にそろりと近づくと、鎧戸の細いすきまからのぞこうとしました。こうした鎧戸をはっきりと透かし見るのは（警察時代に経験ずみですが）至難の業です。しかし何かが見え、男の背中の感じからすると、それは不本意ないし不可解な光景だったらしい。とたんにキッチンの灯が消えました。男は窓から飛びのき、二分ほどは私に劣らず、気配を消していました。

まあね。これで私の関心のほどはもうおわかりでしょう。数年間の無為のはてに本来の自分に立ち返ったのです。きな臭さを感じました。偽のアリバイ工作が見てとれました。気分が高揚しましたよ。そこで背後から近づき、肩に手をかけました。虫の好かない相手でも私は公平に扱います。そんな不意打ちを食らっても、男は髪一筋ほども動じませんでしたよ。外務省でよほど鍛えられたのでしょうな。男はブライス・ダグラス氏でした」

「ブライス・ダグラスですって？」

バンコランはステップに腰かけたまま青い自動車の側面にもたれようとして、ぼろ帽子のつばにちょっと押し戻された。笑うと、黒い目のたるんだ目元にいっそうのしわがより、忍び笑いをすれば首に太い筋が浮かぶ。だが、今はその長身にどこか不穏なものをまとっていた。姿勢を正したバンコランが重い口を開く。

「そう、ブライス・ダグラスです。なにもそんな顔をなさらなくても。あの男なら知っていました、その目的もね。あの男はド・ロートレックの件でマッセと連携していて――」

「なら、警察に影響力があるというのは嘘じゃなかったんですね？」

バンコランは肩をすくめた。

「政府への影響力ですよ、そうおっしゃりたければ。まるで違います、警察《シュルテ》の古株なら誰でもやや気色ばんで教えてくれるように。われらがブライス氏は平時のフランス外務省と英国政府《ホワイトホール》を行き来する連絡将校に準じた身分なのです。ド・ロートレック買収資金の一部は英国から出たと確信するだけの根拠があるようですよ。

まあとにかく、彼はそこにいた――りゅうとした誂《あつら》え服のボタンホールに花をさし、ブリーフケースまで持ってね。おなじみのブリーフケースです。一種のトレードマークですよ。ブライスはローズ・クロネッツに会い、ド・ロートレックに関する報告を受けるつもりでした。そこまでは自ら認めましたし、マダム・ローズがマルブル荘を選んだ目的はそれです。なぜ？　なぜでしょう？　なぜマダムはマルブル荘にそれほどこだわるのか。それが、ほかの行動のどれにどう結びつくのか」

バンコランは目を細くして、しばし言いよどんだ。

「ですが、ブライスが窓から見たのは何だったんです？」カーティスが尋ねた。「ローズ・クロネッツですか？」

「そうではない」と、バンコラン。「茶のレインコートと黒い帽子の男です」

なんとなく、その人物に取り憑かれてでもいるような気がしてきた。

「何をしてたんですか?」

「ぱっと見には深い意味などなさそうなことを。ブライスの説明によると、その男はどうも何本ものシャンパンを手に取っていたそうです。なにぶん顔はおろか、室内をはっきり見てとるのは不可能でしたからね。色や形から、冷蔵庫にシャンパンを出し入れしていると当たりをつけたのです。やがてキッチンの灯が消え、残念ながらわれらが外務省の紳士は退却を余儀なくされました。その情景は――ふむ――日常のひとこまです。ブライスは弟のラルフが宴会用の飲食物をしまっていたのだと思いこみました。そういう事情では、別宅に入る気になれません。それで退却しました。マルリーの森外れの鎧戸を閉ざした暗い室内で、シャンパンボトルとたわむれながら、いったいラルフ・ダグラスひとりで何をしていたのかについては、まるで思い及ばなかったらしい。そこは、かくいう私もおいそれと説明を思いつきませんが」

「ちょっとお待ちを、「先生」」カーティスが鋭く食いつく。「先生」がぽろりと口から出て、しまったと思いはしたものの、カーティス・ハント・ダルシー&カーティスの事務所で鄭重《ていちょう》な物言いをしっかり叩き込まれているし、バンコランには自ずとそうさせるだけの人品があった。

「私が当地に来た目的はご存じでしょう?」

「当然ながら依頼人の利益保護のためでしょう」

「そう、その通りです。なぜブライス・ダグラスはキッチンの男を弟と思ったのでしょう?何がそう思いこませたのでしょうか?」

「その夜ふけに、オルタンスにそう思いこませたのは何です？」
「オルタンスの目はまるで役に立ちませんよ」
「あの鎧戸から透き見してごらんなさい、君、誰の目であろうと役に立ちませんよ。誤解なさらぬように」バンコランは静かに続けた。「ラルフ・ダグラスに不利な事実を立証しようという意図はないのです。いいですか！　さっき、あちらの神殿でミス・トラーに一件全体の説明を明快至極になさっていたでしょう。ですから、申し上げるのはこれだけにとどめます。私の予想通りにラルフさんのアリバイがきちんと立証できれば――事実でもないのにタクシー運転手だらけのカフェから証人を呼ぶほどのバカではないでしょう――万に一つも嫌疑の心配はありませんよ」指を鳴らすと、「ご納得いただけましたか」

この外聞のいい説明は、最後にバンコランがパイプの柄であごひげをわざとらしくかいて、からかう目をしたせいで帳消しになった。カーティスは自分が秤《はかり》にかけられるか、採寸されている気分になった。ひいてはこの人物を信じるか疑うか、好きか嫌いかもおぼつかなくなってきた。

「後生だから、ジェフ――」バンコランが話を続ける。「これは失礼。頑固だが頼りがいのある友人に、あなたはどこか似ておいでだ。後生ですからカーティス先生、この齢に免じて、私の言うことなすことにいちいち巧妙な裏があるという世評は忘れてください。たまたまライン河畔で友人フォン・アルンハイム男爵としばし過ごした時に言われたことがありますよ。『深い理由なく、ただふざけたいからふざけることがあってほしい、ただ芝居を見たいというだけの理由で劇場へ行ってほしい』とね。諧謔癖のある享楽主義者ギャランにも似たようなことを言われました。そうは言っても、パリの暗黒街《ヴォワイヨン》をおどかすお化けの役回りはもう願い下げなのですよ。今の私は一介の田夫野人です、見ての通りの。この芝居を見たいだけです……。ご賛成いただけますか?」

「ええ、それはもう大賛成ですよ!」

「結構。では、芝居の中身をじっくり検討しましょうか」

と、しばし黙ってポプラの木立の頂をにらんだ。

「この謎めいた茶のレインコートと黒い帽子の男は三回目撃されています。水曜の夜に、私が——何かを満載したバスケットを持ち歩く姿を。金曜の夜にブライス・ダグラスが——シャンパンボトルをどうにかする姿を。土曜の夜、殺人のあった晩にオルタンス・フレイが——カミソリを研ぐ姿を。その三つをつなぐものはあるでしょうか?」

「ちっとも見えてこないのは確かです」カーティスは落ち込んだ。「よりによって、あの寝室にあれだけの凶器がばらまかれていた理由も同じくさっぱりです。そこで、にわかにシャンパンの問題が再浮上してきますね。オルタンスによると、ゆうべはローズ・クロネッツにルイ・ロデレールのハーフボトルを出したのに、けさになってボトルが見当たらないそうです。どれもこれもさっぱり意味がわかりません」

「そらそら、全部お手上げでもないでしょう。確実なのは明らかに……」

おもての道で甲高いブレーキ音が鳴り、開けっぱなしの門から何台もの自動車が急角度にすべりこんできた。バンコランが熱意を抑えきれずにさっそく腰を上げる。

「あれは警視庁《シュルテ》のデュラン率いる面々でしょう。自宅から電話しておきました。さしあたって私に事件の陣頭指揮を取りませんかと打診があっても、みじんも驚きませんよ。そうなればリチャード君、パリ警視庁の仕事ぶりをつぶさに見学する好機ですぞ。あの小さな神殿にお仲間といてください。私もじきに参ります」

第七章　消えたシャンパンボトル

カーティスが神殿に行くと、ラルフとマグダはまだ考え込んで煙草をふかしていた。

「いやに手間取ったじゃないか」ラルフが文句を言う。「風向きはどうなんだ」

「なかなかいい感じですよ。どうやらバンコラン本人が事件を担当してくれそうです。警察が到着しました。ですからしゃんとしてくださいよ、すぐにもここへ来るはずで――」

「あらまあ！」いきなりマグダが言い出した。「見てよ、誰が一緒か」

裏の空き地はいまや人だかりだ。中心のバンコランは、つば広ソフト帽の屈強な男と握手していた。すると誰かが人垣を離れ、神殿へ小径を遠慮がちにやってくる。いくつになってもお若いと言われるたぐいの中年男で、細身がひきたつ仕立ての小ぎれいなモーニングで正装していた。控えめにふるまいながらも、まっこうから人の目をじろりと見る感じに頭をそらす癖がある。強い意志を示す大きな青白い顔に、やや猫背ぎみの姿勢。いかにも所帯持ちの勤め人然とした中に、極細の灰色の口ひげが妙な伊達男っぽさを加味している。

「ジョージ・スタンフィールドよ」マグダは吸いさしの煙草を捨てた。「母の会社のパリ支店長で、けさの教会も一緒に出たの」

そこまで言うと、スタンフィールドが聞こえる距離に入ったので口をつぐんだ。相手は一時迷った末にシルクハットを脱ぎ、つるぴか頭という現実をさらした。神殿の手前でまたしてもためらい、ひとしきり苦心惨憺のあげくに絞り出したセリフはこうだ。

「ああもう、わたくし、言葉もありません」

「そう思ってくれる人がいて嬉しいよ」とラルフが言った。「ずっとそのままでいてくれないか？」

スタンフィールドの冷たい視線をまともに浴びたラルフ・ダグラスのあごが自然にぐいと突き出る。やがてスタンフィールドは無言で腰をおろした。

「おわかりでしょう、マグダさん、あなたのせいでお母さまのお怒りは深いですよ」

「あらそう？　それより大変なことがあるのよ」

「今回の殺人ですね？　それはそうです。ここには警察の車に便乗してきました」静かな物腰に似ず、心労の種がもろもろあるらしい。そのもろもろをいったん棚上げした。「深刻なスキャンダルに直面しておいでですよ、マグダさん。わたくしの経験ですと、フランスではどんな人間相手でも金で片がつけられます。ですが、さすがにここまでくると。夢にも思いませんでしたよ……けさの教会では……あなたとお母さまが——ゆうべ大喧嘩なさったなんて——」また言葉をとぎらせた。「マグダさん、お母さまはひどくご体調を損ねておいでですよ」

「その手は食わないわ」マグダはベンチにもたれて目をつぶった。「じゃあ、あなたを迎えによこしたのね？」

「違います。そっちはブライスさんにお任せしようと思っていたら、お母さまがあの方にどうしても残って、その――ご自分を介抱しろとおっしゃって。さらに考えなしの愚行がもうひとつ」実体のなさにかけては口ひげといい勝負の薄笑いを浮かべながらも、水色の目はせわしなく落ちつかない。「午前中にあなたが出てしまったあと、ブライスさんとわたくしが呼ばれましてね。それはまあいいんですが、お母さまはするに事欠いて警察に電話し、あなたの捜索願を出してしまわれた。そんなまねをしたら、スキャンダルの餌食まちがいなしですよ！　わたくしが揉み消すほかありませんでした。当然ながらうちの支店は警察といろんな付き合いがあります。総合庁舎のブルドーに会いに行きましたら、ちょうどここの通報があがってきていて――」と、別宅にあごをしゃくった。「この方は？」

カーティスが紹介された。

「利口なやりようですよ、そうでなくては困ります」スタンフィールドは手厳しい。ラルフを見た。「さてお若いの、自業自得でこうなったからには、せめてマグダさんの名を出さない程度のわきまえは持ってくださいよ。わたくしには関係ありませんのでお説教はしません。これでも世間をいやというほど見てきましたのでね。ですが、なんで殺さなくちゃならなかったんです？」

カーティスが割って入った。「今、そんな押し問答は不要不急でしょう。ダグラスさんが殺したのではありません。その件をとことん話し合うのはもっと適切な時にしましょう」

スタンフィールドは膝で手を組んだ。

「どうぞお好きなように」と、そっけない。「手持ちの札を洗いざらい出した上で、今後の覚悟をつけたほうがいいと思ったまででね。おそらく、みんなしてこの方をかばい通さないといけませんでしょう。せめてギロチンだけは八方手を尽くして回避しませんと。ご説明いただくことがいろいろありそうですねえ、例えば一年前の三月に揉めたお話とか」

「なにそれ」とマグダ。「一年前の三月に揉めた？　この人に言いたい放題させちゃだめよ、ラルフ。母の受け売りを垂れ流してるだけなんだから。さっさと反論してやって」

「すみません」スタンフィールドは、ぐっと詰まった。「ある意味、おっしゃる通りでしょうね」苦労性の根っこにある人のよさをにじませ、そのまま床から目を上げなくなった。「まったくねえ、これまでのあなたは誰かれの見境なしに反感を買ってきたようですね、ダグラス君。ですが、それも道理というものですよ、聞く耳がおありならばですが。わたくしはこの街に住んで二十三年、ロンドン郊外のサービトンを振り出しに、脇目もふらずにこつこつ励み、食いぶちを稼いで妻子を養ってきました。片や、あんたみたいに無軌道な若造のおのぼりさんが大金を蕩尽し、しかも糸目をつけずに別世界の塵芥《ちりあくた》なみにじゃんじゃん使うのを見れば、そりゃあいい気はしませんよ。あんた方の年頃が武勇伝と思うようなことは、わたしらの齢になったらただの愚行ですからね」

「それはそれとして、揉めたというのは？」マグダが静かに言った。「話してくれてないわよ、ラルフ」

「別にいいと思って。秘密でもなんでもないよ。あの時は新聞に載ったし」

「それで？」

ラルフは肩をすくめた。「まあいいや。キャバレーのフロアでミュージックホールの演目を見せるようなナイトクラブに行ったんだ。ナイフ投げもあってね。司会の支配人が言うには、手元がひとつ狂えばテーブル席の客の目に刺さりかねないって。なぜだかそれが受けた」と考えこむ。「ローズとおれは大勢連れて、芸に使うナイフを並べたテーブルの真横の席にいた。ローズがナイフに手を出してじっくり見ようとした。酒は一滴も入っておらず、興奮していただけだ。おれはあの女の腕を押さえてナイフを戻させようとした――はずみに自分であごの横を切っちまった。深傷《ふかで》じゃないから痕にもならなかった。ただのはずみだよ。それなのに大ごとになった」

マグダ・トラーが不思議そうにする。

「だけど、それだけじゃないんでしょ？」

「絶対それだけさ」ラルフが言い切る。「誰にでも聞いてくれ。さしずめ、ド・ロートレックとか。あの場にいたんだから。だからね、それが真相なんだよ。そこから尾ひれのついた別ものに化けて世間に流れた。はずみの手違いを乱闘にすりかえ、さらにおれがローズをひっつかんで、二度とこんなまねをしてみろ、ナイフで顔をめちゃくちゃにしてお気に召すかどうか見てやるぞ、なんて言ったことにされてる。でさ、そこまで行くとただのデマどころか、ひたすらばからしいよ。かりにおれがそんなゲスな屑なら女を殴るぐらいはしただろう、それだって怪しいとは思うけど。だが、刃物でどうこうなんて思いもよらなかったし、おれの周りの誰だってそうさ。不自然じゃないか。話にならん。揉めたら拳《こぶし》だろ。それ以外に言いようが――」

「しいいっ」マグダが注意した。

バンコランと、つば広ソフト帽の屈強な男が小径をやってくる。男は元気にしゃべっていた。神殿の手前で鄭重《ていちょう》に帽子を取り、口ひげの陰で口上を述べる。

「紳士淑女《メッシュウ・エ・メダーム》のみなさま！　よろしければ何卒お平らかに。パリ警視庁副総監づきのデュラン警部です。こちらはムッシュウ・バンコラン、本件の捜査担当です。ムッシュウ・バンコランは死体発見者ムッシュウ・リチャード・カーティスに、家屋へのご同行を願っております」

「みんなで行ってはだめ？」マグダ・トラーが尋ねた。

この発言はデュラン警部まで驚かせたようだ。ラルフとスタンフィールドは同時にマグダへ向いた。その時のマグダの表情を何と形容したらいいだろう、とカーティスは思った。冷酷とか病的といった感じはなく、あるのはむしろ、少々やましげな興味だった。

「どうぞどうぞ、ミス・トラー」バンコランが温かく応じる。「本当に喜んで。さあ、それではデュラン、しゃきっとしたまえ！」

「しかし、だめですよ」警部が息巻く。

「絶対だめです」スタンフィールドが警部の肩を持ち、口述風の没個性なフランス語でよどみなくまくしたてる。「マドモワゼルはご自分が何をおっしゃっているのかわかっていないのです。だめです。わたくしが禁じます」

「その『禁じる』というお言葉ですが」バンコランが物言いをつける。「個人的にはどうも感心しませんな。スタンフィールドさんですね、デュランに聞きました。お先にどうぞあちらへ。お尋ねしたいことがありますので」

小人数でしぶしぶ移動にかかると、負けん気を出したマグダは、ラルフとカーティスにはさまれて進んだ。「死体を見たかったの」ラルフにぼそぼそ聞かれて声をひそめ、「そんなにいけないことだったかしらね、あなた？」

「わかってるだろ？　あのおやじは、おれたちみんなを顕微鏡で調べたい一心なんだぞ」

「まあそうだけど、殺したのはわたしでもあなたでもないでしょ。だったら何を恐れることがある？　思いきって来ちゃったからには、なるべく何でもして、何でも見ておきたい。以後はもうミセス・ベネディクト・トラーご自慢の箱入り娘はごめんですって、大見得切って恩義を振り捨てたんだもの。せいぜいそれを利用したいの。あなた、さぞかしびっくりしたでしょ、こんなに浅ましい本性の持ち主だったのかって」

だが、そうはいってもローズ・クロネツが横たわる寝室にいざ全員で入ってみると、マグダは及び腰になった。今はカーテンをすべて開けてあり、まばゆい光がふんだんに入っていた。それなのに黒ずんだ赤の壁はいっそうてらてらと黒みを帯び、黒大理石のマントルピースはあざとい成金趣味に見え、ベッド奥の丸テーブル脇に、いたみかけた夜食がこれでもかと並べて置いてある。室内は作業中の侵入者だらけで、シルクハットの太った男が死体をあらためていた。バンコランが講義口調そのもので話しだす。

「仕事仲間がこの場に若干名おります。ブネ先生は検視医です。マビュッス博士は鑑識課主任で、その助手のムッシュウ・グランジエ。あと二名の作業はおわかりですな。指紋については何かとお聞き及びでしょうが、改良型をご覧になったことは？　照明の表面に、ああして赤みがかった痕がありますね？——一例ですが、給仕テーブルのワインクーラーのそばにシャンパングラスがふたつ並んでおりますな？　あれに使った粉は鉛丹です。あの丸テーブルに載ったカミソリの柄のように黒っぽいものですと、炭酸鉛で指紋を白浮きさせます。英国では、たしか『灰粉』という水銀と白墨と黒鉛の混合物が定番ですよ。それからこの指紋をライカで撮影します。フラッシュは必須というわけではありません。検視医の仕事にはあまりぞっとしないものがままありましてね。ブネ先生、よかったらその上掛けを引き上げていただけませんか」

医者はうなり声で応じた。

「何かご報告でもおありですか、ブネ先生？」

シルクハットの医者は懐中から出した時計をにらんだ。「ああ、うん。この女性は死んでから十二時間以内で、十時間以上はたつ。ただし多少の幅は持たせてもらいたい。今は一時過ぎだ、けさ未明の一時から三時までの間に死んだとするのがまず妥当だろう」

「それで、凶器は？」

「浴槽に落ちていたあの短剣だよ。裂傷の形は三角の刃先を横に引き切ったせいだし、傷の中に欠けた刃先が残っている。だいぶ深くてひどい傷口だ。ただ、なにかしっくりこない点がある。どこか不自然なんだよ……」

バンコランは同行の四人にかるく会釈した。「ご一緒においでください。この続き部屋を順に調べていきますよ。まずは居間から始めましょう」

先導されてマグダ、ラルフ、スタンフィールド、カーティスが化粧室を通り抜けた。最後はデュラン警部だった。居間にはオルタンスとエルキュールがいた。腕組みしたオルタンスに、エルキュールはさじを投げた格好だ。バンコランに気づいてなにやらしおしおと弁解しかけたが、すぐさまデュランにさえぎられた。

バンコランは長らくその場に立ち、室内に目を配っていた。灰色の鏡板にクリスタルのシャンデリアの室内はひっそりして、バルコニーの外の葉ずれだけが響く。バンコランは廊下のドアを見た。からのワインクーラーが載った中央のテーブルを見た。開け放った窓の手前にぽかっとあいた空間を見た。家具をずらしてわざわざあけたらしい。最後に寄木の床に足音を響かせてテーブルのまわりを歩きながら、窓の外へ視線を向けた。やがて廊下のドアへ近づく。錠がかかり、鍵は内側にさしっぱなしだ――

「フレイさん?」

「はい、ムッシュウ?」

「また一から供述してみなさい。この方々にさきほど話した通りを」バンコランがくるりと振り向いて、まともに対した。まだ逆らう気でいたオルタンスだが、初めて少し怖気《おじけ》づいた。供述を繰り返したが、それは前と同じものだった。バンコランは口をはさまず、彼女を見下ろすように立ちながら、するどい黒い目を相手にぴたりとすえていた。「よろしい、今の話は明快至極だ。ところで土曜の朝の手紙だが……ダグラスさんからだという呼び出し状だよ……私に渡しなさい。さ、こちらへ！　ありがとう、大事に保管しておこう。確か、この手紙をあちらのムッシュウ・スタンフィールドのところへ持って行ったのだったね」オルタンスはとっさに不安そうな目でスタンフィールドをうかがったが、知らん顔をされた。「正確に訳してもらおうとして。しかしながら、今しがたの話に戻るとしようか。まずは、ゆうべの九時ちょうどにこの別宅にやってきた未知の客――自らダグラスと名乗った――についてだ。茶のレインコートと黒いソフト帽だったと言ったが、そのほかの服装は？」

「わかりません。ムッシュウ」

「少し考えてごらん。つまずいたはずみに肩であなたの鼻を一撃した時は、レインコートを脱ぐ手伝いをしていたのだろう。コートの下はどうだった？」

「ほんとです、ムッシュウ、わかりません！　あたしの眼鏡を叩き落としたくせに、レインコートは脱がずじまいだったんですよ。ですけど、ふりだったんなら」眼鏡を割られたことをはっきり根に持つ態度で、「やたらと真に迫ってましたねえ。あっ、待って！　思い出しました！　ズボンです。向こうの人流に言うと、『ぶかっとしたオッ、ク、ス、フォード』ズボンでした。それもあって――」

「英国人と思ったわけか？　ちょうど今、そこを尋ねようと思っていた。常に英語で話しかけられたと言っていたな。それが男の母国語だったと言い切れるのか、フランス人が英語でしゃべっていた可能性はないのか？　きちんと区別がつくほどあなたは英語慣れしているのかな？」

オルタンスは目を白黒させ、あやふやな顔になった。「い、いいえ、たぶんそこまでは、ムッシュウ。ですが、そう思ったのは確かです。だって何度も呼ばれたんですけど、フランス人みたいに『オルタンス』とは発音しなかったんですよ」

「つまずくふりだったのならやたらと真に迫っていたと言うが、どこでそう思った？」

「だって、つるつるの床に靴のかかとを取られた音が聞こえましたし、あたしがひっつかんでやらなきゃ、あぶなく転ぶとこだったんですから」

「なるほど。ひとまず男の話は切り上げて、その先のマダム・クロネツの到着へ移ろうか。あなたの供述によると、マダムの到着は十一時を少し回った頃で、あなたが手荷物を運んでこの続き部屋に案内し、荷ほどきをした。そして、それがすむとマダムの入浴と着替えを手伝った。入浴用のバスタオルは何枚使ったね？」

（「いったい何の話だよ、もう――！」ラルフが聞こえないようにこぼす）

「バスタオル、ですか、ムッシュウ？」オルタンスは耳新しい言葉のように聞き返した。「そりゃあ、二枚ですよ。一枚はお体用、もう一枚はマダムのおみ足拭きに」

「使い終わったあと、どこへやった？」

「寝室の脱衣かごに放り込んでおきましたよ。ムッシュウ、それがなにか――？」

バンコランがぱちりと指を鳴らすと、デュラン警部がうなずいて出ていく。ものの一分もたたないうちに戻ってきた。

「脱衣かごのバスタオルは今の時点で三枚です」デュランが復命した。「二枚はまだ生乾き、いくぶん湿っていますね。三枚めは乾いていますが血がついていました」

「話を続けるが、オルタンス」バンコランはぼろ帽子の下で眉をひそめながら、何かに気を取られたように上の空で、「それからマダムはどんな服に着替えた？」

「黒と銀のイヴニングに、黒い靴とストッキングを合わせました」

「そのイヴニングは今どこだね？」

「あっちの化粧室の衣装だんすです。けさ、あたしたちが化粧室を通った時に見かけました」

バンコランはやはり依然として眉をひそめ、何かに気を取られたふうで化粧室にすたすた入ってゆく。衣装だんすを開けてみると、こぎれいなハンガーにかかった服がずらりと並び、いちばん端に黒と銀のイヴニングがあった。反対端はベージュピンクのレースのネグリジェだ。床に数足の靴が揃えてあり、すぐ上の仕切り棚にストッキングがたたんであった。

「こんちくしょう！」

そこから化粧テーブルへ向かう。入口のカーティスには鏡に映ったバンコランの動きが見えた。開けっぱなしのコールドクリームの脇にあるふたを一瞥する。化粧テーブルの小さな椅子をよけて、テーブルの下と上を調べる。最後に、やはり内から鍵のかかった廊下へのドアを詳しく調べた。やれやれと頭を振りながら戻ってくる。

「さて、オルタンス。マダムは身だしなみと整理整頓にうるさかったかな？」

「もう行き過ぎなぐらいで、ムッシュウ」

「ふむ。今から尋ねることには、よく考えて答えてくれ。本件からよけいな思い込みを排除するには、正確な答えが必須なのでな。あなたは長い間マダムの女中をしていた。この場で目にした物から、確実にこう言えるかね――くれぐれも、万全を期してくれよ――服はマダムご自身が脱いだ、死後に犯人の手で脱がされた可能性はないと？」

オルタンスは待ってましたとばかりに声を弾ませた。「あらゆることを考えに入れて、ですよね？ はばかりながら、ムッシュウ！ あたしにはわかります。マダムがご自分でお脱ぎになったのは確かです。おっしゃるように、お仕えして数年ぽっちの女中じゃ、マダムの細かい工夫やら、ほんのちょっとした（どう言えばいいかしら？）習慣なんか、わかりゃしませんよ。そら！ ゆうべお履きになったストッキングがありますでしょ。他のお方では見たことないんですが、マダムには脱いだストッキングをたたむという珍しい癖がおありでした――だから、そうですよ。ゆうべのドレスがございますね。マダムは服をおかけになる時、必ずハンガーの左側にほんの一インチずらしてました――そう、それ――お肩の高さがほんのすこうし違ってたもので。それ以外にも、あたしが存じ上げてる癖がいくつかおありでした。いえいえ、ムッシュウ。何をお考えかは存じませんが、マダムがご自分でお脱ぎになったのは確かです」

「法廷でそう誓うか？」

「どこでだって誓いますよ、ムッシュウ」

バンコランの気がかりが何だったにせよ、氷解したらしい。

「それなら、黒と銀のイヴニングのマダムをこの部屋に残していったゆうべの話に戻ろうか……。マダムはルイ・ロデレールのハーフボトルを頼んだ。運んできたあなたに、軽いお夜食を作り、ダグラスさんが持って上がるばかりにしておきなさいと言いつけた。あとはもうお休みと言われたのだね？　よろしい。この別宅にはシャンパンの備蓄がふんだんにあるのか？」

オルタンスは心もとない顔になった。

「ムッシュウのおっしゃる備蓄ってどういうことでしょうか。冷蔵庫には何本も入っていました――けど、ちゃんと地下の酒蔵に寝かせてあったわけじゃないんで」酒壜の扱いの話になるといくらか元気づいた。「フルボトルでポメリーの甘口が三本、マムの辛口が二、三本ですかね。ですけど、マダム御用達のルイ・ロデレールのハーフボトルは一本だけでしたよ。よく存じてます。その一本をお持ちしたんですから」

「今はなくなっているというハーフボトルだね？」

「そうですってね。少なくともこの場には見当たりません。あっちのテーブルにああして出しっぱなしのワインクーラーに入れて持ってきたんです」

当惑顔のラルフが、咳払いで注意を引いた。

「ちょっと待ってくれ！」と、さえぎる。「おれには大事な話かどうかもわからないけど、あの冷蔵庫はこの四十八時間以内に中身が入れ替わってるぞ、オルタンスの話がつくりごとでないなら。おれは金曜の午前中に来たんだ。その時にはロデレールのハーフが六本あった……そう話したのは覚えているよな、カーティス？……それだけで、他は何もなかった」

「おおきにご親切さま《ビアン・アミアブル》、ムッシュウ」オルタンスが皮肉る。「もちろん、またしてもあたしの嘘っぱちってわけですか」

バンコランが手を振って黙らせた。「請け合うよ、マドモワゼル、あなたの言い分を信じなければ糸口がつかめないのだ。さてと！　そのハーフボトルをここへ持って上がった。それから夜食の支度をしたら休んでいいと言われた。マダムの心づもりでは、夜食はどの部屋だったのかね？」

「え、ムッシュウ？」

「言っただろう、さしむかいの夜食にはどの部屋を考えていた？」

「大事なことなんですか？」

「いちばん大事だよ。尋ねたいのはこうだ。寝室で飲み食いする気は毛頭なかったにせよ、夜食のテーブルは、実を言うとここに運ばせるはずだったのではないか？　さりげなくしつらえた空間がある、バルコニーに面したこの窓辺だ。誰かが窓の手前にテーブルのための余裕をあけておいた。あの窓辺の小さなテーブルの燭台一対は、あそこではなくディナーテーブル用だね……いいかな、オルタンス。あなたは面白がって情報を出し惜しみしている。事実を小出しにしたがっているね。言っておくが、心を入れ替えてちゃんとしないと、こちらも礼儀作法などかなぐり捨てて、このまま尻を蹴飛ばしながら裁判所《パレ・ド・ジュスティス》までしょっぴくぞ。二人はこの部屋で夜食を取る予定だったのか、イエスかノーか？」

「イエス、イエス、イエス、イエスですよう！」オルタンスは音《ね》をあげた。「少なくともマダムからはそう聞いてます。ああ、うちに男兄弟がいてくれれば！　悪気はなかったんです。あたしはただ――」

「それでゆうべ、マダムをここへ残していったのは何時だ？」

「十二時十五分過ぎです」

「どこから出た？　化粧室を抜けるドアか、廊下のドアか？」

「廊下のドアですよ、あれです」指さしながら、もう片手でそっと両目をぬぐった。

「出たあとのドアに、マダムは鍵をかけたか？」バンコランは追及の手をゆるめない。

「いいえ」

「だが今、あのドアに鍵がかかっているのは見えるだろう？　さらに化粧室から廊下へ出るドアにも施錠してあるぞ？」

「ムッシュウのおっしゃる通りです。その時は気づきませんでしたが」

バンコランはやおら深呼吸した。しばらく窓越しに、大理石のバルコニーと片側の小さなバルコニー階段に見入る。頭をかこうと古ぼけた帽子の下に手をやったおかげで、余計にかかしっぽくなった。それでも、いつのまにかパイプを手にして、こちらを向いた目は機嫌がいい。

「デュラン警部……皆さん」講演の皮切りめいた重々しい咳払いをひとしきり響かせた。「ここに、見た目とはおよそ似ても似つかない意味を持つ事実の好例があります。どの鏡に映しだしても正しい姿ではない。どんなさりげない行動も最後の最後でかけ違う。私好みの展開です。ですがそろそろ、ゆうべこの場で起きたできごとを再現にかかったほうがよさそうです、さもないと犯人を捜すべき場所の見当がつかなくなりますのでね。とは申せ、どうやら真相を左右するのは、人によってはしごく他愛ない些末事かもしれませんぞ——行方不明になったシャンパンのハーフボトルです。

金曜の午前中にはルイ・ロデレールのハーフボトルが冷蔵庫に六本ありました。金曜の夜には茶のレインコートと黒い帽子の男が訪れ、謎めいた手つきでシャンパンを何本も扱っていたのをキッチンの窓越しに目撃されています。（おや、目を丸くなさいましたね、ダグラスさん。お聞き及びではなかった？）土曜の夜になると、そこにはポメリーのフルボトル三本とマム二、三本がありました。ところがローズ・クロネツ御用達の銘柄は一本だけでした。妙でしょう？まるで誰かが彼女に特定のボトルを飲ませようと仕向けたかのようです。まるで手品師があるカードを引かせようとするかのように……」

独白めいた語りのさなかも、バンコランはずっと上の空で指を鳴らしていた。だがその実はカーティスが気づいたように、全員に謎かけをしていたのだ。そして、スタンフィールドの「しいっ！」を振り切って受けて立ったのはマグダ・トラーだった。

「なぜそんなことを？」マグダは平気で尋ねた。「毒殺じゃないんでしょ？　なら、ほかに何が入っていたというんでしょう？」

「睡眠薬はいかがです？」とバンコラン。

一座がしんとした。

「皆さんには自明のことでしょう」と続ける。「人間を浴槽に寝かせるか、ふちにもたれた姿勢で失血死するまで押さえておくなど不可能です——大声も、力ずくの抵抗も、なんらかの障害も一切なしでとなると——気絶させるか、一服盛らない限りはありえません。さて、この殺人者の置かれた立場をよくお考えいただきたい。ローズ・クロネツとあえて顔を合わせる気はなく、また、合わせようにもどだい無理です。ローズの待ち人はラルフ・ダグラスさんですが、この犯人はダグラスさんではありませんから。オルタンスのように一度も会ったことがない目の悪い女ならごまかしもきくでしょうが、ローズ・クロネツの目をごまかすのはどだい不可能です。ですから、自分の到着までに、ローズが確実に睡眠薬を飲むように仕向けなくてはなりません。ここへあがってくるまでに、あれほど手間取った理由はそれです。私自身も気づいておりましたが、開け放したこちらの窓越しに」――と、並んだ窓をさす――「向かいのあの木立に隠れて見張っていれば、室内の様子は手に取るようにわかります。ローズはあのハーフボトルをかたわらに置き、ここにかけていました。それを飲むのを犯人は見ます。もう大丈夫という時まで待って、勝手口から入ったわけです」

　またもや間があいた。カーティスと顔を見合わせたラルフが、自分の拳をもう片方の手に打ちつける。

「お考えの通りでしょうね！」と勢いづく。「そんなの、ぜんぜん思い浮かびませんでしたよ。当然ですよね、ローズと顔を合わせる度胸はない。だからそうしなかった。夜更けになるまであらわれなかった理由はそれです。シャンパンに麻酔薬か何かを入れて――」

　バンコランはラルフを見た。

「鵜呑みになさる？」疑うような口ぶりで、「かくいう私には、ほとんど信じかねる説ですが」

「でも、ご自分でそう言ったじゃ――」

「いやあ、白状しますとね、ひとりで論をもてあそんで楽しんでいたのです。強力な反論でしたら、とっさにいくつも思いつきますよ。まず、封をしたシャンパンに薬を混入させて、見破られぬよう工作するのはまず無理でしょう。第二に、その後で壜とコルクを両方とも盗む必要がありますか？　考えにくいですが、百歩譲ってローズに一服盛った事実を隠そうというのなら、ボトルをゆすげばすむ話ではありませんか。あんな危険な記念品を持ち去る意図は何でしょう？　あの壜にいっそう謎めいた役割があるのではないかと、勘繰ってしまいそうですな。第三に、なんの兆候もなくいきなり人を倒すほど強い睡眠薬はありません。シャンパンのようにゆっくり飲む酒では、なおのことですよ。ローズがその兆候に気づけば、ベルを鳴らしてオルタンスを呼ぶか、何とか身を守ろうとしたでしょう。ですが皆さんお気づきの通り、焦《あせ》らずていねいに着替えをすませています。

　第四に、犯人自身の行動があります。自分があがってくる頃には、ローズは昏睡状態だと見越していれば、二人分の夜食をのせた重いテーブルを苦労して二階へ運びあげたのはどうしてでしょうか？　別室の、開封してグラスをふたつ添えたボトルにグラスで飲んだ形跡があるのはなぜでしょうか？　そのほか、二階に持ちこんだ小道具類はいったい何のためですか？　わかっているのはこれだけです。あの茶のレインコートの男を探し出さなくては始まりません。やることは山積みですし、検死結果が出るまで憶測は禁物ですな。当面は、どっちつかずの絶妙なバランスを保つ所存です。あのシャンパンボトルに睡眠薬を混入した説はにわかに信じがたい一方で、どこかの時点で、何らかの理由からローズ・クロネッツに睡眠薬を飲ませた可能性もありそうな気がしていますよ……」

「ムッシュウ」オルタンスがそこで口をはさんだ。

「ただならぬ顔色だが、マドモワゼル――」

女の視線がちょっとおろおろする。「少し前に申し上げたのは、もしかするとほんの少々早とちりだったかもしれません。ムッシュウが睡眠薬をそこまで大事なことだとお思いでしたら、もしかするとマダムがご自分でお飲みになったのかも。薬の小箱は浴室にございます」

第八章　電気時計

寝室は片づき、死体は籠担架で運び出された。鑑識課主任のマビュッス博士だけが居残り、マントルピースに置いた黒革の大箱だかケースだかの脇に立ってメモの束をあらためている。大口に頬ひげを伸ばしたむっつり屋で、バンコランが入っていくと含み笑いした。

「ああ来たな、ずいぶん待たせたじゃないか」マントルピースから、さっき浴室で見かけた小さな紙箱とコップを取った。「これが要るだろう？　ブネはあの死体に気に入らない点があるとさっき言ってたが、私も同感だ。網膜の軽い充血を始めとしてね」

「皮肉屋め」バンコランが渋い顔で、箱をがさがさ振ってみせた。「これの中身は？」

「見当はつくよ。なんならすぐ簡易検査もできるが、鑑識課に戻るまで待ってもらったほうがいい」

「すぐ頼む――なんだね、エルキュール？」

背後にいたエルキュールは憤懣でふくれあがり、しどろもどろになった。「は、判事さん、この場の方々が証人です。お聞きになれば、本官にひどい手落ちがなかったことははっきりします。あのですね！　睡眠薬の件では、やはり本人が数錠飲んだんだろうと見ておりました。

ところがこの婆さんが」と、厳しい顔をオルタンスに向けた。「横槍を入れまして。マダム・クロネッツはそんな薬は飲まなかったし、飲もうともしなかったはずだ。『恋しい人に逢いたくて身を焦がしてる晩に、マダムがわざわざ睡眠薬を飲むって？』――と、小バカにしやがったんです。なんならこちらのムッシュウ方に聞いてください！　なのにこいつめ、今ごろになって掌《てのひら》返す気まんまんでいやがる」

「ああら、それがなにか？」オルタンスは平然としている。「どうかした、おじいちゃん？　あの時は知らなかったけど、今は知ってるの。あの時は箱の中を見なかったけど、あとで見たんだから――あんたがその老いぼれた背中を向けてるすきにね、おじいちゃん」

「それで？」とバンコラン。

「そしたら三錠減ってました。いまだにどういうつもりでそうなさったのか、さっぱりですよ。おおかた魔がさしたんじゃないですか。それでも飲んだのはマダムに決まってます。だって昨晩はもっとあったんですよ。間違いありません――荷ほどきしたのはあたしですから。カバンにあったあの小箱を化粧テーブルの右の抽斗《ひきだし》に入れました。小出しにするなって、さっきムッシュウに怒られましたからね、言う通りにいたします。その時に錠剤を数えました。だって――ほら――一錠ぐらい頂戴しても大丈夫かなって。そしたら十二錠しかないでしょう、てめんにマダムに勘づかれちゃいますよ。いま残ってるのは九錠です」オルタンスは鏡をにらんだ。

「いつもの量は三錠か？」

「いえ、いつもは二錠ですけど、三錠の時もございました」

「よし、もういいぞ」バンコランはそこで切り上げて外の廊下に控える私服二名に合図し、まだしぶとく粘る気のオルタンスを力ずくで出させた。そのあとはひとり笑いをしていて、今の情報がよほど耳寄りだったらしい。

マビュッス博士が革の大箱からアルコールランプと小さな試験管とピンセットを出した。試験管のアルコールに紙箱の一錠を溶かし、強いアンモニア臭を発する小壜から十滴加えてアルコールランプにかざした。黄と青の鬼火にも似た炎が、室内にあるはずのない風に揺らめく。マントルピース上で躍る炎にまばゆく目を射られ、もう午後遅い室内の薄暗さにカーティスは今更ながら気づいた。

「そらな」マビュッスがまくしたてる。「アンモニアは最適なアルカリじゃないが、とりあえずは使える。試験管の側面に白い粒がはっきり見えるだろう。かいでみろ、クロロフォルムだ。この錠剤の主成分は抱水クロラールだよ。一錠につき約二十グレインはかたい。ご満足かね？　なら店じまいさせてもらうよ。あのご婦人はきつめの鎮静剤派だったんだな」

バンコランは歯の間から口笛を吹いていた。

「うむ、そうだな。オルタンスの話を信じるなら、マダムの服用量は六十グレインか。とはいえ、それだけでは――」

「ああ、そうだな。その量じゃ死なんよ、そういう意味で言ってるなら。一方、情熱の一夜を最上の状態で、というわけにもいかんだろうね。失礼、お嬢さん」マグダにいちおう断りはしたが、その声にはみじんも悪びれたところはなく、不景気なおでこに手をやった。「だがね、知っておくに越したことはなかろう？　ハ、ハ、ハ！　オルタンスと同意見で、彼女がそんなことをした理由はさっぱりだ、なにを血迷ったのやら。ヌイイに顔なじみの商売女がいて――」マグダはえくぼを刻んでマビュッスに微笑みを向けた。とたんに、入室以来の一同の緊張がゆるむ。

「不謹慎にもほどがある」ラルフが英語で物言いをつけた。

「まあまあ」例によってスタンフィールドがすかさず口を出した。服装が服装だから、通常業務っぽく淡々と話していてもおためごかしに聞こえてしまう。ひきつづき英語で、「ムッシュウ・バンコラン、みなで感謝申し上げます。こうして午後いっぱいお仕事を見学しまして、とてもためになりました。ですが、この状況に改善の余地ありというのはお認めになりますね。それはそうと官庁内外の主だった筋に存じ寄りがずいぶんおりまして……ブルドー、署長ですな……セレスタン、検事総長の……おかげさまでみなさん良くしてくださって、こんな略式の拷問が行き過ぎればこの方々の心証を損ねますぞ。おわかりですよね。早い話が、なにぶんの手ごこ――」そこで絶句した。「そんなものを、どこから？」

声こそしっかりしていたが視線は釘付け、ただでさえ大きな口をさらに引きゆがめる。今しがたまで室内をうろついていたはずのバンコランが、スタンフィールドとまともに向き合う形でベッドのすそに腰かけていた。遅まきながら気づけば、手に二二口径のピストル、もう片手に銀の柄つき短剣がある。そのふたつでお手玉する姿は、全員まとめてじわじわ包囲網を狭められているとカーティスに感じさせるだけの不吉な違和感があった。気のせいだと自分に言い聞かせても、根こそぎにはできない。心なしか鈍重なデュラン警部が身近に迫り、気難しいマビュッスがにじり寄り、バンコランまでグランディスン・ハントとは連携不能なほどに距離を置いているかに見えてきた。

バンコランは宙返りさせた短剣を掌に収めた。

「よろしいかな、拷問は考えておりません。いつでも車を出させますから、パリへはご自由にお戻りください。今すぐですか？」

「こちらはただ、ためを思って……」

「この凶器の片方に、おそらく見覚えがおありでしょう？　それとも両方ですか？」

スタンフィールドがかろうじて笑い声をあげる。その顔には軽蔑というほど深みもなく、やにさがるには明るさが足りず、一大決意からはいかにも遠いどっちつかずの表情が浮かんでいた。

「たしかに、そっちの短剣は見覚えがあります。そんな品をマダム・クロネッツに差し上げたのは何年も前のことです。コルシカ旅行の記念品でしてね。事務所のデスクでレターオープナーに使っておりましたら、マダムにお褒めいただいて……」

「彼女をよく知っておられた？」

「仕事柄ね」

「実に立ち入ったお尋ねですが。仕事柄とはマダムの、それともあなたの？」

「わたくしです」スタンフィールドは飄々《ひょうひょう》たる顔つきでさらりと受け流し、形ばかりの灰色のひげをなでつけた。「そんな風にあてこすられても怒りませんよ、なにしろ女とのかかわりを追うのが捜査の定石ですからな。ですがねバンコランさん、私は家庭ひとすじで騒々しい子供らを四人も抱えておりますので、そんな愚行は若者にお任せします。違いますよ、マダム・クロネツはただの上得意です。よく旅行なさる方で、その手配一切を当社にご用命くださり、いつも私がじきじきにご用を承っておりました。短剣ぐらいはお安いもので――」

「なるほど。『何年も前のこと』と、さも若き日の過ちを語るように言われましたが、正確にはいつですか？」

「ああ、三、四年前ですね。はっきりとは」

「ですがマダムはよほど大切にしていたらしく、この別宅での週末にまで持参しましたよ？」

スタンフィールドは思案顔になった。「そうじゃないでしょう。たまたま知っておりますが、マダムはどこへ行くにもそれを持ち歩かれましてね。一種の――まあ護身用ですな、そこにお持ちのような小型のピストルを旅先に持って行くご婦人と同じですよ。たまたまマダムは銃のたぐいが見るのもお嫌でね。いくら命の瀬戸際でも撃てないと言っておられました。それでいて、なぜか刃物はお好きでした。ナイトクラブの椿事はお聞き及びでしょうが、ナイフ投げの芸を邪魔してまで見たがり、こちらのダグラスさんと揉めたほどで。いえ、短剣があるからといって揉めごとを想定していたとは一概に申せません。架空の賊への護身用で、ブラシや櫛《くし》のように旅行用品の一部というだけですよ」

猫背の亡霊よろしく座るバンコランは身じろぎもしなかった。短剣を二回りさせると、「これに指紋は？」と、マビュッスに尋ねた。

「あるよ。柄に死んだ女のが、かなり鮮明にとれた。ほかはない」

「柄か、面白くなってきたぞ。だが、ほかにはないんだな？」

「ないね。ただひとつ――」言葉を濁《にご》す。「あとで話すよ。同じ指紋がピストルの背についている。もうひとつ。犯人は手袋をはめなかったのに、短剣にはタオルを巻いていた。刃にはわずかに血のついたタオルの繊維くずが一面についていた。いつものように保存しておいたよ」

「謎だらけですな？」一拍置いてスタンフィールドが嬉々として言い出した。「なら、死んだご婦人の指紋だけで、ほかはないんですか！　だったら万人が納得しそうな答えがありますよ。どうでしょう、マダムが動脈を切って自殺した可能性はあると思われますか？」

「死後、ひとりでにベッドに運ばれた。いや、その線はいかがなものかな」とバンコラン。

「それでもご注目願いたい事実がありますよ。オルタンスがゆうべ荷ほどきしたさい、あの短剣を化粧テーブルの抽斗にしまったという供述ですな。オルタンスについて質問を続けましょうか、スタンフィールドさん。昨日の――土曜の――朝、オルタンス・フレイは一通の手紙をおたくへ持ち込んで訳してもらおうとしました。この手紙です」

ポケットから例の「ラルフ・ダグラス」の署名があるタイプ打ちの手紙を出した。

「はい」

「それでもまだ主張なさるのですか、ローズ・クロネッツと仕事抜きで親しくしたことはないと？」

「断じてございません」

「ならば妙だと思われませんでしたか、マダムの女中——しかも暇を出されて久しい元女中が——ここまで一触即発の秘事に触れた手紙を持ち込むとは？　その手紙の内容に察しをつける程度の英語は心得た女ですよ。復職したければ極力、石橋を叩いて渡るはずでしょう。友達ぐらいはいたはずですし、特に同業には英語が堪能な女もいたに違いありません。なぜ、あなただったのでしょうか？」

「それについてはオルタンスにお尋ねになったほうがよろしいかと。私にはなんとも。そうは言っても旅行代理店に持ちこまれる面倒ごとのかずかずときたら、仰天なさいますよ」

「その手紙の内容に悩まれましたか？」

「それは困ったなとは思いましたよ、当然でしょう」スタンフィールドはむっとした。「さっき別室でオルタンスがした長話を元にあれこれ考え合わせますと、例の『茶のレインコートの男』はダグラスさんでもなんでもなく、手紙も偽物らしいですな。ミス・トラーにも、ひいてはご本人にとっても何よりでした。とはいえこの先、どう転んでも厄介だらけでしょうけどね。あの時点では偽手紙だと思う理由が見当たらず、ダグラスさんがミス・トラーと婚約後に、またぞろこんな情事でよりを戻そうとしているらしいと聞いて——」

「それで」バンコランは静かに言った。「当然ながら、友人でも雇い主でもあるベネディクト・トラー夫人にご注進に及んだ、というわけですな？」

ちょっと間があった。カーティスの勘によるとスタンフィールドは罠に片足踏みこみ、とっさに抜くひまもなく捕まってしまったらしい。身がこわばっている。

「そんなまねはしておりません」ぶっきらぼうに、「それだけは申し上げておきます」

「お好きなように。そうお尋ねしましたのは、庭の小神殿でミス・トラーとダグラスさんやカーティス先生がお話し中に失敬ながら立ち聞きして、ちと小耳に挟んだことがありましてね。オルタンスの手紙の持ち込みは昨日の午前中でした。昨夕、ミス・トラーはすぐにもダグラスさんと結婚してやると啖呵《たんか》を切って飛び出しましたが、原因は母上との大ゲンカです。火種もないのに揉める家などありません——いくら見えにくくても。このご注進ほど大きな火種はおそらくありますまい」手紙を振ってみせてベッドへ放った。「あなたなら話してくださりそうですな、ミス・トラー。母上はこの件をご存じでしたか？　仮にそうだとして、その話を持ち出されましたか？」

バンコランの優しさはふりだけではなかった。この娘も彼と同じ悪魔じみた火花を抱えているためにどこか同類の雰囲気があり、初対面から互いに一目置いているのが目立った。だが、今のマグダ・トラーは平常心ではない。緊張のなせるわざか、ハシバミ色の目はかたくなな光をたたえてバンコランを睨《にら》みつけている。きちんと分けて細いリボンをあしらった黒い断髪を片手でなでつける手つきも、どこか彼の目をはばかるふうだ。それでもどうにか笑顔を作り、ともすれば落ちつきのない両手をおさえこんだ。

「いいえ、母にはいろいろ言われましたけど、そのお話は出ませんでした」

「そうですか。スタンフィールドさんに事情を聞かされましたか?」

「いいえ」

「かりに誰かにその話をされたとしましょうか、ミス・トラー。あなたなら、どうなさいます?」

「万一そうなれば、ラルフとちゃんと話し合います」マグダは即答した。それから考えて、「それとも違うかしら、ちょっと待って! もしもそう思うだけの根拠があれば、コバンザメみたいにラルフにくっついて、必要なら朝まで、ほかの誰ともこそこそ抜け出せないように目を光らせるわ。だけど、ゆうべのお夕食はラルフと出かけたんですもの、そんなの考える余地なしでした。もしも誰かにそんな話を聞かされたら、まっさきにそうしています。その後は……」言葉を切った。「本当は、あの人を殺したかどうかをお尋ねになりたいんでしょ」

バンコランは鷹揚《おうよう》に両手を広げてみせた。

「うーん」娘が続けて、「正直、私はしてません。茶のレインコートの男は私じゃありません、たとえ竹馬に乗ってラルフみたいにバリトンを出しても」――喉奥で短く、野太い声のまねをしてみせた――「でも、そこはどうでもいいわね。どのみち殺したりはしなかったと思います。嫉妬にかられたフランス女性がどうするのがお約束かは存じません、こっちの人だって、私たちが考えるほどの無茶はしないでしょうけど。でも、実際に殺すとなると……」

「別にいいじゃないですか」と、バンコラン。

ふと気づけば、うってかわって臆面もなくにやつく相手に、マグダの気もほぐれた。

「もう、やだ！　わかったわよ。そんなの、とても割に合わないわ。このローズ・クロネッって人のことは知ってたの。でね、みもふたもなく言っちゃうと、それほどの人でもなさそうだったから」

「なにぶん、ミス・トラーはとてもお若くて」とスタンフィールドが弁解する。

「だから、どこにも無理がないのです」バンコランがきつくやりこめる。「よろしければスタンフィールドさん、そのままの自然体で願いますよ」

「いいでしょう、バンコランさん」

双方いささかもったいをつけて会釈したのち、バンコランはきちんと刈り込んだ口ひげとあごひげのはざまに微笑をのぞかせて、てきぱきと腰を上げた。

「あなたがおっしゃった『拷問』は終わりました」と宣言する。「よんどころなく皆さんを煩《わずら》わせるのは当面ここまでと思っております。私のほうは、マビュッス博士の技術協力を得てこの室内の品物を残らず調べ上げなくてはなりませんが、皆さんにお付き合いいただくつもりはありません。パリへお戻りになったほうがよろしい。ミス・トラーとスタンフィールドさんは、どうぞあちらへ」戸口の私服へ指を鳴らして合図した手を、妙に持て余し気味に開閉する。「ダグラスさんにはもう少々ご面倒をおかけします。ご承知のように法律上の手続きで数時間ほど勾留されますのでね。所轄の署長に出頭ののち、パリ地裁の予審判事と記録係のもとに出向いていただきませんと。質問責めになると覚悟しておいてください――」

一瞥されたラルフはあっさりうなずいた。

「――ですが、あなたのアリバイが立証されれば、あとはなんでもありません。当然ながらカーティス先生を顧問として同行なさってもかまいませんし、フランスの法律に抵触するようなら予審判事の勧告があるでしょう。さ、階下までお見送りいたしますよ」

（「おんぼろおやじの割にはお行儀がいいじゃないの？」マグダが声を殺してささやいた）

「そうですよ」とバンコラン。「それに遅くなりましたからね――」役立たずの大理石の置き時計を見て、一拍置いた。「このうちは時を忘れるにはもってこいですな。これまた動かない時計ですか。この続き部屋の居間にもあり、階下にもまだありましたよ」連れだって階段をくだりながら、バンコランはそこにこだわった。「いささか不都合な時もあるでしょうに。どうですか、ダグラスさん、この家にはきちんと時間のわかる時計があるのでしょうか？」

「世に名高いあなたのひっかけ戦術ですね、きっと」ラルフはうんざり口調ながらも、すかさず相手の顔色をうかがった。「文句はおれでなく、骨董商に言ってください。どれも博物館級の名品でね。だけどキッチンには電気時計がありますよ」

「キッチンのどの辺ですか？」

「冷蔵庫の上です。そこなら冷蔵庫のコンセントが使えるでしょう――そっちです」

バンコランはもうドアから白タイル張りのキッチンに入りこんでいた。オルタンスがそこで泣いており、がっちりした山高帽の男がそばでなだめている。奥の壁には窓と裏口にはさまれた大型冷蔵庫があり、その上でガラスケースの時計がせっせと時を刻んでいて、只今は三時二十分過ぎだ。バンコランが山高帽の男に時間を尋ねると、しゃんと立った相手はラペ署長と名乗り、自分の時計もやはり三時二十分過ぎだという。カーティスがふと気づけば、バンコラン の注意は時計から何か別のものに転じている。冷蔵庫から三十センチ右にずれた裏口脇の電気 スイッチの上に、ごく小さな丸い突起がある。頭の白い画鋲が白いタイルの上の漆喰壁に深く 押しこんであった。

バンコランは話を続けた。「オルタンス、あなたが証言した時刻はすべてこの時計を元にしたのだな」

「は？　ああ、それ？　はい、ムッシュウ」

「だが、たしかキッチン脇にあてがわれた小部屋の時計を使ったと言わなかったか？」

「それも嘘じゃないんです、ムッシュウ」オルタンスが答えた。「寝に行く時にその時計を部屋に持ち込んで、あっちの壁のコンセントにつないだんですよ。おかげで時計が狂ったんじゃないかなんてご心配は無用ですとも！　到着してすぐ教会の時計に合わせましたし、昼間も晩も十五分おきに見たはずです。ほらだって、今か今かと誰かさんのお越しを待ちわびておりましたんで」

「ならば、さしあたって時刻の件は放念してよかろう。署長、デュラン警部！――オルタンスとこちらのお二人をご同道ください。どうか、よい一日とツキに恵まれ、上等のシャンパンで祝うだけの成果があがりますように」

あとはきびすを返して冷蔵庫の裏についていた長さ三十センチほどの黒い糸だか紐だかを外して端を指に巻くと、機嫌よく回していた。カーティスやダグラスと握手しながらも、日焼けしたあごを心もちゆがめ、目にはっきりと感情を浮かべている。それを見てとったカーティスは、日当たりのいいキッチンの平凡な品々のなかで、恐怖に変わりかねない不安のうずきを覚えた。

第九章　第二のアリバイ

夜の九時、シャンゼリゼの坂上にあるカフェのテラス席で、二人連れの男が食後酒のブランデーを傾けていた。ふたり、というのはリチャード・カーティスと、もはや完璧とは呼べない服装のブライス・ダグラスだった。

カーティスは疲れていた。ラルフ・ダグラスのほうが疲れていたが、そっちは担当の治安判事の言葉を借りれば「晴れて」放免後にマグダと水入らずの晩餐に出かけてしまった。初事件をさほど失点なくこなせたのが、せめてもの慰めだった。おそらく一目置かれるほどではないにせよ、自分なりにかなりうまくやってのけたし、ロンドンのハントへ電話で報告したところ、本件は君に一任すると言われた。ハントは行けないし、フランス法に強いダルシーは北米出張中だが、この件はそこまでややこしくない。手続きの勝手も違い、被告に不利な状況にある。そんな時に最も不可欠なのは、こまごました法律はさておき理性を保つことだ。

証人の名をひとつ出せば、たちまち証人ひとそろいをかき集めてくる警察《シュルテ》の情報網にはほとほと感じ入った。行列のお通りだ。フーケの給仕二名が八時半から九時十五分までおなじみ客のラルフ・ダグラスとマグダ・トラーが来店されましたと証言、パシー地区のベートーヴェン街「昔日《せきじつ》の盲人亭」というカフェのてんでんばらばらな常連六名（店主含む）は、十時五十五分ごろから三時十五分まで飲んでたのは確かにこの若紳士だと証言した。それにオルタンスは時間については間違いないと言い切り、揺るぎもしなかった。

カーティスの主張で——おかしな小細工をされないうちにさっさと手を打ちましょう——マルブル荘の電気時計はボワシーからパリへ移され、鑑識課さしまわしの時計職人が予審判事の目の前で検査する脇で、カーティスの質問が続けざまに浴びせかけられた。

その時計は狂っていませんか？　はい。どこかに故障か、機械に手を加えた形跡がありますか？　いいえ。当局はマドモワゼル・フレイを信用できる証人だと認定なさったんですね、さもなければダグラスさんはそもそもこの場に呼ばれなかったでしょう？　はい。マドモワゼル・フレイが昼も夜もこの時計をしじゅう見ていたのはお聞きになった——これから願ってもない職にありつけるかどうかという事情を考慮すれば、いかにもありそうな行動ではないでしょうか？　おおむねそうですな。ですから時計に何らかの異変があれば、必ず気づいたはずでしょう？　おそらくは。カーティスの狙いは、このやりとりをすべて公式記録に載せて写しを請求することにあった。全部すませて通りを渡って司法局総合庁舎《パレ・ド・ジュスティス》向かいのカフェへ出向き、ダグラス兄弟と落ち合って黒ビールをかけつけ三本あおるまでは、もう気が気ではなかった。

ブライス・ダグラスもずっと警察に協力していた。あらかじめ聞いていた話から、さぞ鼻持ちならない男だろうと思っていたら、そんな感じはなかった。前もって聞いていた人物像「なんの話題でも打てば響くように応じる割に、本音はどれにも興味なさそうな感じ」、早い話が表裏のない人間からはもれなく嫌われそうな、すかした態度——これすべてはおおむね隠れみので、正念場になると消えてしまった。隠れみのにひそんでいたのは不安だった。まんまと一杯食わされたら、へまをしたら、大失敗したらどうしようという恐れ。それにまた、カーティスが目ざとく察した通り、彼と同じくらい強いスリラー的展開への偏愛を隠すためもある。

　庁舎向かいのカフェで、おがくずを撒いた床にトタン張りのバーカウンターをしつらえた穴蔵風の店内でのブライスが記憶に蘇った。山高帽をあみだにかぶり、ビールをズボンにこぼさないようにずっと気をつけていた。仕立屋のマネキンでもここまではというほどの着こなしで、姿勢よく、すっきりした鼻下に小さいが立派な茶色いひげをたくわえ、だれかを守る必要から親しげな目になっていた。はたして兄のつとめ以外に弟への肉親の情は本当にあるのかとカーティスは疑った。黒幕として玉座や株式市場や、なんでもいいからスリラー小説に出てきそうな事象を陰から操るのがブライスの好みだが、彼には何の権力もなく、玉座には無縁ときている。

　その素顔の一端をカーティスが知ったのは、トタン張りのバーカウンターにもたれていた午後のことだった。

「今夜九時に」とブライスに言われた。「エトワール広場近くのカフェ・モガドールで落ち合おう」いっそう暗いが、他人行儀の薄れた口調で、「いろいろやられたよ」

　九時きっかりのカーティスは、そっけない軍隊式が好みならもっとはっきり道順を示せよ、このイラつく店探しにここまで苦労させるなと内心こぼしながら、朱塗りのテーブル席のひとつに落ちついた。さしむかいにご満悦のブライスがブリーフケースを膝に載せている。

「君に尋ねたいことと、話しておきたいことがある」ブライスがおもむろに言うと、煙草を勧めた。「だが、まだ顔ぶれが足りない。もうひとり来るはずなんだ。それまでの間に——君は今回の件をどう見る？」

カーティスはかぶりを振った。「どうですかね。でも、意見をご所望なら選び放題でしょう。夕刊をごらんになりました？　パリ中のアマチュア犯罪研究家がこぞって自分なりの分析を開陳しているのに、確たる結論はただのひとつもなしですよ。『専門家』ならこの街に掃いて捨てるほどいます」

ブライスは乙にとりすました顔つきに似合わぬ茶目っけを発揮した。

「ああはいはい、そりゃそうだ。君なんか、『若手弁護士の逸材、火を噴く弁舌にものをいわせて予審判事を籠絡』とか書かれてなかったっけ。ハントおやじの目に触れてみろ。生きながら皮を剝がれるぞ」

「たぶんね」

「それでも」思案しながら、「全力を出し切るだけの動機があったんじゃないのか。外の廊下にはミス・トラーがいて、あらましを聞いていた。責めるわけじゃないが、訊いてもいいかな？　君は彼女にずいぶん惹かれているようだが」

責める口ぶりではなかった。もったいぶって通りの往来を眺め、砂色のひげをごわつかせて、まじめ一方の小柄な体をしゃんと立てている。

「まあ待て」ブライスは誰に言うともなく言い出した。「こうくる気だな、『彼女には今日の午後会ったばかりなんですよ』、だろ?」

カーティスは笑った。「どこからそんなことを?」

「紋切型が仕事なんでね、それ以外は耳にしない。十年一日の如く、人をぞろぞろ引き連れて同じ博物館の展示品巡りをするガイドみたいなもんさ。展示品について言われそうなコメントならどれでも知ってるよ。だけどまだ、ぼくの質問に答えてくれてないじゃないか。もちろん、守秘義務があるという気なら——」無自覚にツンケンした表情がブライスの顔を凍らせ始めている。自分でもどうしようもないのだろうが、そのせいで多くの敵を作ってきた。

「職務上こう申し上げるのがつとめでしょうな。ミス・トラーは弟さんと婚約されており、そのことは私どもには関係ございません」

あとは沈黙。

「まったくだ」ようやくブライスが言った。

またしても沈黙。

「どんな状況下でも」ブライスが続けて、「自分は間違ってると認めちゃいけない。得策とはいえんな。『愚痴るな、言い訳するな』実にいいモットーじゃないか——でも、その顔は嫌そうだな。だけど間違った角度から問題にとりかかっているかもしれないね。困ったことに、ぼくはマグダに首ったけで、あの娘を見れば……見るほど……」かたく握りしめた手を、おもむろにテーブルに叩きつける。「ああ、くそっ!」声が洩れた。「そら、もう一杯いこう。ウェイター！　ブランデーのおかわりをふたつ。今回の事件で、新聞のご意見番どもはなんだって？」

　こんなふうに矛先がそれて、カーティスは内心やれやれと大いに息をついた。

「どうも、じゃあいただきます。さてと、パリ・ミニュイ紙の『考える人』とかいうやつは、おたくの弟さんを完璧なアリバイ工作にたけた犯罪の達人なんじゃないかと言ってますね」と、新聞を引っぱりだしたが、ブライスは見向きもせずにおもての路上を眺めている。「かと思うと図々しくも『ハーロック・ショームズ』なんて名義のやつは、ド・ロートレックを犯人と名指ししたも同然の書き方で――」

「ああ、マルブル荘のあの事件ですね！」テーブルを手早く片づけるかたわら、ウェイターが割り込む。「おもしろい事件じゃありませんか」

「君は何か自説があるのか？」カーティスが尋ねる。

　ウェイターは考えこんだ。「おれに言わせりゃ、わかりきってますよ。あの女はムッシュウ・ド・ロートレックの情婦《いろ》でした。泊まりがけの浮気でほかの男んちへ行きやがった。だからムッシュウ・ド・ロートレックに殺された。そらね、簡単なもんです」

「だけど、例の茶色いレインコートの男は？」

「たぶん、ムッシュウ・ド・ロートレック本人があの英国人になりすましてたんじゃないかなあ。どうです、ムッシュウ？　自分の情婦があの英国人とこっそりできてるんじゃないかと疑ったんですよ。それでちょっとひっかけてみた。女がまんまとひっかかる。そこで殺したってわけです」

「それだと、細部にいろんなほころびが出るが」

「おれらは新聞を読む側でね」ウェイターはさも意味ありげに言った。「細かいことにいちいちこだわっちゃいられませんよ、ムッシュウ。だけど犯人の目星はいつでもつきますし、また、それがたいてい当たってますからねえ。ついでにいうと、ムッシュウ・ド・ロートレックでなかったら、犯人はどこのどいつですか？」

カーティスがブライスを見ると、世の意見などそっちのけで、テラス席の生垣の入口に向かって満足げにうなずいていた。やってきたのはバンコランだ。昼間のかかし姿ではなく、床屋へ行きたてで一応こざっぱりしている。しかしながら黒いソフト帽や礼装用の黒いコートはおそろしく地味で、第一線を退いた境遇を如実に物語っていた。二人のテーブルに加わり、ブランデーを頼む。

「そら、出ましたな」バンコランが言う。「今夜、パリ中が投げかける問いですよ。『ド・ロートレックでないとすれば、犯人は誰か？』ド・ロートレックは蜂の巣に頭を突っこみました。耳をそばだてて――よくすませば――ブンブンいう音が聞こえるでしょう。ご伝言を受け取りましたよ、ダグラスさん、それでこうして参上しました。なんでも、伝えたいことがおありだとか。こんばんは、リチャード君。請け合った通りになったでしょう。おたくの依頼人は晴れて放免されましたよ」

これに応じたのはブライスだった。この二人は、余裕しゃくしゃくで礼儀正しい応答に終始している。警察官僚と外交官の間のお決まりだ。ブライスのほうは相手から目を離さない。

「ご足労おかけしまして。ですが三人とも事情はわかっていますので、ここは腹を割って話し合いましょう。困ったことに、われわれはこの件であなたが味方か敵かを測りかねています。時計がどうこうというのは、どういうことですか？　弟にまだ疑いを持っておいでか、そうではないのか？――待った！　こうおっしゃるおつもりですな、『誰かれなく全員を疑っておりますよ』――」

「私としては、こう申し上げる気でした――」

「『――さしあたって、自身の考えを申し上げるのはまずい』でしょう？」

「そうですなあ」バンコランは黒ずんだパイプを出してテーブルのふちを乱打しながら、「その調子ですべての質問に私の代わりに答えてくださるなら、なにかを洩らしようもありませんな。そのままどうぞ。興味深い話し合いを進めようではありませんか」

「あのう、こんな応酬はもうやめませんか？」

「よろしいですよ」バンコランは静かに言った。テーブルにパイプを置く。「よろしいか――おふたかた――偽らざる真相をお話ししますよ、少なくとも私の側から見て。全員疑わしいと、ある意味では思っております。たとえ、おふたりが茶のレインコートの男ではないと確証があっても、疑うべきなのです、あなたを、ブライスさん。それにリチャード・カーティス君、君さえも。この件でおかしいのはこういうことです。犯人ならわかっていますよ。証明もできます。だからこそ袋小路で行き詰まっているのです」

カーティスは自分の耳がどうかしたかと思った。

「待ってくださいよ！」カーティスは抗議した。「今おっしゃいましたよね、犯人はわかっている、証明もできる、〝だからこそ〟行き詰まっているですって？　言葉遊びか何かですか？」

「違います。明白で辛い現実ですよ。しかもあいにく、犯人を知ったのは私の手柄ではありません。ささいなきっかけが一つ二つあって、それに導かれたまでです。裏づけを探したら、ありました。今のを口から出まかせだとお思いでしたら、似た事例を挙げましょうか。かりに、ぐいぐい引っぱられる設定の探偵小説を読んでいるとしましょう。発見された死体は（たとえば、そうですね）絞殺されて窓辺の椅子におさまり、仮装用のドミノマスクをつけています。家中の時計はどれもこれも壁向きに裏返しになっていました。真相に通じる明らかな手がかりは被害者《がいしゃ》の脇ポケットに入ったティースプーンであり、これらすべての状況がそうなっていなければ、殺人自体がそもそも起きなかったという事実が周到に読者に伝えられます——ここまではよろしいかな？　単なる攪乱《かくらん》目的の手がかりや、被害者の旧悪をほのめかすための手がかり（最低の趣向です）、犯人の美意識にかなうからというだけの手がかりはありません。それぞれが指示するものは全体の絵柄に不可欠なものです」

「で、種明かしはどうなります？」ブライスが興味にはちきれそうな顔でせっついた。

バンコランは相手を見た。「謎解きはご自分でお考えになってはいかがですか」と、ていねいに応じる。「あるいはローズ・クロネツ殺しを本腰入れて見直されてはどうでしょう。とはいえ、この仮面・時計・スプーン事件を片づけましょうか。さて、結末で犯人の正体が暴かれたとしましょう——絞殺された男のカラーにあった指紋が合致したという安直な理由でね。

肩透かしを食らった気がしますか？　実人生ではまさに起こりそうなことですのに、肩透かしだと感じてしまう？　そう感じてしまうのは痛いほどご承知ですね。犯人の正体には異論の余地がなく、彼は犯行を認めてピストル自殺します。結果としてあのマスクや裏向きにした時計の意味も、ティースプーンを糸口にした推論の道筋もわからずじまいになります。三百十五ページで『完』。さて、どうなさいます？　作家の首を絞め、版元をリンチにかけ、本屋を銃殺しますか。ですが文句を言う筋合いですか？　犯人はわかったのでしょう？」

フクロウばりの真顔に、凄みの利いたそこそこ雄弁な英語でここまで話すと、いきなり中断してウェイターを呼んだ。

「さしたることではないが、具合がよくなったのでね。君、ブランデーのおかわりを」

「ムッシュウはご病気でも？」

「なに、暇をもてあまして、ためになる本に手を出したせいだよ」あらためて二人に向かって、

「それよりはうまくやるつもりですよ。犯人と動機をそろえてお渡ししましょう。ですが、只今の状況はおわかりいただけますね」

「まさか、あの短剣か死体か何かに犯人が指紋を残したとでも？」とブライスが迫る。カーティスの目にも、彼がわずかに動揺しているのが見てとれた。

バンコランは皮肉っぽく笑った。

「いいえ。指紋ひとつ、足跡ひとつ、コートから都合よくちぎれたボタンひとつありませんよ。ところが警察の鑑識課ならば、それに匹敵する決め手にしそうな材料があったのです。おかげ

でこちらは立ち往生、ほぞを噛む始末でしてね。ほとんど労せずに事件の結末までたどりついてしまいましたが、それでいて、いまだに何もわかっていないのです。迷宮の中心に行き着いたのに、出口がどうにも見つかりません。仮説なら、マルブル荘のあの続き部屋に散乱した品の数だけ存在しますよ。腑《ふ》に落ちないのは、なんの害もないシャンパンのハーフボトルをなぜ盗まなくてはならなかったのか。凶器の中にはいちおう説明がつくものもありますが、あとは恐ろしいことに見当もつきません。たとえ、やっとこ一本と、灰皿の縁に並んだ煙草十本の因果関係に察しをつけても、そもそもそこにあった理由を説明しなくてはね。なぜそんなものが――まあそういう次第ですよ。ですが、これだけは確信があります。あの続き部屋にあった手がかりはどれもこれも正しく解釈すれば、どうでもいいものや、目くらましが目的の品はひとつもありません。だからといって犯人を檻《おり》にぶちこんで質問責めにもできません、証拠不充分ですからね。何を尋ねるべきかもわかっていません。話の糸口もつかめません。『あの女を殺しただろう』『いいえ』『殺したのはわかっているんだぞ』『違います』そこで種切れです。ですからそうはせず、犯人をしばらく自由に泳がせておきます、せめて検死報告が届くまでは。検死報告が目下の難題をいくらかでも解く突破口になってくれそうです」

ブライス・ダグラスが深く息を吸いこんだ。

「相変わらず、ひとのお株を奪ってくれますなあ」と、文句をつける。「お呼びたてしたのはね、あなたがご存じないし、おそらくは突き止められないかもしれない情報をお渡しするためです。なにしろおたくの役所じゃ、うちなんか映画スターの見張りもろくに務まらんド素人集団だと考えて悦に入っておられる。――ぼくは絶対やってない人を教えにきたんですよ」

「ほほう、やっていないとは誰のことですか？」

「ド・ロートレックですよ。ですが誰がやったかご存じなら、こんな話にあまりご興味はなさそうですね」

しばし相手を凝視したバンコランのしわんだまぶたが、黒のソフト帽の陰でひとしきり動いた。ブライスは相手の興奮を察し、すまし顔でひげをなでつつ堪能した。やおらバンコランが押し出すような姿勢でテーブルをつかんだ。

「それは確かですか？」

「絶対です。さっきのご指摘通り、パリでは誰もがド・ロートレックを犯人と決めつけている。そこで別のことが――ド・ロートレックは政府の機密を売っている嫌疑をかけられて、ローズ・クロネツに動向を探られていたことが判明すれば、もうこれで本命に決まりでしょうよ。ですが、ひょんなことからあの男が犯人でないとわかりましたのでね、容疑者リストから削っていただけますよ。これをどうぞ」ブライスはブリーフケースから文書を出した。「いいえ、不特定多数の出入りするカフェで声高に秘密をバラしたりしませんよ。マッセがこの声明を出したのは今日の午後で、明日にはパリ中に知れ渡るでしょう。まず、われわれは見当違いの男を追っていました。ド・ロートレックは情報を売っていません。真の漏洩元が発覚しまして。国務省のタイピストでしたよ。その女はうちの者が昨夜の飛行機でロンドンへ連行しました」

「だからといって、今回の殺人をやっていない証拠にはなりませんよ」

「ちょっと待った！　同じ部署のメルシエをご存じですよね？　そう、あいつです。それでゆうべ――汚れ仕事が全部すんでから――メルシエとぼくは、耳寄りな情報とおぼしきものが入って出動しました。それによると、ド・ロートレックは週末にパリを離れると思われていたが、そうではなかった。ゆうべの十時半に自宅を出たところを尾行すれば、報酬や指令の受け渡し現場に出くわすはずだと。あいつが自宅から目的地へ行く途中で身柄を押さえれば、証拠があがるはずです。その時点では、当然ながらまだド・ロートレックがホシだと信じていましたのでね、やつを押さえる千載一遇の罠という感じでした」

バンコランは渋い顔をした。「ならば情報そのものが嘘だったのですな？　その――おたくの呼び方はなんでしたか――ガセネタ？　ははあ、なるほど。内報者はローズ・クロネツですね？」

「ええ、そこがこの話の要点です。ローズが電話してきたのは午後でした。どうもあの女はド・ロートレックの無実を重々承知していたんですよ。それでもあいつを捕まえさせて、かねてもくろんでいたラルフとの逢瀬に邪魔が入らないようにしたかったんです。いいように翻弄されたと言われる前にお尋ねしたいんですが、あなたならこうした場合にどうなさいますか？」

「その先をどうぞ」

「メルシエとぼくは十時半の少し前に出ました。ド・ロートレックの自宅はアンヴァリッド街の新しいマンションで――」

「ローズ・クロネツは別に家があったのでしょうか、それともド・ロートレックと同棲していたのですか?」

「同棲です。ド・ロートレックは実際に十時四十五分まで出かけませんでした。ですから、女のほうも十一時過ぎまでマルブル荘に出発できなかったはずです。それはとにかく、自家用車で出たド・ロートレックをメルシエとぼくがタクシーで追いました。このパリにはタクシーが無数にいて、大半は瓜二つですから跡をつけても怪しまれません。運転中にバックウィンドウごしに外をうかがっても、ほぼいつでも後方にはタクシーがいます。ずっと同じ車だなんてわかるもんですか。ぼくのささやかな思いつきですが、警察がまねれば、役に立つかもしれませんよ。

ま、それでド・ロートレックはすぐ前でブールドネ街を走り、イエナ橋でセーヌを渡り、パシーを抜けてブローニュの森を通り、森とロンシャンの間にあるうらぶれた荒地に出ました。丘の上の林に石塀を巡らした屋敷があり、灯はまったく見えません。ド・ロートレックはその家からやや離れた場所に車を停め、われわれも徒歩で尾行しました。あいつが門をがちゃがちゃやると、内側の小屋からすぐ門番が出てきましたが、やはり灯はなしで通しました。なにやら大ネタが出そうな手ごたえです。少し偵察しましたが、慎重を要しました。明るい月夜だったし、ほかにも何人かが同じように屋敷にこっそりやってきては入れてもらっていたからです。

くそっ!——わかってくれます? いよいよ正真正銘の大物が捕まるぞと確信しました。正面と裏手に二つの門があるだけですから、メルシエとぼくで手分けして、ド・ロートレックがこっそり抜け出さないように見張っていられます。応援を頼もうか、それとも自分で塀を越えて調べに行くかと迷いました。ですが、もしもの場合を思うと二人とも持ち場を離れられませんし、いざド・ロートレックが出てきた時に車がないと困るので、タクシーの運転手を手離すわけにもいきません。三時間以上も死ぬほど退屈しながら、そこで張っていました。一度はぼくが塀に近づきすぎたせいで、門番が出てきてあたりを見回しました。ド・ロートレックは二時二十分に出てきました。仏頂面の若造でかなりの長身です。ハロー校出身だけに、英語はお手のものですよ。門番がド・ロートレックを送り出すまで待ってから、ぼくの合図で——その——はさみうちに——」

「夜鳴き鳥の鳴きまねをしたのですな」バンコランが重々しく言った。

ブライスはひるんだ。それまでは抜け目なさそうに目を輝かせ、ラルフを思わせる熱意で長広舌をふるっていたのに。この男が山高帽とブリーフケースに身を固めて門前にたたずむさまを思い描けるほどだった。だが、いったんひるんだブライスは、いつもの皮肉な外面《そとづら》に戻ってしまった。

「実際にはフクロウの鳴きまねですよ、ホーホーと」ちょっと自慢顔で訂正した。「ぼくの特技でね、ただし社交にはほとんど役に立ちませんが。ド・ロートレックが屋敷から二十ヤードほど離れると、われわれは彼の身柄を押さえて外務省への同行を求めました。やつはそれを拒むと、われわれを気違い呼ばわりしました。おまけに力ずくで抵抗しようとしたんです」

「どう対処しました?」

「のしてやりました」ブライスは驚くほど平然としていた。「ぼくみたいに小柄だと、レスリングの基本をいくらかは心得ておかないとね。ド・ロートレックの所持品はメルシエがあらためましたよ。最初は大当たりだと思いました。やつの財布に書類はありませんでしたが、千フラン紙幣二十枚と、百フラン紙幣五十枚の束がひとつずつ入っていて。しかも高価な婦人用の宝飾品を数点所持していたんです」

バンコランは座り直した。

「あとの不快な成り行きを詳しく話すまでもないでしょう」ブライスは憂鬱そうに言った。「もちろんド・ロートレックはわれわれを賊だと勘違いし、こっちに害意がないと納得するや、ぎゃあぎゃあ騒ぎ出しました。金の出所を教えるからあの屋敷へ連れていけと言ってきかないんです。罠じゃないかとは思いましたが、とにかく行ってみました」皮肉な顔で椅子に沈み込むと、「どんな場所だったと思います？　他でもない、うんと小さくて、うんと人を選ぶ内輪の賭博場でした。ド・ラ・トゥールセッシュ侯爵夫人が友人の上流夫人どもと開いていた副業です。ゆうべは六人だけでバカラをやっていました。うち、二人は社交界の顔なじみでね、その——かなり——気まずかったです。正直言って、ド・ロートレックにはすまないなんて思いませんでした。だって、こっちはあくまで仕事ですから。まあとにかく、あの大金はカードの勝負で儲けたんですよ。今日初めて知りましたが、ド・ロートレックはひどい金詰まりだったらしくて、侯爵夫人の屋敷へしじゅう入り浸っていたのも損を取り返すためでした。宝飾品についでは最後の最後にようやく自白しましたが、不面目もいいところでね……」

「どんな宝飾品でした？」バンコランが鋭く問いつめた。

ブライスは相手を見た。「宝飾品？　そうそう。ド・ロートレックの説明した後にメモを取らなくてね。良質なエメラルド五個をあしらったペンダントがひとつ、青ダイヤのブレスレットがひとつ、ほかにもあったけど思い出せないなあ。というのもね、お客が用意した現金が足りなくなると、宝石をかたに侯爵夫人に融資してもらうのがお決まりなんです。ド・ロートレックが持ってたやつは、その午後にローズ・クロネツに借りたんですよ。実際は抵当にせずにすんだので、ポケットからは出さずじまいでした。勝ち越したのでね。やつには珍しくツキに恵まれ、手持ちの現金二千フランを賭けのテーブルで二万五千に増やしました。大事なのはそっちでしょ？

ド・ロートレックがあの屋敷に入ったのは午後十一時ごろ。出てきたのは二時二十分です。その間に一度も屋敷を出なかったのはメルシエとぼくが断言します。しかも一度も屋敷を出なかったことはあの屋敷に居合わせた全員が証言しています――名前はここに書いておきました――ツキまくるド・ロートレックを同じテーブルで見ていたんですね。屋敷を出たあと、われわれに捕まって連れ戻されてます。われわれが騒ぎを収める頃には、もう三時十五分過ぎですよ。ですからやつが茶のレインコートに黒い帽子の犯人なわけがない。あなたがたの切り札の証人オルタンスによれば、犯人が別宅にやってきたのは一時十分過ぎでしたか。それに医者の話ではローズ・クロネツ殺害は一時から三時の間とも聞いています。ま、そんなところです」

もうこれっきりといわんばかりの手つきでブリーフケースを閉めた。「また猟犬を放つんですな。あらためて見直しにかかりましょう。ド・ロートレックはただアリバイがあるだけじゃない。ラルフのと遜色ない鉄壁を誇る、見事なアリバイの持ち主ですよ」

第十章　射撃場の密談

ライフルの速射音は蜂の羽音のうなりを思わせた。ひらけた場所なら空を切る鞭音に近いはずだが、ここの地下室は反響がすごいし、一射ごとにベルがじりじり鳴る。この射撃手は手練れらしく、さも無造作に腰の位置の射撃台にもたれた体勢でもまず外さない。肘を台に載せて二二口径の銃身を支え、鼻筋を照準にあわせ左手を着実に動かして薬莢を排出していく。黒い鉄板で仕切られた細長い射撃ブースの奥では、白塗りの人型がゆっくりと動いていた。警官の列、聖職者の列、回転式の兎の標的がふたつ。間隔をおいて標的が立ち、中央にベルがある。金網かご入りの電球がいくつかのドアを照らしていた。それぞれがジムやプールやエレベーターに通じている。

この黄色い光を受けた射撃手はやや長身の鍛えた若者で、白い絹のシャツに白セーターをはおって首のまわりで両袖を結んでいる。艶やかで濃い黒髪は、両脇を短く刈り上げ、肌が白く浮きでている。いかにもフランス人らしい風貌——険《けん》のある黒いぎょろ目を据え、えらは張っているが馬面気味——だが、同時にどことなく英国人っぽさもある。

制服のスタッフがその腕に触れた。「警察の方です、ド・ロートレックさま」

バンコランとカーティスがアンヴァリッド街八十一番の高級マンションに到着したのは十時ちょうどだった。同行を求められたカーティスとブライス・ダグラスのうち、カーティスは快諾したがブライスはベネディクト・トラー夫人を「なだめ」にクリヨンへの顔出しを余儀なくされた。そんなわけで、二人でバンコランの車に乗ってカフェ・モガドールを離れると、カーティスは狙いすました一撃を放った。

「反対尋問してもいいですか?」

バンコランは、むむ、となった。

「では、あの厄介な時計はどういうことです? あの件が頭を離れません。シャンパンボトルやら四つの凶器は後回しでもいいですが、あの時計の件は? おっしゃいましたよね、あなたにだます意図がおありかどうかはさておき」——マルソー街に車を走らせながら、いかにも面白がっているバンコランの顔が見えた——「ラルフはおそらく無実だろうと。でしたら、あの時計を見てなぜあれほど妙な顔をなさったのか、あれにはどんな小細工の可能性があったんですか?」

「そんなに妙でしたか?」とバンコランは尋ねた。「ううむ、昔の癖がひょっこり出たかな、歯をむくのは容疑者に道徳的に良い影響を与えるため、ただそれだけです。あのね、含みもないところをわざわざ深読みなさっていますよ。それでいて、あの時計の要点はそっくり見逃しておられる」

「ですが、あの時計のどこがいけないんです?」

「どこもいけなくはないですよ、知る限りでは」

「そうですか。ぼくは突拍子もない可能性をありったけ考えていました。例えばですね、あの場にいなかった者が電流をつかって時計を操作できないでしょうか？　可能なら、鮮やかな手口ですよね、どうやるのか見当もつきませんけど。まあそれはさておき、抜け穴はどこです？　オルタンスは時間に関しては自信をもっています。ゆうべはあの時計を一晩中見ていたわけですし――」

「ようやくそこに思い至りましたか。どうやらあの時計はゆうべずっとオルタンスの目に触れていたようです。それで、あの女の視力はどの程度ですか？」

そこで間があった。

「女がひとりおりましてね」バンコランが反論する。「いうなればコウモリなみの視力しかない。同じ部屋に居合わせた男の顔さえ視認できません。ならば、邸内で唯一まともに動く小さな時計でなくては時間がわからないのに、どうしてあれほど言い切れるのでしょうか。あなたや私のように目が良くても、一瞥だけなら勘違いもありますよ。二本の針が紛らわしい十二時から一時あたりは特にね。それなのにこの事件最大の決め手は、茶のレインコートの男がマルブル荘に一時十分に来たというオルタンスの証言頼みです。

それから時計の位置にもご注意を。私が見ようとした時は、むやみに高さのある冷蔵庫の上のかなり奥に押しこまれていましたよ。おまけに分厚いガラスケースがかぶせてありましたが、長いこと無人の家に放置されて、ほこりまみれでないほうが不自然というものでしょう。ですから、昨夜九時——茶のレインコートの男が最初に立ち寄り、彼女の眼鏡を壊した——以降のオルタンスの証言に、法廷で重きを置く価値は断じてありません」と、指を鳴らした。「あの女が一時十分前に寝室へ下がり、そのさい時計を持ちこんだという供述は確かです。その時はガラスケースに鼻を押しつけてでも時間を読もうとしたでしょうよ（まさか夜通し十五分おきにとはいきますまいが）ですが、それとて決め手にはなりません。さらに決め手を欠く供述は一時十分という、茶のレインコートの男の到着時刻ですね。ベッドから出ずに、『電気をつけてあの小さな置時計を見た』そうです。話になりませんよ。ためになる別の本に登場する『斥候ホークアイ』でもそこまでの離れ業は致しますまい。鷹の目《ホークアイ》オルタンスを判事の前に立たせてごらんなさい、犯行時刻は私の好みでどうにでもできると証明して差し上げますよ」

カーティスは内心でうめいた。

「じゃあ、あのアリバイは——」

「なんの、そう捨てたものでもありません」バンコランはあっけらかんと、「覚えていませんか、ブネ博士によれば殺害時刻は一時から三時の間でした。もちろん、医者の証言する死亡時刻ほどあてにならないものはないと申し上げてよろしいが、一つだけ確かなことがあります。犯人がもしもラルフ・ダグラスかルイ・ド・ロートレックなら、どちらにせよ犯行時刻は四時に近い三時台でなくてはならない。この事情はおわかりですね。十時五十五分から三時十五分までのラルフさんのアリバイは、『昔日《せきじつ》の盲人亭』の飲み仲間が裏づけています。パリからマルブル荘までは車で半時間ほどです。別の一団がド・ラ・トゥールセッシュ侯爵夫人邸でやはりド・ロートレックと十一時ごろから三時十五分過ぎまで一緒だったと明言しています。その後にあの別宅へ向かったとすれば、到着時間はだいたい三時四十五分ごろでしょう……そう考えていきますと、パリで最も信頼できるあの検死医が、死亡時刻を大きく逸脱して一時から三時と断定したとは考えにくい。さよう、私見ではダグラスとド・ロートレックの両方が無実と認めるにやぶさかではありません。ですから友人として、これだけはご注意願いたい。オルタンス・フレイが熱に浮かされてしゃべったことを、軽々に一から十まで鵜呑みにしてはいけません」

フロントガラスを見ているうちに、カーティスの持論はどれもこれも当てにならなくなってきた。

「なら、ぼくは午後中バカをさらしていたわけですか？」口調に苦いものが混じる。「ああもう、あの女の視力をまるっきり見落としていたなんて、自分を蹴飛ばしてやりたくな――」

「どういたしまして」とバンコラン。「自信たっぷりなオルタンスとあなたの雄弁があいまって、パリ中がおたくの依頼人の無実を信じていますよ。無上の成果でしょう？　ただし、オルタンスに深入りしすぎて一蓮托生にならないように」

「えっ！　じゃあ、やったのはオルタンスですか？」

「さて、ここらで謎かけをしておきましょうか」バンコランは持ち前の皮肉に思うさま嫌悪感をこめて、「なにしろ生涯ずっと、謎かけばかりすると非難されて参りましたのでね。今回は不本意ながらそうせざるを得ません。さきに申し上げたように殺人犯人が誰かは存じていますし、見極めがついていて立証可能です。それなのに、やはりそうとは信じられない。実はそこが悩みの種なのです。カフェ・モガドールでいろいろお耳汚しをした御託の本音はそれに尽きます。明白な証拠なのに、自分は信じていない。ある人物が犯人に違いないという事実に揺さぶりさえかけられれば、あの小癪《こしやく》な矛盾点の数々をうまくさばけるかもしれません。ですからこの際、先例はことごとく度外視いたします。もしも明朝、オルフェーヴル河岸の警視庁へお立ち寄りくだされば、警察の捜査が半ばにも至らぬ段階で、本命確実な犯人を名指ししてみせましょう。それまでは、ムッシュウ・ド・ロートレックの自白の内容をいちおう聞いておきましょうか」

アンヴァリッド街八十一番のマンションが建つ一画は、まっさらな白い石造りの開発区域だ。受付で尋ねると、ド・ロートレックは手ぐすね引いて待ち構える新聞記者の群れから隠れていると教えられた。スタッフに案内された先の地下室では、むぞうさな射撃手が気分をほぐそうとしてか、ベルつきの標的を何度も狙い撃ちしている。

制服のスタッフがその腕に触れた。「警察の方です、ド・ロートレックさま」

さらにベルを二度撃つと、ド・ロートレックはしっかりした手つきでライフルを置いてこちらへ向いた。いざ会ってみれば白シャツの鍛えぬいた若者で、礼儀正しく直立不動になり、いささか気は重いが避けて通れない面談のように身構えている。同時に、はっきりと目をこわばらせていた。

「おいでを一日中お待ちしていました」と言う。「ムッシュウ・バンコランですね？　お顔は存じ上げているし、担当してくださって嬉しいですよ」と言いつつも、左手を小さくしゃっとはねてみせた。「ですが、おれはなにを言ってどうすればいいんですかね？　恐ろしい事件です、まったくぞっとしますよ。おれは絶対に——彼女に近寄ってもいません。ただの仲ではありませんでしたけどね。そうは言っても——」

「お気持ちはわかりますよ、ムッシュウ・ド・ロートレック」と、バンコランは伝えた。そこで言いよどむ。「異例のお願いがあります。英語でお話しいただけますか？　こちらはロンドンからおいでのカーティス先生で、ラルフ・ダグラス氏の弁護士なのですが、フランス語はほんの片言程度なので」

「いいですとも」ド・ロートレックは言葉少ないが心から答えた。

カーティスはいきなりの違和感にがつんとやられた。ド・ロートレックの英語はロンドンのＢＢＣ仕込みとしか思えないほど見事だ。そこらのフランス人がやぶからぼうに、「よう、とっつぁん」などと英語で言い出せば誰だって驚くに決まっているが、それに近い衝撃だった。こんなにすらすらよどみなく、ほぼ完璧な発音で繰り出されれば違和感の方が先に立つ。不思議にも、ド・ロートレックのほうは母国語でなくなったとたんに緊張がほぐれたらしい。硬さがとれ、笑みさえ出てきた。後ろざまに手をつくと、射撃台に体ごと引き上げて座る。

「や、どうも」と、やはり前置きなしで話し続けた。「なんなりとお力になりましょう。おふたりがお尋ねになりたいのはどういったことですか？」

「まずは」とバンコラン。「幸いにも、ゆうべのあなたは完全なアリバイをお持ちだという件から——」

ド・ロートレックは息をついた。「ご存じでしたか。いやあ、本当に天の助けだ」みはった黒い目に嘘偽りのない表情を浮かべて、こぶしで台をドンとやる。「あれで一から十まで身の証《あかし》が立ってね、助かりましたよ。あの時はもう腹が立って腹が立って、尾行しやがったスパイどもの首をしめてやろうかと思いましたが。カーティス先生、お国の裁判官なにがしの風評にありましたね、『分別も学問も礼儀作法も皆無、裁判所送りの娼婦十人を束にしてもかなわぬほどの厚顔ぶり——』に」

「どの裁判官のことですか？」バンコランが興味を惹かれた。

「ご存じの方々じゃありません」と、カーティス。「ムッシュウ・ド・ロートレックが話しておられるのは、ジェフリーズという二百年以上前に死んだ人です」

「そうそう、歴史書で読んでずいぶん感心したのを覚えていますよ」ド・ロートレックはにこやかだが熱をこめて論を進めた。「おれを尾行したあの二人にこれ以上ふさわしい形容は、たぶんないでしょう。とはいえ二人とも大いに役に立ってくれました。疑うにことかいて、このおれを——！　いや、こっちのことです。とにかくムッシュウ・ルノワールの秘書は辞めざるを得ません。ですがここだけの話、あんな仕事は最初から願い下げでね、ひたすら父の顔を立ててたまでです。で、お尋ねになりたいというのは？」

「ローズ・クロネツのことです。たしか、あなたとは一年近く同棲していましたね？」

「そうですよ」ド・ロートレックは相変わらず流暢ながら、にべもない切り口上で答えた。

「交際は順調でしたか？」

「まあね、ぼちぼちですよ。夫婦同然だから」

「彼女を愛していましたか？」

ド・ロートレックは秤の行方を見守るような顔で考えこんだ。「いや」と断言した。「ただの独占欲です」

「それに聞いた話ですが、五月十三日の木曜日、あなたはラルフ・ダグラス氏に電話をかけて、好条件でマルブル荘の購入を持ちかけたとか。なぜですか？」

またもド・ロートレックの感じが変わり、それまでの愛想よさがきれいに消えた。射撃台の端をつかんで座ったまま、妙に居丈高な顔つきで、

「なにも言うことはない」

「返答拒否ですか？」

「ああ」

「ですが、申し入れ自体は否定しないとおっしゃる？」

相手はちらっと笑った。「あなたに情報を提供した者がいるんだろうから、否定してもしょうがない。でも、それが当面の問題となんの関係があるのかな」

「それなら申し上げますが、べつに秘密でもなんでもない話で、これまでずいぶん金に困っておられたでしょう――」

「それが犯罪か？　誰にだって不本意な時期はある。だけど、もうツキが戻って来たんでね。

快進撃中だよ――」

「――しかもマルブル荘は家具調度つきで買えば法外な高額物件でしょう、どう見積もっても三、四百万フランはくだりません。ですからあなたとしても、本気で申し入れたわけではなかったのでしょう？」

「さっきも言ったが、なにも言うことはない」

「でしたら、至って無害な質問をひとつだけ」こうして戦いの火ぶたが切られてしまうと、バンコランは却ってやりやすそうだった。「週末はパリにいないのですぐには会えないとダグラスさんにおっしゃったでしょう。なぜですか、ご予定といえばマダム・ド・ラ・トゥールセッシュの館へバカラをしに行くぐらいでしょう？」

ド・ロートレックはさもけしからんという顔でいまの言葉を反芻《はんすう》した。「はばかりながらおっさん、あんたには関係ないだろ。あの女を殺したのはおれじゃない。それは承知のはずだ。だったらなんで、ひとのことをあれこれ詮索するんだ？　おおかた木曜には、パリの外へ出かけるつもりだったが、あとから気が変わったんじゃないか」

「あるいは違うのでは。そらそら、君らしくもない！　国務大臣の秘書官ともあろう立場の人が、もう少しましな言い訳を思いつきませんか？」

「まあいい。別に害はないだろう。土曜はほぼ毎週トゥールセッシュ夫人の館通いで、行けば夜っぴて勝負していた。ゆうべ二時半になる前にいきなり勝負を切り上げたのは、勝ち越していたのと、ツキの潮目が変わりそうだと察知したまでさ。言っておくがね」ド・ロートレックは目をむいてバンコランに二本指をつきつけた。「おれは場当たりで勝ちを狙うようなバカとはわけが違う。ツキの波に乗っていれば感じでわかる。感じるんだよ。まるで名馬の乗り心地みたいに……。待てよ、何か尋ねてたな。まあそれで一晩中帰らないつもりでいたし、ローズとおれはマンション内の隣部屋に分かれて住んでるんでね、『パリの外へ出かける』と言っておけば無難なんだよ――」

「その賭博通いを彼女は知っていましたか?」

「いや」

「いい顔はされなかったでしょう?」

何度か答えかけては、ド・ロートレックの舌はそのつどある言葉に引っかかってしまう。とうとうあきらめてフランス語に切り替え、さも興味深い問題を扱う口ぶりになった。

「ムッシュウ、そこがローズの変わった点ですよ。あての女は賭け事に血道を上げるのが普通なのに、みじんも関心がなかった。勝っても全然わくわくしないんだ。ご存じのように実家は堅気の農家でしょう――プロヴァンスの両親は今も健在で、毎月いくらか送金してやっていたからね――心の底では運まかせの博打なんて危ない橋を渡るに値しないと思っていたんだろうね。お金のことは別だけど、それ以外では人生のありとあらゆることで賭けに出てるわ、というのが口癖だった」

バンコランは射撃台に片肘ついた。

「ああ、お尋ねしたかったのはそこです」と言う。「昨夜、あいにくな巡り合わせで身体検査をされた際に、所持しておられた大変高価な宝飾品三点が出てきましたね。ローズ・クロネツのように生き馬の目を抜く握り屋の賭博嫌い、(失礼ながら)あなたにさほど首ったけでもない女性が、博打の元手に虎の子の宝石をおいそれと渡すなど、普通はあるでしょうか——彼女に渡された、とおっしゃいましたが？」

こう言われる間も、ド・ロートレックは胡乱《うろん》な薄笑いまじりに首を振っていた。返答が早すぎて、前もって用意してあったのかとカーティスに思わせたほどだ。

「違う違う。あの女にそんな度胸があるわけないだろ。博打の元手と知っていれば絶対によこさなかったさ。ローズに限ってそんな！　あの女には、修理に出してやると思いこませただけだよ。だからさ、『週末の旅先』はブリュッセルのはずだった。欧州有数の宝石商ペルティエの所在地だろう、だから行き先に選んだんだよ。そうしておけば、なんなら預かって修理に出してきてやろうかと持ちかけられるだろう。わかったかい？」

「ずいぶんはっきりおっしゃるのですな」バンコランは真顔だ。「宝石の受け渡しはいつでしたか？」

「土曜の夜だね、ここを出る間際に」

「『週末』のお出かけにしては不自然に遅すぎませんか？」

「いや、北駅から急行の夜行列車をつかまえて、火曜の夜まで帰らない予定だった」そこで何か余計なことを言ってしまったみたいにぴたりと口をつぐんだ。出っぱった目をぎらつかせ、相変わらずバンコランをにらんでいる。「もう荷物は車に積みこんだと言ってやったんだ」

「火曜の夜まで帰らない？　ド・ラ・トゥールセッシュ夫人の館に三日も流連《いつづけ》を決めこむ気だったのですか？」

「うんざりしてきた、こんなやりとり」平手で台をはたいてド・ロートレックはどなった。「事実は事実だ。信じようが信じまいが好きにしたまえ、そうして呪われろ」

「おさえて！」バンコランが鋭くたしなめた。「土曜はどうしていましたか？　つまり、あなたが『旅行』に出かける前は」

「昼間かい？　ふたりでピクニックに行ったよ。驚かせてしまったらしいね。そうとも、ピクニックだよ！　それがローズの気分にぴったりの趣向だった。バスケットに食べるものを詰め、たゆたう舟でのんびり川下りしながら田園の自然に――あるいはラルフ・ダグラスに思いを馳せたかったのか」険悪な顔になる。「だからあの宝石は夕方まで手に入らなかった。正午から日暮れまで川に出ずっぱりだったんでね。あの七面倒なボートを漕いだおかげで、まだ手にまめがあるよ。今の話が信じられないいんなら、ローズの女中のアネットに訊いてみるがいい。アネットは本職の船頭つきの別な舟でついてこさせたんだが、船頭がやたらアネットに色目を使うもんだから手許がお留守になっちまって、尻ごみする馬みたいに横ざまに流されてたよ。いやあ、まったくとんだお祭り騒ぎだ。見てくれよ、この手」

「アネットですか。今の女中ですね？　ここにいますか？」

「いや、記者《ブンヤ》どもがうようよしてるから、こっそり出してモンマルトルの親元へやった。だけど、そっちの住所なら教えてやれるよ。お安い御用だ。これでご納得かな？」

「嘘をついておいでなのは納得しましたよ、ド・ロートレックさん。さらに申せば、あなたはこれまで知遇を得た方々のうちでもずばぬけた嘘つきです」

暖かい地下室でかすかにジジジと音がして、射撃場の奥でベルトコンベアーに乗った白塗りの人型が切れ目なくあらわれては黒い壁の手前を移動し、兎の車輪がたえずひょこひょこ出没する。ド・ロートレックはすっかり考えこんでしまい、降りるともなく台から降りた。上の空で右を手探りし、山積みの二二口径用弾薬のボール箱を探り当てる。ライフルの弾倉を開けると、しなやかな手首をめまぐるしく動かして装弾にかかった。人型のゼンマイの音と、ジムのほうからかすかな人声がする以外は静かな室内で、カチリと音を立てて弾倉を閉じる。

「手厳しい物言いだ」平然としている。「物言いに気をつけたほうがいいんじゃないか」

「あなたは嘘をつかないほうがよろしいのではないでしょうか。ローズ・クロネツの職業はご存じですか？」

ド・ロートレックは笑った。「よく存じておりますよ、ムッシュウ」

「ですが例えば、ローズが秘密警察のマッセの手先で、しばらく前からあなたの動勢を見張っていたのはご存じでしたか？　ゆうべの連中をよこして張り込ませたのは誰だと思います？　そんな彼女が、夜が白むまで戻ってこない不可解な『週末の外出』に気づかなかったとでも？　土曜の晩の行き先に気づかなかったとでも？　あなたがどれほど手許不如意か、気づきもしなかったとでも？　それを承知でみすみすバカラのテーブルに抛《なげう》つために、あんな高価な宝石三点をあなたにすんなり渡したとでも、さもなければブリュッセルで修理に出してやるという甘言を一瞬でも真に受けたとでもおっしゃる？　四歳児なみの作りごとですよ」

　さりげなくド・ロートレックが構えたライフルの銃口は、バンコランの胸から二フィート以内の至近距離だ。バンコランはそれを見おろして笑い声をたてた。相手はいぜん平静を装っている。「こんちくしょう《サロー》」と射撃ブースに向いて、自分の頬を叩くように銃の台尻を当てて三度撃った。白い警官が三体、黒板から絵をぬぐうように消し飛んだ。また撃ったが、今度は当たらない。

「兎を試してごらんなさい」と、バンコラン。「まだしも撃ちやすいですよ」

　ド・ロートレックはライフルをおろした。

「なら、あいつの宝石を盗んだと思われているのか。そんなの、どうやって立証する気だ？」

「立証しようなどとは思いませんよ。実のところ盗んだとも思っておりません。そうしたところで海千山千のローズ・クロネッツに出し抜かれるのがオチでしょう。（左の的の中心を狙ってごらんなさい）真相のほうが面白いし、お聞かせ願いたいのも断然そちらですね……。こうではないですか。もう囲うだけの金銭的余裕がなかったというだけにせよ、あなたはローズ・クロネッツをお払い箱にしたくて躍起だった。そこが最初の要点です。なんでもローズ・クロネッツは言い寄る男にもっぱら宝石を貢がせたそうですな。逸品ぞろいだったので、けさも前の女中のオルタンスが、宝石がもとで殺されたに決まっていると供述したほどです。マルブル荘へ持参した安物のアクセサリー数点は無事でしたが。ところであなたにしてみれば、あれだけ湯水のごとく金を使わされたのだから、いくらかでも取り返したっていいだろう、特にめぼしい数点があれば、ド・ラ・トゥールセッシュ侯爵夫人の館で損を取り返す元手になりそうだと思った。それが第二の要点です。決め手はあなたが嫉妬深いという評判ですね。狂気じみた焼きもち屋だと――ローズ・クロネツは信じこんでいました」

「だからどうだというんだ?」ド・ロートレックは喉の奥でドスを利かせた。

「なにも。当てずっぽうをがむしゃらに真相と思いこむほど青くはありません」バンコランはかぶりを振った。「ですが、それとなく申し上げておきますよ。それとなくね。そうして、確かに真相を話してくださったと納得させていただかない限り、じりじりと不利な立場に追いこみますよ。それも一興ですがね」

バンコランは台に両手をつき、ひるまずに相手を見すえた。

「あなたはどうした経緯か(その経緯を知りたいのです)、ローズ・クロネツがラルフ・ダグラスとよりを戻したがっていると勘づきました。土曜の夜にマルブル荘で逢引するもくろみを知りました。木曜にはとうにご存じだったのではないかな。それゆえ、いいですか、それゆえにラルフ・ダグラスに電話なさった。あなたとしては、あの二人によりを戻してほしかった。熱望してやまなかった。あの電話の目的はひとえに、パリをあけるので土曜の夜から火曜まで戻らないとラルフ・ダグラスに明言して――実際そうなさったように――安心させるためでした。そうすれば、向こうは人を殺しかねないほどの嫉妬を恐れて逢引に二の足を踏んだりしないでしょう。おそらくお世辞になってしまいますが、あなたを敵に回してピストルの決闘などすれば、ただではすまないのは認めます。ところが、ダグラス氏とはさほど付き合いがないので、いきなり電話でパリを留守にすると切り出すのは具合が悪い。話すきっかけが何か必要でした。別宅購入の申し入れは電話の口実に過ぎず、おそらく初めからただの思いつきだったのはおのずと察しがつきます。それに、理由ならもうひとつありました」

ド・ロートレックはかんかんになり、せわしない目の動きは、電灯に一発ぶっ放して鬱憤晴らしをもくろんでやしないだろうなとカーティスが気をもむほどだった。もはや滑稽の域すれすれだが、ド・ロートレックのどす黒い死人のような顔色を見ると、なにやら裏がありそうな気がしなくもない。

「ふたつめの理由はお認めいただけるでしょう」バンコランは話を続けた。「あなたはラルフがその知らせを絶対にローズ・クロネツに伝えると踏んでおられた。ラルフには安心を与える効果があるとはいえ、ローズにはあの不自然な別宅購入の申し入れは、ひどい焼きもち焼きのあなたに疑われてはいないかと恐れを抱かせかねない。それでもローズはダグラスとの逢引を止めはすまい。金以外なら何によらず賭けに出る性分で、よりを戻すのに夢中でしたからね。ですが、そうしておけば、その後に予定なさっていた一撃を実行する下地ができます。あなたの誤算はむろんダグラスがローズに連絡せず、あなたの電話に戸惑うだけに終わった点です。

さあ、こんどはその一撃の話に移りますよ。あなたは土曜の午後、おそらくはあの風情ある川遊びまで待ちました。ローズはご機嫌でした。その晩を楽しみにしており、うららかなお日和です。そこへあなたがいきなり立って、名優コクランの全盛期もかくやのお芝居を打ちます。すべてを発見して怒り狂う恋人の役どころですね。狂ったようにまくしたてます。裏切られた。

誓ってダグラスを殺してやる。ついさきほど、私を感心させようとした脅しの演技までなさっていそうですな」

「引き続き、言葉に気をつけろと警告はしておく」と、ド・ロートレック。

「――おかげでローズはすっかり真に受けました。手放しで彼女が信じた言葉は、後にも先にもそれだけです。かなり取り乱したはずですよ。ダグラスとよりを戻せる見込みが女としての自信回復につながるというだけでなく、あなたはどんどん資金が底をついているのに、ダグラスは相変わらず金持ちなのでね。何より、ローズは損得勘定にたけた女でした。もしもあなたが、ダグラスを殺すと言わぬまでも挑戦状を送りつけようものなら、世間の評判だけでダグラスにあっさり逃げられてしまうでしょう。いやはや、ローズは進退きわまりました。しかしながら、ずいぶんかかってあなたは――説得に応じてやりました。考えてみれば傷ついた男の沽券は金でなだめられる、金さえくれれば騒いだりしないと約束する、とね。ご自分でも認めたとおり、それ以前にバカラで大穴を開けていましたからね。めぼしい宝飾品をいくらかよこせば、胸をさすって我慢してやろうというわけです。

ここでご注意をうながしたいのが」バンコランはおざなりに言った。「ゆうべローズ・クロネツが別宅に到着して最初に、オルタンス・フレイという女中に言ったことです。オルタンスはこう述べています。『あらまあ、マダムはこの週末にご自分でおさんどんをなさるおつもりでしたのね。そりゃあ、ムッシュウ・ド・ロートレックがあんな独占欲のお強い方で、お宅の女中さんもあてにならないのではねえ？』するとマダムはみるみる険悪な顔になり、『ほんとに独占欲の強い人よ、いまいましい。この週末の代価がどれほどについたかは言わぬが花ね。笑ってしまう』その話題はそれっきりにして、さらに、『ムッシュウ・ド・ロートレックのほうでも週末を楽しんでくれるといいけど』と言います。国家機密漏洩の件であなたは無実だと知りながら、マダムが腹いせに外務省の二人組を送りこんで不快な夜になるよう仕向けた件のことかもしれませんね。たとえあなたの仕打ちが損得だけの動機によるものだと見抜いていても、マダムには憤慨するだけの理由がありました。よんどころなく懐を痛めたからです。涙も出ません。お得意の現ナマ実利主義の罠にまんまとはめられてしまった」

「しかも、小癪《こしゃく》なほど鮮やかな手口で」カーティスがつぶやいた。

ド・ロートレックは肩をすくめただけだった。だが、額《ひたい》にびっしり浮き出た汗の粒が、ぼさぼさの太い眉にはさまれた眉間を流れ落ちてゆく。

「犯罪じゃないよ」ド・ロートレックが指摘した。

「そうですね」

「同時に、あんたは――あんたは気づいているだろうが、この話がおおやけになれば、おれの評判にさしさわる。世間の笑いものだ」

「そうなりそうです」

「だったらなんで、おれにねちねち絡むんだよ?」ド・ロートレックは歯嚙みした。「あの女を殺したやつをつきとめる役にも立たないのに」

「でしたら私の考えが当たっていたとお認めになる?」

「そうだよ、当然だろう」ド・ロートレックは驚いて訊き返した。「あいつに大枚巻き上げられたんだ。少しぐらい取り返したっていいんじゃないのか?」

バンコランは射撃台にもたれた。「わかりませんか? あなたはずいぶんうまいこと誘導されているのですよ、手を替え品を替えて。ラルフ・ダグラスの名を騙《かた》ってローズ・クロネッに連絡した者がいるのです。あなたが察知したのはそれです。ですから、その件で何かご存じありませんか? いいですか、こちらはタイプ打ちの手紙に百フランをつけてオルタンスに送った程度のたわいない話ではありません。よりを戻す気があるなら、あの場所にこの時間に来てほしいという手紙をタイプ打ちですましたりするものですか。そんな無味乾燥な逢引の約束をする人はいませんよ。とにかくじかに会いたくてたまらない、せめて電話ぐらいかけなくてはおさまらないでしょう。どこでどうして逢う約束を取りつけたか? ローズはラルフの顔のしわや声音まで残らず知りつくしているのに、そいつはどうやってラルフ・ダグラスだと首尾よく彼女に思いこませたのか? それが最大の難問のひとつです。そして、答えを知っているのはあなただけです」

「そういうことか」ド・ロートレックはほっとした。

「実にうまい手口ですよ。見上げたものです。さていかがです、ムッシュウ?」

「もしもその件で知る限りを洗いざらい話せば、それ以外を持ち出すまでもなかろう——わかるか?」

「決して口外しないとお約束します」

「ムッシュウ・バンコランの約束なら不足はないね」ド・ロートレックの声に、にわかに貫禄がついた。その貫禄をなにがしか損なったのは、床に落ちていた使用済みの薬莢を蹴ったあと、部屋の向こうまで追いかけていって、蹴り戻したことだ。目を上げた顔はすっかり落ち着き、もう少しで微笑みさえ浮かべそうだった。

「いいだろう。じゃあ、ありのままを話すよ。おれがよりを戻す話を知ったのは、電話を洩れ聞いたおかげだ。水曜の深夜だった。ローズとおれは隣同士の部屋に住んでいるだろう――そういうこと。同じ回線を使ってるんだ。友人に電話をかけようと書斎の受話器を取り上げたら、ローズが通話の真っ最中じゃないか。なかなか耳寄りな話だったよ」

「相手は誰でしたか？」

「知らん。だが、向こうは女だった」答えながら、ド・ロートレックの顔に面白がる表情が広がっていく。「あんたはおれの血の巡りをからかうのが好きみたいだが、自分の鈍さ加減は知ってたか？　この事件は女の犯行だとは思わなかったのか？」

ド・ロートレックはにんまりし、またライフルを取って背を向けた。刹那の銃声が鉄のベルに入り混じった。

第十一章　アンテリジャンス紙の犯罪研究家

ド・ロートレックがそこで得点したのは疑いようがない。バンコランほどの人がこんなに無防備に虚をつかれる姿など、カーティスには信じられなかった。ド・ロートレックはライフルを奪い取られていないか確かめるように下へ置くと、(少なくともこの点に関しては)真剣そのものの表情をまともに向けてきたので、事実を話しているのは間違いなかった。

バンコランは咳払いした。「そう信じるだけの根拠がおありですか？」

「ちょっと待ってろ」ド・ロートレックはすたすたとジムの入口に行き、ツイードのジャケットを持って引き返してきた。ポケットからたたんだ新聞を出し、さかんに振って、「こいつを読めばわかる――」

「新聞ですか。やれやれ、よりによって新聞を持ちだすとは！」とバンコラン。「報道機関の素人探偵諸君はみな、フランシスの店でくつろいでヴェルモット・カシスでも飲みながら、私にあれこれ指図してくるのですよ。ローズ・クロネツにかかってきた電話の件を議論している時に、あなたは電話してきたのは女だったと言い出した。まさか、女でもラルフ・ダグラスになりすませるとおっしゃるのではないでしょうな？　それともラルフ・ダグラスが別の女を使って逢引のお膳立てをさせたとでも？」

わが身の火の粉はうまく払いおおせたと見て、ド・ロートレックは舌がほぐれた。よく動く面長な顔に、内心の考えを洗いざらい映し出す。

「でもやっぱり、これに目を通しておいたほうがよくはないか？」ド・ロートレックは誘うように新聞を振って水を向けた。「このての紙上探偵はたいていくだらんのは認めるがね、こいつはアンテリジャンス紙の『オーギュスト・デュパン』で、読み応えのあるやつだ……。今、何か言ってたね。そうだよ、決まってるじゃないか。何はさておき、おれは自分が聞いたままの事実を伝えているまでだよ」

「それはダグラス氏、あるいは氏のなりすましが別の女を使って約束をとりつけたということですか？　それともローズ・クロネツがそれを本物だと思いこんだことですか？」

「悪いことは言わん、やっぱりこいつを読んどけって」ロートレックは執拗に食い下がり、新聞を台に叩きつけるように置いた。

バンコランはいやに派手な一面見出しにかがみこんだ。

本紙特派員
マルブル荘の秘密を解決
オーギュスト・デュパンの瞠目すべき明察
警察関係者必読！

アンテリジャンス紙は、マルブル荘の凶悪犯罪現場から他紙に先駆けて第一報を送る栄誉を得た。本紙の花形特派員オーギュスト・デュパン氏の記事だ。パリ中が周知のように「オーギュスト・デュパン」は犯罪研究で名高い某氏の仮名で――

「本名はロビンソンですよ」バンコランがつぐんだ口の端から洩らすように、「いちおうフランス人ですが。正体は案件もないのに裁判所をうろつく弁護士です。小癪《こしやく》なことにこの男は眼鏡のレンズなみに薄っぺらな人間なのに、当てずっぽうに飛びついてはまぐれ当たりすることがよくあるのです。ヴァンサンヌの森の絞殺死体の件で、迷走していたデュランを軌道修正したのは実質あの男ですよ。それに警察にどこまでも絡んでくるしつこさにかけても、知る限りではおよそ無類です。さてと、では読んでみましょうか」

――死体発見から六時間たらずで、論理のみを用いてこの恐るべき謎を解明したという事実を、本紙は警察に対し誇らかに注意喚起する。とはいえ、読者諸氏にこの特ダネの全容をただちにお目にかけるにやぶさかでなく、的中ぶりはおいおい立証されると予測している。冒頭から(デュパン氏の記事を引用すれば)こんな驚天動地の情報が飛び出すのだ、

茶のレインコートと黒い帽子の男の正体は、女だった!

マルブル荘、午後六時。この亭々たる木陰に憩い、パイプを友に、アンテリジャンス用の記事執筆メモを整理しながら思い返すに――

「この男が何を思い返そうが知ったことか」バンコランは斬って捨てた。「ですが、こうした気障な文句は主婦好みだし、男たちを、たとえこけおどしでも知らなくてはまずいという気にさせます。どこからこんな情報を入手したか？　ははあ。これですな。『果敢な法の番人エルキュール・ルナール氏と酒場にて懇談』腑《ふ》に落ちましたよ。エルキュールは今頃へべれけでまともに話もできますまい。核心に入りましょうか」

そこで知った枝葉末節をそのままご報告するまでもあるまい、皆様がたが他紙にて熟読ずみの話ばかりだ。だが、筆者の出した結論となると？　話はまた別だ！　なにせ、たっぷり一時間というものは、白状すればひたすら雲をつかむようで——

「ずいぶんと謙虚ですね？」カーティスが感想を述べた。

そこで翻然とわかったのだ！　数学的に表現すれば、可能な唯一の解がひらめいた。判断力の手がかりを正しく探り当てたというわけだ！　取材メモの要点のまとめを以下に列挙してみよう。

1、茶のレインコートと黒い帽子の男が荒砥《あらと》でカミソリを研ぐ姿を、女中のオルタンス・フレイが目撃している。しかも研ぎ方は不器用もいいところで、あとから調べたら刃こぼれが数ヶ所できて切れ味が鈍っていた。カミソリにあんな荒砥をかける男はなく、そんなふうに刃をだめにすることもあるまい。ただし、女ならばいかにもやりそうなことだ。

2、ここでふと思い出されるのは、謎の「茶のレインコートの男」が九時に初めて顔を出し、フレイという女中の眼鏡を割った時だ。これについてフレイの証言は？ なんでもその客が足を取られて転びそうになり、余儀なく支えてやったという。いかにも真に迫った転びようだったと力説している。その客が近眼のオルタンスの眼鏡を割る口実にしたと考えるのはむろん理にかなっている。それでも床にあやうく四つん這《ば》いになりそうなほどつんのめる動作を、ごく自然にやりこなせるかは疑わしいし難しかろう。さて、それ以外にこの客の外見でわかっている事実は？ 「彼」はゆったりしたオックスフォード・ズボンで——英国人ならではの見栄が生んだおぞましい過去の産物で、そろりと歩けば靴が完全に隠れる。そこにも転びかけた理由があるとしたら？ 確認したところ、ラルフ・ダグラス氏は五フィート十一インチある。そんな大男に化けおおせる女はそうそういない。しかしながら靴を隠すためにそんな時代遅れのズボンをはいていたとすれば、その靴が矯正靴みたいな代物で、女の背を数インチ高く見せたが、転ばないようにするのはひと苦労だったのではないか？

「全部でたらめですよ」カーティスはフランス語がわからないという設定を忘れて口走った。ド・ロートレックはじろりと眺めてきたが何も言わない。「荒唐無稽と言ってもいいぐらいです。こんな妄想――」

「あの可憐なミス・トラーを念頭に置いていますね？」バンコランはつぶやいた。「どうか落ち着いて。この記事の通り、ダグラス氏の五フィート十一インチに対し、ミス・トラーはせいぜい五フィート二インチです。お嬢さんが九インチ上げ底して、竹馬で別宅付近をよろよろ歩き回ったなどと想像するのは――だめですね、信じがたきこと遠い星のごとし、ですよ。しかも声が全然違いますよ。それでもこの記事はすこぶる示唆に富むと思います。いみじくもムッシュウ・ド・ロートレックがおっしゃった通り、デュパンはやはり読み応えがあります。どれほど的外れであろうと」

「的外れって、ゆるいオックスフォード・ズボンの話か？」

「いえいえ、そちらは私見では枝葉末節にすぎず、オーギュスト君は自説の要点さえ見落としていますね。カミソリですよ。明らかに重大な部分はそこです。さてそれで、と。ははあ、今度は調子づいて海泡石のパイプを派手にふかしだしたぞ。よろしいですかな」

3、この新たな確信に勢いを得て、筆者は続き部屋をしらみつぶしに調べにかかった。調査許可はジュール・ソロモン主任の厚意による。調査の核心が化粧室にあることは明白だった。別の紙面で各室の写真をご覧に入れよう。筆者の説明とあわせて熟読玩味されたい。

警察の確信するところでは、マダム・クロネッツは自ら部屋着に着替えた。マダム・クロネツが着ていたイヴニングやストッキングや靴が、衣装だんすにマダム独自の流儀で整然と収まっていたという事実に基づいている。**だが、それは違う！**　マダムは麻薬を盛られるか、気絶させられるかしたのち、犯人の手で衣服を脱がされたに違いない。狙いは温かい浴槽に入れ、切開した動脈からの失血を早めて意識回復前に死なせることにあった。その自説をご説明し、根拠を申し上げよう。

もしもマダム・クロネツ自身が着替えたのだとすれば、なぜネグリジェを着てスリッパをはかなかったのか。既婚男性および艶福家の独身者よ、全幅のご賛同を！　衣装だんすにはベージュピンクのレースのネグリジェがかかっていた。どうみてもあの部屋着とお揃いで、しわはなく、一見して着た形跡はない。スリッパは見当たらなかった。だがいくら化粧室でも、床はむきだしの大理石である。じかに素足で歩き回ったとは考えにくい。起きたことはどうやらこんな具合だ。犯人はマダムの服をはぎ、浴槽に入れて死なせた。死後に部屋着を着せてベッドに押しこんだ。正しく判断力を働かせれば、その行為自体が暗示的だ。そんなことをするのは何者か？　男ならそんな手間ひまは絶対にかけず、死んだ場所に置きっぱなしにしたはずだ。女であればこそ人目を気にし、帰り際に体裁よくつくろってマダムの裸体を隠したのだろう。しかもマダム・クロネツのやり方を完全に踏襲して、脱いだ服一式を衣装だんすにきちんとしまえるのはどんな人間だ？　男か？　違う。この謎は各自お考え願おう。

4、最後の調べで疑問の余地はなくなった。筆者はこんなふうに自問してみた。「男」

が誰にせよ、マダム・クロネッツの目をたとえ五秒でもごまかしてラルフ・ダグラスだと錯覚させるのは不可能だった。マダムに顔を見られたが最後、怪しいぞと見破られてしまう。犯人としては、あの部屋に入ったら即座に襲いかかるしかない。ならば、なぜ飲食物を満載した重いテーブルを二階へ上げるなどという、なくもがなの蛇足をやらかしたか？　たとえマダムがまだ睡眠薬を飲んでいなくても、あのテーブルはマダムにも犯人にもお呼びでなさそうだ。どちらも食べたり飲んだりはしまい、死人とさしむかいでない限り。ならばなぜあの給仕テーブルの大きいシャンパンを開けて、ごていねいにも二人分のグラスに飲んだ跡まで残したのか？　アンテリジャンスをお読みの皆様、全国津々浦々の皆様、ここでその答えをお教えしよう！　犯人の正体は女であり、お芝居のようにこんな小道具をそろえたのは、マダム・ローズ・クロネッツが男と水入らずの夜食をとったと思わせるのが目的であった。

地下室はいっそ暑いぐらいだった。ほのかな硝煙の臭いが漂い、射的の人形のたてる低い音以外は静かな中で、カーティスが高く口笛を鳴らした。

「いやはや！」知らず知らずのうちに、オーギュスト・デュパンの古風な物言いが伝染していた。「これこそ決定打ですよ。おっしゃるように結論に飛躍しすぎるきらいがあっても、すこぶる堂々たる論陣を張ったもんじゃありませんか。あらはいろいろあるでしょうけど――たとえば、なくなったシャンパンのハーフボトルのことは何も出てきませんよね、『睡眠薬を飲んだ』というくだりがあれを指しているのでなければ——ですが、これまで聞いた中でいちばん納得できる説はこれです」

バンコランは浮かぬ顔だった。こぶしの関節で台をこつこつ叩き、いったん新聞を手にしてまたばさりと放った。

「たしかに頭は使っていますよ、生意気に！　ですが、あの――あの小物、ジャン‐バティスト・ロビンソンからヒントを得たなど、思うだけで願い下げです。そもそもの土台からして間違っているのですから。そうに決まっています。ですが思うに、この男とて真相に触れる寸前まで行って、その熱さに指を焼きそうになる場合もままあるようですな。かく申す私も同意見だった時もありましたから。ご記憶でしょうが、ローズ・クロネッツが自分で着替えたのかとオルタンスに根掘り葉掘り訊いたでしょう？　また、オルタンスの断言にあまり信頼を置かないようにとも申し上げました。反面、ローズ自身が着替えたに違いない徴候がいくつかうかがえます。なにより、あっさり人の命を奪っておきながら、服一式をていねいに衣装だんすにしまうなんぞ、やけにきちょうめんな殺人者ではありませんか。

そうです、アンテリジャンス紙のこの仁と同じく、いろんな仮説は一通りなぞりました。茶のレインコートの男が他ならぬベネディクト・トラー夫人という可能性まで考慮しました。ご当人と会ったことがあるか、多少の知識があれば荒唐無稽もいいところですから、慎重に取り扱いましたが」

彼はド・ロートレックに向きなおった。

「ジャン－バティスト・ロビンソンの話で脱線しましたが、女がローズ・クロネツに電話をかけてきて、ラルフ・ダグラスの名で約束したというお話をもっと承りたいですな。率直に申せば、嘘をついておいでのようには聞こえませんが、それでも――」

ド・ロートレックが鼻で笑った。新聞記事を読ませている最中の目の色はカーティスには測りがたく好感も持てなかったが、今はのんびり構えていた。

「そりゃどうも。他に何をお話ししたらいいかな？　女の声だった、誰かはわからん。誓ってもいいが、これまでに聞き覚えのない声だった」

「フランス語でしたか、英語でしたか？」

「フランス語だ」

「正確なやりとりを思い出せますか？」

「できないわけないだろ、おれにとっても切実な話だったんだから。どうやら受話器を取った時には通話の最中か終わりごろだったらしい。その知らない女の声がなんだかこんなふうに言ってたんだ。『ダグラスさまがじかにご連絡できない事情はお察しいただけますわね？　婚約者の方がお母上を連れてパリにご滞在ですし、そのお嬢さんはとても疑り深いんです』」どうやら思い返すふうにド・ロートレックは黙りこんだ。「あんたはあれこれ物言いをつけてたがね、その一言で説明はつくと思うな。ラルフがそんな面白みのないやり口で誘いをかけて、はたしてローズがそれを真に受けて飛んで行っただろうかと疑ってたけど。そんな事情なら、ラルフが人を介して連絡しても一向におかしくないし――少なくともローズはおかしくないと受け止めたんじゃないか?」

「それはありますね」バンコランは認めた。「ですが待ってください。茶のレインコートの男の正体は女だろうとあなたはおっしゃいました。早い話がこれを信じておられる?」新聞をとんと叩いた。「ならば、何はさておき話は早い。その謎の女は地声でローズ・クロネッに電話して、ラルフ・ダグラスの代理と名乗った。それ以外の口実ではローズを欺《あざむ》けないからです。そしてオルタンスの前では同じ女が男を演じた……。それがあなたの見解ですね?」

ド・ロートレックは肩をすくめた。「いけないか? アンテリジャンスの特派員はいちいち裏づけを取っているよ。どちらも同じ女のしわざらしいじゃないか」

「実際に証拠があるとは思えませんよ。ですが続きをどうぞ」

「あの通話のか? 大してないよ。ローズが電話を切ろうとしてこう言った。『それはそうね。でも、こうして電話をかけてくるなんて、ばかなまねを。ムッシュウ・ド・ロートレックも一緒に暮らしているのに。じかに訪ねてきてちょうだい』すると相手の女が『では、ラルフさまには土曜夜にマルブル荘で逢ってくださるとお伝えしてよろしいでしょうか?』しめくくりはローズだった。『ええ、ええ、いいですとも。あなたとお逢いしましょう、そしてあの人のことを話して』それで全部だよ。正直、あまりに話がうますぎて眉唾だった。おれの出方は百も承知だろ。あくる日にダグラスに電話したのはちょっと軽はずみだったかもしれん。だが、自分を安心させたかったたし、パリをあけると教えてやって相手が安心したという手ごたえもほしかったんでね。その上でさっきお上品にぼかしたような手口でローズをはめて宝石を巻き上げた。ただし、あんたの話はひとつだけ違うよ。おれが仕掛けたのは川遊びの時じゃない、丸聞こえのボートの上で大げさにお芝居するようなやつは、誰であれ軽蔑するよ。だから帰宅して、ローズがダグラスの所へ出かけたくてたまらず、おれにとっとと出かけろと思う頃を見計らって切り出した。あの女をじらすだけじらしておいて、おもむろに……そこはお説の通りだよ。おかげで二人とも出発が遅れ、ローズがマルブル荘に到着した後もまだむかっ腹を立てていたのもたぶんそのせいだ。いやあ、言っとくが本当に見ものだったぜ。ほかに人目はなし。女中のアネットの外出日だったんでね、おれたちの帰宅を待たずに出かけたあとだった。だから――」

話の最後あたりでバンコランがただならぬ形相になり、さしものド・ロートレックもたじたじとなって、しいて疑いを押さえこむように、前にもまして語気荒くたたみかけようとする。バンコランはそれをさえぎった。

「ムッシュウ・ド・ロートレック、ずいぶん長居いたしまして」切り出し方がいかにも唐突で、なにか不都合が持ち上がったかとカーティスに勘繰られるほどだった。「もう失礼いたします。かれこれ十二時を過ぎましたし、マダムのお住まいは今夜これから取り調べるまでもありません。ですが、いささかご注意を喚起せずにはすまない件がふたつあり、ひとつは未然の予防策です。ローズ・クロネツの有名な宝石コレクションの保管場所はこちらですか、それとも銀行ですか?」

「ここの壁金庫にある。番号は知らん。ローズの法的代理人（そう、顧問弁護士がいたんだよ）が今日の午後に事後処理に来たよ。だが、金庫の開け方を誰も知らなくてね」ド・ロートレックは気を持たせる口ぶりで、「あしたの朝、専門の錠前師を連れて出直すそうだ」

「なるほど。ところで、ついさきほどお話に出たアネットですが——現住所を教えてくださるとか？」

「ああ、いいよ。アネット・フォーヴル、モンマルトルのサンルーアン街八十八番だ」

「どんな娘ですか？」

ド・ロートレックはけげんな顔をした。「うーん……何と言ったらいいか。分不相応に高い教育を受けていて、家庭教師をしていたこともある。おれの見る限りではよくやってる。仕事はよくできる感じだ。大柄なごついブロンド娘で、声はまるで——」

はたと言葉がとぎれた。

「なんでしょうか？」とバンコラン。

「たった今、思いついたんだが」ド・ロートレックは射撃ブースを見ながら、「おそらくあんたも同じことを考えただろ、ばかばかしい。さもなきゃばかばかしく思える。おれは、ありがたいことに犯罪研究家じゃないけどな。アネットの声は、おれが聞いたローズに約束の電話をかけてきた声じゃないよ。少なくとも違うと思う。それに自分の雇い主になんでわざわざあんな話し方をするんだ——もちろん、誰かになりすましていたんなら別だが？　ああ、それなら声色を使ってごまかすだろう。知らんけどな。だが、そうはいってもあの女ではいけないか？　なぜ？　おれの知る範囲では、体格といい声といい、茶のコートの男にいちばん条件がぴったりするのはアネットなんだぞ」

「動機は？」

「さあな。そっちはあんたの仕事だろ」

「考えておきましょう。では、おやすみなさい。ひとことだけよろしいかな。『オーギュスト・デュパン』の推理をあまり真に受けないように。デュパンが筋の通る証拠を出してみせるまでは――」

「証拠？」ド・ロートレックは仰天して、相手をまじまじ見ながら繰り返した。「だけど、そこがあの記事の目玉だろう！　証拠なら出してるよ。今回の犯人を女と断定する確証がある、とさっき教えてやらなかったか？　自分の目で見なかったかい？　もしかすると、記事の結末部分が広告なんかに挟まってるもんだから見落としたか？　ふうん。読まなかったんだ」

ド・ロートレックはさも底意地の悪い笑いを含んでアンテリジャンス紙を取り上げ、第一面の片隅を見た。


さて、これから結論に入るにあたり、読者の一部の声が聞こえる、「ああ、やるねえ！　ほんものの魔術師だよ、あのデュパンってお人は、きっとポウルトン事件や殉教街の強盗事件やヴァンサンヌの森の絞殺事件と同じように真相を解き明かしてくれるさ！　だけど結局、証拠はどこだ？　裁判長に提出できる証拠を警察に教えてやれるのか？」怖じけるな、坊やたち！　パパ・デュパンは君らの期待を裏切らない。最後の最後まで大事にバスケットに残しておいたプラムみたいに、とっておきの美味しいネタを、今ここで差し上げよう——

「どうやら、全部を見出しに盛り込んで世間に放つなんて考えもしないようですね」カーティスが評した。「一部始終を記事にした後で、かんじんかなめの部分は後記に仕立てるのか。名探偵かもしれませんが、新聞記者としてはデスクを確実に自殺に追い込みそうです」

そうするには、「ボワシーの星」なる酒場で楽しく盃を傾けて培《つちか》ったささやかな信頼をある程度は裏切るはめになりかねない。しかしながら真相究明はすべてに優る！　さきに述べたように明敏で一本気な法の番人たるムッシュウ・エルキュール・ルナールならば、いちはやく筆者に声援を送ってくれるはずと信じている。

マルブル荘を調査している間中ずっと、ルナール氏は度を越して挙動不審だった。あれほどの裏表のない人が、悪事をひた隠すようなそぶりでびくついている。そこがいかにも不自然だった。筆者が化粧室を調べ終えて、「じゃあ女だったのか！」と思わず口走ると、ムッシュウ・ルナールのとっさの反応はどうしてもパパ・デュパンの目をひいた。そこを追及することにして、相手の率直な表情からいいワインを一杯付き合うのはやぶさかでないと読みとり、気分直しをしませんかと「ボワシーの星」に誘った。そのうちに相手の口がほぐれ、前夜の次第を語り出した。

土曜深夜のちょうど十二時、帰宅途中のムッシュウ・ルナールはマルブル荘の前を通りかかった。自転車に乗らずに押していたのは、ペダルの片方が外れかかっていたからだ。コニャックをほんの一口、二口ひっかけていたにせよ、それはフランス人の、また自由民の特権というものではないか？　酔っていたか？　いや！　職務を果たしていたか？　その通り！　別宅にはなにぶん目を光らせてくれと頼まれており、その通りにしていた。それで別宅の灯に気づくと、生垣にひそんで張りこむことにした。夜っぴて寝ずの番をつとめるわけだ。ここで上手の手から水が洩れ、不覚にも寝入ってしまった。

どれくらい眠ったかは見当もつかず、目がさめた経緯もわからない。それでもはっと目覚めて月あかりに見たものは、とある人物が別宅の門を出て、それを閉じると、ボワシー方面さして路上を足早に去っていく姿であった。

さて、ここで皮肉な巡り合わせが起きた！　飛び起きて追跡にかかろうとしたが、あいにく自分の体にもたせかけていた自転車のことを失念していた。それに足を取られて派手に転倒、しばらくは身動きもできなかった。侵入者は行ってしまい、ほぞを噛みながらもひとまず帰宅するに越したことはないと見極めをつけた。そして、つい今朝のこと――再度、別宅を調べに急ぐと、一階のトイレに閉じこめられた女が助けてと悲鳴を上げている――その声に気づいた。殺人事件の話を聞いて衝撃もひとしおだった、自分が昨夜見かけたのは殺人犯だと悟ったからだ。話すのは気が進まないという。報告するのが一番ですよと励ましたのだが、いまだに踏ん切りがつかない。度胸を出したまえ、ムッシュウ・ルナール！　きみの処遇なら法律にちゃんと書いてあるよ。

それにしても読者の皆様は、彼が目にしたという、マルブル荘からこっそりすばやく、よこしまな道行きに出かけた人物をさぞ知りたいでしょう。どこからも文句の出ない立証を心がけるべく、今後はさらなる証拠固めを進めます。それでも彼が見たままをお伝えして、パパ・デュパンの理詰めの推理が、どれほど見事に立証されたかを各自ご判断いただきましょうか。

その人影はね、背の高い女だったんですよ。

第十二章　バンコランの不機嫌

眠りにつく。とんでもなくふかふかしたフランス風ベッドで。風通しのいい部屋の高い窓ごしに緑の葉がさしのぞき、厚いレースのカーテンを不器用にめくって街の灯をのぞかせる。どこまでも寝静まった夜のパリの静寂《しじま》をわずかに破り、自動車が窓の下をシュッとかすめていく。窓辺に森の香り、やがて熟睡《うまい》へと引き込まれる。以上がリチャード・カーティスの世にまたとない願いではあるが、実現の見込みも極めて薄かった。なにしろ夜ふけの十二時十五分過ぎに、コンコルド広場のオテル・クリヨンに横づけされたバンコランの車からのこのこ出てくるようでは。

「トラー夫人には今晩ぜったいに会えませんよ」と言い切る。「時間が遅すぎます」

だが、バンコランは不機嫌をかなりこじらせていた。まずは持参のブランデーで一杯だと言ってきかない。そうして日よけ下のテラス席で長い脚を突き出し、黒ソフト帽の陰でふてくされた魔王《メフィストフエレス》はいまだに忘れがたい思い出のひとこまになった。

「エルキュールの隠しごとか」とバンコランは言った。「どうやらジャン-バティスト・ロビンソンにしてやられましたな、私としたことが。エルキュールの挙動不審ならば気づいていたが、理由は他にあると思いこんでいました。どうやら、長いこと使わずじまいで頭が錆びついてしまったとみえる。では、あれは背の高い女だったのですね？」

「とりあえずの辻褄《つじつま》は合っていましたよ」

「あの説に、あらは見当たらなかったとおっしゃる？」

「あらなら、デュパンの出した事実にひとつ」カーティスはポケットから新聞を出した。「どうでもいいと言えなくもなさそうですが、ぼくはどうでもよくないと思いますねえ。化粧室の衣類についての、やつの記述ですよ。衣装だんすにかかっていたベージュピンクのネグリジェに着た形跡はない――ぼくらが見た限りでは――のはデュパンの記事通りです。でも、スリッパのくだりがまるっきり違うでしょう。どこにも見当たらなかったなんて言い出して、それに基づいていちばん大事な仮説のひとつを立てちゃってます。彼の捏造でなければ、何者かがあのスリッパを持ち去ったんでしょうね。だって、けさ最初に化粧室をのぞいた時には、化粧テーブルの下に黄色いサテンのミュールスリッパがありましたよ」

「持ち去ったのは私です」とバンコラン。「あの化粧テーブルをよく思い出してごらんなさい。下にミュールスリッパでしょう、バニシングクリームの壜はふたを開けっぱなし、テーブルに壜底かなにかの丸い輪じみがついており、抽斗《ひきだし》にはあの短剣――オルタンスの言い分に従えば、彼女がしまったものですね。私の糸口は以上の事実ですが、ムッシュウ・ロビンソンの推理とは趣がやや異なります。『こうするのは女だけだ』とか『ああするのは男だけだ』などという決めつけを元にした推理はまったく当てになりませんのでね。それはさておき、アンテリジャンスのあの記事はこれから騒ぎになりそうです。ですから先回りして、クリヨンでトラー夫人に会っておくほうがよろしい」

カーティスの予想に反して、二人とも歓迎された。ホテルの玄関を入ると、左手のフロントで困り顔の係員が懸念をあらわに電話中だった。近づく二人を見て受話器を手でふさぎ、差し迫った声で呼びたてる。

「おいでくださって本当に助かりました、ムッシュウ」受話器を指さす。「こちらはスタンフィールドさまで、英国からおいでのトラー夫人《さま》のお部屋からおかけになっています。すぐ向かっていただけますか？」

「何か面倒でも？」

「面倒ならしょっちゅうですよ」フロント係はふさいだ顔で答える。ついで気を取り直し、てきぱきした物腰に戻って、「二階のスイートの三号室になります。ボーイに――」

「待ちたまえ。ムッシュウ・スタンフィールドは夫人をよく訪ねてくるのか？」

相手は話に乗ってきた。「それはそうですよ、ムッシュウ。スタンフィールドさまはあのマダムのよろず面倒引き受け係ですから」

「昨日、ムッシュウ・スタンフィールドが来たかどうかはわかるか？」

「はい、昨日の夕方おみえになりました。特によく覚えております」

「なぜだね？」

「マダムのスイートには専用エレベーターがございまして、親しいお知り合いはここを通らずに、人目にも触れないそちらをお使いいただけます。ですが昨夕のスタンフィールドさまは、行きも帰りもここをお通りでした。八時ごろおいでになり、九時十五分前にお帰りでしたね」

「見上げたものだ！　出入りの時間をそこまで言い切れるのはどうしてかな？」

「ご到着の時間は——いえ、断言するほどでは。ですがお帰りの時刻は間違いございません、こちらのフロントに寄って時間を確認なさいましたので。いつになく動揺しておいでとお見受けいたしました。立ち寄られたさいにシルクハットを落とされ、デスクの上を転がってきましたのを拾ってさしあげました」

「あとひとつだけ。ホテル外への通話記録はあるのか？」

「外への通話記録はすべてございます。当然ながらムッシュウ、こちらで料金明細を出してお客さまにご請求いたしますので」

「だが、外からかかってきたほうは？」

　フロント係がちょっと口ごもり、温かみのかけらもない切り口上になって、「ムッシュウのお話がトラー夫人のことでしたら——その場合はたしかに記録してございます。ことお金が絡みますと、トラー夫人はずいぶん慎重で、やりすぎではと思うこともままあります。外からの通話記録まで、取ってあるだろうとおっしゃることがちょいちょいございまして。ですからマダムのお求めに応じて完全な記録を取ってございます」

「それは本当にありがたい。昨日の午前中、一時前にどこから電話があったか教えてくれないか？」

フロント係はなにやら内輪の相談に引っ込んだあと、台帳を抱えてきた。「おやすい御用です、ムッシュウ。その時間帯にかかってきたのは一件だけで、よけいに話が早いですね。もちろん先方の番号記録はございませんが、どうやらスタンフィールドさまからトラー夫人宛だったようだと交換台担当が申しております。では、よろしければそろそろ上へ――？」

二階スイートの控室の出迎えは、聖所案内人ぶったジョージ・スタンフィールドだった。はた目にも屈託ありげな顔で、ふだんの背広姿だと礼装より腹回りが目立つ。案内された「聖所」はピンクと白でまとめて房飾りをふんだんにつけたご大層な部屋だった。開け放した窓ふたつからはコンコルド広場に林立した白い街灯を一望できる。棒をのんだような姿勢でテーブル脇のウィングチェアにおさまったベネディクト・トラー夫人のたたずまいだけで、いろいろな事情が察せられた。

無表情なトラー夫人は端正な長身瘦軀で、茶の断髪にパーマをあて、一枚革かというほどガチガチに固めている。面と向かえば大げさでなく体温が急降下しそうな雰囲気で、強烈なエネルギーだか知性だかの磁力をたえず放っている。端正だが美人とは呼べず、広がってちょっと上向きな大鼻の破壊力たるや、「どうもいただけん」というハントの言葉を思い出させた。彼女の印象を不当に悪くしているのはこの鼻かもしれないが、カーティスに言わせれば、真の元凶はお面もどきの無表情にあった。シャンデリアが落ちようが爆弾が爆発しようが、こすっからい水色の目にかかるまぶたはまばたきもしないだろうし、誰かが少しでも動揺しようものなら、思いきり蔑《さげす》みそうな感じだ。ブライス・ダグラスの無表情はまだしもうわべの擬態だが、こっちは地顔とくる。ほしいものはなんでも手に入れて当然、手に入らなければ相応の理由がないとおさまらない女なのは明らかだった。

夫人とバンコランがたちまち敵対したのは、この風変わりづくしの事件でもとびきり妙なりゆきだった。言葉をかわす前から敵意が漂い、夫人の足がもどかしげに床を叩く。引き合わされる間もバンコランをろくに見ようともせず、カーティスに怒った目を向けた。

「実を申しますと」と、スタンフィールド。「実はですね――」

「わざわざ持って回った言い方をする理由はないでしょ」トラー夫人が平然とさえぎる。「泥棒に遭いましたの」バンコランを見た。「さもなければ、そう見せかけたものに。その件でご説明願えれば感謝しますわ」

バンコランは形ばかり愛想よく、「まずは奥様からお先にその件をご説明願いませんと。盗まれたのはどういったものでしょうか？」

「なにも」

「ほう。それで？」

「ほんの十分足らず前です」と腹を決めたように言った。「寝室で何やら音がしました、ガラス窓をがたりとさせるような。それですぐ入ってみれば、ちょうど何者かが開いた窓から非常階段へ逃げていく途中でした。何者かの手でデスクや化粧テーブルがめちゃくちゃに乱されていました。ちょっと見ないたぐいのこそ泥ですわね。化粧テーブルの上にあったバッグにはかなりのお金が入っていたのに、手を触れた形跡がないのです」足で床を叩くのをやめ、いっそう冷ややかな口調で、「真相を教えてはくださらないの？」

「真相？　そのこそ泥が私だとおっしゃる？」

「たしか、フランスの警察には英国では聞いたことがないほど自由裁量がおありですわね。あの『泥棒』が多少なりと興味があったらしいのは、デスクの抽斗《ひきだし》にあった英国の銃器許可証だけですわ。あの女が——その名前を口にするのも汚らわしい——殺された別宅で二二口径のピストルを発見なさったでしょ、握りに大きくD3854と彫ってあったはずよ」

「そうです」

「そのピストルはわたくしの持ち物です」トラー夫人は、まっすぐバンコランの目を見た。「今頃はもう調べがおつきでしょ。それでも警告しておきますわ。その事実をもとに愚にもつかない当てずっぽうをいろいろおっしゃったり、何らかの形で利用しようとなされば、ご自身にとってひどく不愉快な結果になりますよ」

そこでバンコランがくすりと笑うと、あとのセリフはうやむやになった。

「笑っていただけて何よりですわ」と言い添える。

「いえいえ、つい感嘆の声が洩れました」バンコランのほうは大まじめだ。「私を追いつめようとするお手並みはなかなか堂に入っておられますよ。あのピストルの持ち主と伺っても、別に驚きません。実を申せば今日、スタンフィールドさんのつい鼻先で振り回してみせましたら、見分けておられたようですので。ですが、その先はどうなるでしょう。あなたはそれが目の前に突きつけられるまで重要な証拠を秘匿していました。スタンフィールドさんに口止めしてね。

そのくせ食糧戸棚からガチョウがころがり出たとたん、あからさまに私を脅迫して、殺人現場で発見された凶器に関心を寄せれば告訴するとおっしゃる。わが友ジェフ・マールの活気ある言葉を借りれば、さしずめ、ふざけるな！　気でも狂ったのか、というところですな」

「ただ無礼なだけの問いにお答えする気はございません」

「やれやれマダム、どんな問いにせよ答える気はおありではないでしょうに」

夫人は形ばかり薄笑いした。「それでも警告しておきますわ。かりにやむを得ず、懇意にしておりますお国の閣僚諸氏にお力添え願うことにでもなれば、不快極まる結果になりましてよ。だって、あのピストルが二日前からこのホテルにはなく、自分の手許には絶対になかったという証拠がございますもの」

バンコランは慎重に構えた。

「では、誰が持っていたのですか？」

「私です」答えたスタンフィールドは、ひとしきりハンカチでぶきっちょに掌《てのひら》を拭うようにしたあとで、やけに鮮やかな手つきで胸ポケットにしまった。ちょっと弁解がましいが、あふれんばかりの真情をおもてに出してバンコランに相対する。「いえいえ、なにも殺害を自白しようなどとは思っておりませんよ」などと余裕をみせて続けた。「たった今、思い出しまして——正直ホッといたしました——ゆうべ、このホテルを出たのはぴったり九時十五分前でした。なんですか、例の茶のレインコートに黒い帽子の男がマルブル荘にあらわれたのは九時ちょうどだそうですね。さて、翼もないのにここからマルブル荘へ三十分以内に行けるものなら、誰であれ行ってみろと言ってやりたいですよ。もしそんなことをちらっとでもお考えでしたら、容疑者リストから外していただきたいですな。ですがまじめな話、あのピストルの件です。トラー夫人が当分の間のフランス滞在をご検討中でしたので、それでしたら英国だけでなくフランスの銃器許可証もお取りになるほうが賢明ではと進言いたしました。そうした細かい手続きはいくら念を押してもいいくらいです。うちの事務所じゃそうした手配一切を代行いたしますのでね。パスポート、身分証明書、運転免許、その他もろもろ。それであのピストルをお預かりして事務所のデスクの抽斗に入れておきました。ですが、かなり業務がたてこんでいて、うっかり忘れたらしくて」

「事務所へはいつ持って行かれましたか?」

「金曜の午後でした。こちらでお茶をよばれたついでにお預かりしまして。承知している限りではまだ事務所にありました。さっきおっしゃったように、それが今日になって目の前で振り回されて、どれほどびっくりしたかはご想像にお任せします」

額《ひたい》にしわをよせたスタンフィールドは、軽口めかしてはいるものの真剣だった。誠実な態度が、医者の白衣並みに板についている。

「その事実をお話ししなかった点は認めます」と続ける。「ですが、まずはトラー夫人にご相談した上でと思いまして。それにあなたのおっしゃる『証拠の秘匿』が具体的にどんなことをさしておられるのかが、どうもいまひとつで。そんなことはしてはおりませんし。だって犯行がわかったのは、ついけさがたなんですよ。ふたつのピストルが同じものだというちょっとあやふやな話の裏を取らないことには始まりません。ともあれ夜が明けましたら、事実関係をあなたさまにご報告にあがる予定でした」

「それはどうも」バンコランは重々しく言った。カーティスには表情が読みとれなかったが、気に入らないという風だったし、他の二人も同感らしい。全員がひたすら押し黙ってコンコルド広場の賑わいに耳をすましていた。「でしたらそのピストルをマルブル荘に持ちこんだのが何者で、その目的はどうあれ、あなたのデスクから盗まれたと思うしかありませんね?」

「はい。はっきり請け合えるのは、持ち出したのは自分ではないという点だけです」

「まだおわかりでないようですが」間合いを詰めたバンコランがあくまで押す。「ここが本件最大の分かれ目かもしれないのですぞ。それひとつで容疑者の数をどれだけ絞りこめるかはおわかりでしょう?」

スタンフィールドは愕然とした。「え……そうでもないでしょ? いやあ、そこまでじゃありませんよ。マダム・クロネ——その、さっきトラー夫人のお話にあった女——を殺した凶器はピストルじゃなかったし、あのピストルには撃ったような形跡はありませんでした。ピストルを盗んだのが必ずしも犯人とは言えんでしょう」

「そうですな。ですが、ピストルを盗んだ者がおそらく昨夜マルブル荘にいたとは言えるでしょう? でしたら結果として、その者が殺人犯だと強く推定できますね? ご同意いただけますか?」

「同意なんかしないよ」スタンフィールドはいきなり突き放した。「こっちは関わりないんだ。

あんたに事実を伝えたまでだよ、どうでも知りたいって言うから。そうやって誰彼の見境なく容疑者扱いして、つつき回らないようにさせたいだけで——」

「あなたは同意なさいますか、トラー夫人？」

夫人はわざわざ答えたりしなかった。

「そうはいっても、つつき回らぬわけには参りますまい」とバンコラン。「あなたのお話で容疑者をぐっと絞りこみましたからな。おたくの事務所からピストルを盗み出せるのは誰ですか？」

「うちの事務所には世界の半分が出入りしますよ」

「世界の半分はこの事件に無関係です。関係者はほんの数えるほどですよ。金曜から土曜の間に、あなたに会いにきた人というと？」

スタンフィールドは口ごもった。「うーん、もちろんオルタンス・フレイの件はご存じですよね。その——」

「ええ、それはね。ですが、それ以外は？　たとえばラルフ・ダグラスは来ましたか？」

またしてもスタンフィールドは言いよどみ、横目遣いにトラー夫人をうかがうが、夫人は身じろぎせず、見向きもしない。その緊張の裏には何やら重大な意味があるのに、自分だけが見落としているとカーティスは感じた。スタンフィールドの唇がわなないたのは、なにかの垣を踏み越えようとしているらしい。

「わた——」と言いさして、急にカッとした。「ひとの肩に手をかけるな。お得意の拷問とやらをちょっとでもやろうとしてみろ、こんな齢でも頭にガーンとくるやつを一発お見舞いするぞ」

「そう来なくては！」バンコランは待ってましたとばかりに促した。「そう来なくては。さて、それで。ラルフ・ダグラスは来ましたか？」

「いいえ」スタンフィールドは言った。

緊張から解放されるのは、消耗した泳ぎ手が空気にありつくのに似ている。バンコランは身体を退いた。やりとりの間中ずっと、スタンフィールドそっちのけでトラー夫人から目を離さず、退きながらも悪意ある笑いをちらつかせている。さっきの注視にどんな意味があろうと、どうやらその真意は相手に伝わったらしい。トラー夫人は露骨にうんざりしていた。あんなに鼻を振りたてて大きな鼻の穴を見せたら滑稽に決まっているのに、ところがそうはならない。相変わらず自分だけは悪くないとばかりに、いけしゃあしゃあとしている。

「今晩はそれで種切れでございましょ」と言う。「どうぞ、お引き取り遊ばせ」

「仰せの通りに、マダム」とバンコラン。「今晩こちらへお邪魔したばかりの時は、細かい点をあれこれとお尋ねするつもりでした。そちらはさしあたって不要不急とみております。検討すべきことが多々出て参りましたのでね。よろしければ、この辺でお暇《いとま》を。夜が明けましたらマダムにはスタンフィールド氏ともども司法局総合庁舎《パレ・ド・ジュスティス》へご出頭願います（午前十一時では？）。今のお話は検察が正式に尋問を行ないますので――」

「もちろん行きませんよ、そんなもの」夫人は怒るふうもない。ちょっと驚きさえしていた。

「マダム」バンコランは優しい中にも獰猛な凄みをにじませて、「やむをえなければ、この手で抱え上げてでも明日の裁判所にはご出頭願います。どうぞお覚悟を。迎えの車は十一時に参ります。では、それまでごきげんよう！　ありがとう、スタンフィールドさん。わざわざお見送りには及びません」

　バンコランとカーティスは控室を抜け、客室からふかふかの絨毯敷きの薄暗い廊下へ出た。

　角を曲がるやバンコランはぴたりと足を止め、堰《せき》を切ったように言語道断の悪態を次から次へとまくしたて、ようやく活字可能な範囲におさまるまで一、二分かかった。カーティスは大いに共感しつつ耳を傾けた。

「あの魔女め」とうとうバンコランは拳《こぶし》を振りたてた。「黄色い目に三十九本の尾を生やしたブバスティス（古代エジプトの猫頭の女神）の化け猫め。鉄毛バリバリの豚鼻イタチめが」と動物学の掟にまっこうからたてつく表現を述べたてる。「ふうっ！　あやうく重砲をぶっ放して、あの女をジブラルタルの対岸まで吹き飛ばしてやろうかと思いましたよ。こっぴどくやっつけてやりましようか？　返答はあなたがなさい」

　カーティスはニヤリとした。「私情に走るおつもりですか――？」

「そうですとも。さっきのあの女の魂胆をご存じですか？　見え見えでしたよ、きな臭いほどに」と考えこむふうに、「スタンフィールドがピストルを金曜に事務所に持っていったとかいうささやかなヨタ話は、真偽どちらとも取れます。そちらはなんとか立証できるはずです。ですが一点だけ、お飾りの一片だけはわざと後からくっつけたもので、おまけに贋物です。スタンフィールドはあの通り、夫人にすっかり牛耳られているでしょう――こんな具合に首根っこを押さえられてね」と、壁に押しつけた親指をぐいっとひねってみせる。「夫人の入れ知恵で証言の下準備をすませていたのです。ラルフ・ダグラスは金曜から土曜までの間に事務所のスタンフィールドを訪ねた、事務所へ来た者はラルフだけだし、ピストルを盗み出せたのもラルフだけだとね。こうしてラルフを容疑者に逆戻りさせてやれというわけです。夫人はラルフを事件に巻きこもうと腹を決めています。殺人犯でもただの訪問者としてでもいいが、できればそれで例の婚約を解消に持って行きたい腹なのですよ。それもこれも、マグダをブライスと結婚させるためです」

「なんとまあ、よくよくラルフは夫人に憎まれたんですね」

「いいえ、憎んではいません。あの女は誰も憎んでいませんよ。かりにそうなら、多少は情状酌量の余地もあるのですが。ひたすらわがままを通したいだけです。生まれてこのかた負け知らずだったんです、この結婚問題が起きるまでは。だから誰も自分の意向には逆らえないとはっきり思い知らせたいし、娘が家を出てしまったことで、とりわけ意固地になっています。ラルフが事務所を訪ねた話を捏造したのは腹癒《はらい》せですな。困ったことにスタンフィールドには、どうしてそれがラルフを殺人罪で告発するのと同じなのか、土壇場になるまでピンときませんでした。私がわからせてやりましたよ。そうして現実に危ない立場に立たされると、あの男は慎重すぎたか、英国流にいうなら、根が『まっとう』すぎました。だからてきめんに怖気《おじけ》づいたのです」

「どうもねえ」と、カーティス。「あの話全体が――ピストルを事務所に持っていったという――一から十まで眉唾に聞こえますね。それとも実際に眉唾なんですか？　事実だとすれば、お説のように容疑者はうんと絞りこめて、スタンフィールドはいちやく最重要参考人になりますよ」

「そうですね。あの男には、明日くれぐれも釘を刺しておきます」

「それと、あの銃器許可証狙いのこそ泥というのは？　警察《おたく》の手の者ですか？」

「いやいや、ブリーユかデュランのさしがねでなければ違いますし、二人ともそんな危ない橋は渡りそうにありません。白状しますが、あのこそ泥の件はさっぱりです。かりに――」

二人の背後で、正体不明の声がこんな音をたてた。

「しいいいっ！」

今度はカーティスが飛び上がってバンコラン風の猛烈な悪態をついた。すぐうしろの廊下の曲がり角に濃色ベルベットのカーテンを引いた窓がある。カーテンの合わせ目から、人間の顔が飾り物かなにかのように突き出ていた。極度の集中を示す丸顔の鼻の下にほぼ正方形の小さな黒ひげ、金鎖をあしらった眼鏡つきである。山高帽をかぶっている、という事実が飾り物感を損なっていた。飾り物氏は廊下にくまなく鋭い視線を投げ、調子よく口をきいた。

「ようっ、あんたら！　いい晩だな」

「では、君か」バンコランの疑問は氷解したらしい。「降りてきなさい。早く」

カーテンの陰でしばし盛大にがさごそした挙句に飛び出したのは、鳩胸の小男だった。なんとか格好のつく黒服にぶかぶかの白手袋、胸ポケットに鉛筆を何本もさしている。

「ご紹介を」とバンコラン。「カーティス先生、ジャン‐バティスト・ロビンソン氏です」

　飛び入りは写真撮影のポーズよろしくチョッキの二つのボタンの間を指で指し、偉そうに言った。

「アンテリジャンス紙のオーギュスト・デュパンだ。しがないパリ大の文学修士兼ストラスブール大の法学士だよ」と宣言した。「目下は見ての通り、かの大先達エドガー・アラン・ポーにならって犯罪の研究中さ」

「あれか、またしてもためになる本だ」バンコランがうなった。「それにしてもエドガー・ポー君が非常階段をよじのぼって他人の部屋に押し入り、銃器許可証目当てに荒らした件を聴取しなくては。君のしわざだろう?」

「エドガー・ポーには月旅行だって軽いもんだぜ、ムッシュウ」ロビンソンがうそぶく。カーティスにはさも秘密ごかしに嬉々として打ち明けた。「はっはっは！　この道化爺さんの鼻をまんまと明かしてやったぜ、こいつもわかってんだよ。だから妬《や》いてんのさ。その昔、金と引き換えにこいつの走り使いの雑用をつとめてやったのは、おれくらいなもんだ。こいつみたいな資産家じゃなかったからよ、まさか金を無下にするわけにもいかんわな——まあね。まあ——そんなところだ。けど、脳みその持ち合わせとなりゃ話は別でね。そらそら、こいつったらアンテリジャンスのおれの記事を持ち歩いてやがんの。論より証拠だろ」

「この記事を理由に、君を監獄送りにもできたのだぞ?」

ロビンソンは、お気に入りの話題を一蹴されて怒りだした。

「そんな度胸もねえくせに」と言い返す。「こちとらマスコミの力で守られてんだ。ああ、言ってやるとも、そんな度胸あるもんか！　しかも（今は講釈なんか垂れてる場合じゃねえよ）取引に使えるブツもあるしな。あんたが喉から手が出そうになるしろもんだよ」

ぱっとコートをめくって内ポケットに手を入れ、大きな白手袋をはめた手で、からになったルイ・ロデレールのハーフボトルをかざしてみせた。

しばしの沈黙に、バンコランの声にならない声だけが洩れた。ロビンソンはことさら壜をゆっくり回しながらご満悦だ。胸をふくらませ、眼鏡がきらりと光った。

「まさかとは思うが」とバンコラン。「それをトラー夫人の部屋で見つけたわけではあるまい？」

「違うって、マルブル荘の敷地に埋まってたんだよ。おれの才覚で目をつけた場所さ」

「見つけたのはいつだ？」

「今日の午後遅くだよ」

「ならばどうして、これをデュランか私に届けなかった？」

「おれは新聞記者だよ、ムッシュウ」ロビンソンは得意そうだ。「編集長と一般大衆が最優先さ。だから、そいつは真っ先にアンテリジャンスの編集長んとこに持ってって、検分してもらうのが筋ってもんだろ」

「編集長はさぞかしこれを有益な新聞種とみただろうな。指紋のことはよく知らんのか？」

「勘違いしないでくれよな、ムッシュウ。おれの手袋をよく見なよ。アンテリジャンスには各種設備がそろってて、指紋の採取も拡大もできる。クリシーのお針子事件のあとで編集長を説き伏せて一式購入させたのさ。あいにく壜を調べたやつが多すぎて、気がつけば悲しいかな、お互いの指紋しかなかったけどよ。そうはいっても、何時間も土中にあったんだ、どうせ見つからなかったと思うぜ」

バンコランは壜を取り、手の中で裏返して臭いをかいでみた。「土だ。いや、待てよ」と、またかいだ。ロビンソンは鳩胸を突き出した得意絶頂の構えで見守っている。やがてバンコランは廊下の奥へ移動すると、照明に壜をよくかざした。

「コルクはあったか？」

「なかった。けど、壜底の細工した痕には気づいてるだろ。深いコップ型の凹みがあるが、ここから中身をちょろまかすわけだ？」

バンコランがその箇所をにらんだ。「ああ。不器用もいいところだ」

「誰かが壜底をくり抜いて、また元通りにはめこんだんだよ」ロビンソンはカーティスに説明した。「うちの同僚にアメリカで働いてたやつがいてさ、解説してくれたんだ。この手口は、アメリカ密造酒業者《ブートリガー》の常套手段だったらしいぜ。ブートリガーって発音でいいんだよな？　酒を安物で『割って』――というんだっけ？――それから壜にガラスのかけらを戻して高熱で溶かして割れ目をふさぐ。だけどシャンパンにこんな細工をした話はついぞ聞いたことないぞ。ジンやウィスキーならありうるが、ものがシャンパンじゃ、ただのバカだし、そもそもできるんかいって気がする」

バンコランはしばらく壜に見入っていた。やがて、驚きと喜びと確信の色を濃くしながらこっちを向いた。

「上出来だ！」バンコランは壜を叩いて声をとどろかせた。「これは望外だった。ジャン＝バティスト、君は天下一品だ。もしも私の考えが的を射ていれば、アンテリジャンスにそっくり提供してやろう、君の説が誤っていることを示すためにも」と壜をさしだす。「よく見たまえ。目の前の壜は、前代未聞の用途に使われたのだ――」

ロビンソンはちょっと不安そうにバンコランを見守った。「なんだよ、むやみに謎めかすなあ。まさか毒薬の壜だったとかじゃないよな？」

「違う」

「じゃあ睡眠薬か。なら、当たりはついてたぜ。つまり、動機から言うと――」

「いまだに要点が目に入らず、その妙味もわかっておらんな」バンコランは手の中で壜をくるくる回しながら相手を煽《あお》った。カーティスを見る。「明日の、そうですな、正午にしましょうか。おおよそを解いてさしあげよう――以前に申し上げた通りに。ただし、あの約束は訂正しなくてはなりますまい。さきに私は、犯人は名指しできるが、事件の全容を解明できていない、と申し上げたでしょう。そこへ運命の輪が動いて、世界が一転しました。マルブル荘事件の謎めいた全容は解明できますが、（世界最高のジョークではありませんか）犯人の名はわからなくなりました……。三人でシャンパンを開けに行きませんか？」

第十三章　ピクニックでの可能性

精魂尽きたカーティスは坂道を転がるように眠りに落ちて、夜っぴてうなされた。夜通し、夢また夢だ。小説でおなじみの妄想のごった煮でなく、おおむね辻褄《つじつま》は合っていたものの、いろんな顔がたえず出没した。中でもマグダ・トラーの印象が強く、風変わりな登場もちょいちょいあった。目がさめてみれば十時半になっている。生暖かく、けだるく凪《な》いだ朝だ。

窓辺でコーヒーをお伴にロールパンを食べていると、フロントからラルフ・ダグラスが上がって行くと電話で知らせてきた。ドアからひょっこり顔を出したラルフは昨日の精気がすっかり抜けて、自分を持て余し気味に腰をおろして帽子などひねくっている。

「ところで、今朝のご気分は？」とカーティスは尋ねた。「かなり回復しましたか？」

病床を見舞う医者の言いぐさに少し似すぎたきらいはあるが、ラルフには気づかれなかった。

「だめだな」とラルフは認めた。

「どこが？」

「わからん」と、ふさぎこむ。「ああ、たぶんある意味マグダのせいだ。その——彼女らしくないんだ。落ちつかない。そわそわとか、何かそんなふうだ。ゆうべなんか食事に連れてって競馬の話をしてる最中にふと見れば、てんで聞いてないのが丸わかりだ。しかも、おれのとっておきのネタなのに。そんな調子じゃ不安にもなるよ。最高の恋がそんなことから破局したなんて話、それこそいくらでもあるんだから」

「おおかた、恩ある養母の境遇に思いを馳せていたんじゃないですか」

「そんなんじゃないよ。マグダはこうと決めたら絶対ブレないんだ」そこをつらつら考えていくうちに、ふと、新たな面に思い当たったようだった。今度はにやにやし始めて、「で、話は変わるんだが。けさ起きてみてたまげたよ。子供のころに朝起きると、半分寝ぼけてたせいかもしれんが、寝室のドアの隅から大蛇の頭がこっちをうかがってたもんさ。実際は夢だったんだろうけど、現実だって言い切れるぐらい鮮明に見えたね。けさのできごとそっくりだ。起きてみりゃ、誰だか知らんやつがベッドの足もとの椅子にいるんだ。一体どこから押し入ったんだか。誰ひとりわからんらしい。頭が丸くて、ヒトラーばりのちょびひげの小男でね――」

「へええ?」とカーティス。「なら、ジャン-バティストを見たんですね? なるほど。この次はインク壺かスープ皿から飛び出してきても不思議はありませんよ。われわれを追っかけ始めたんです」

ラルフはしかめ面になったが、また徐々に面白がる顔になった。

「とにかくそいつがいてさ、小気味いいほどしれっとおみこしを据えて、ひとの煙草を無断ですぱすぱやってるんだ。アンテリジャンス紙の犯罪研究の巨匠オーギュスト・デュパンだとさ。なんなら部屋の窓から放り出してやろうかと尋ねてやったよ。厚かましいにもほどがある!

だけど正気の沙汰じゃないほど真面目くさった物腰で、インタビューと言いつつ、ひとことも口を挟ませないほどしゃべりまくるんだから、すっかり調子が狂っちまう。まあともかく、おれはそうなった」あごをぽりぽりかいた。「あとは思い出せないくらい不可解な成り行きで、気がついたら一緒に朝食をやろうと誘ってたんだよ。フランス人は英国風の朝食が食べられないとぬかす連中は、ロビンソンがベーコンエッグの皿に突撃するのを見たことないんだよ。食ってたんじゃなくて、くりぬいてたんだが、そんなことはどうでもいい」

ラルフはそわそわと立って窓の外を見た。たくましい肩が猫背ぎみだ。やがて背筋を伸ばし、目当ての本題を切り出しにかかったらしい。

「あの男の本当の狙いはバンコランの意見を探り出すことでね、おれなら話してくれると思ったらしい。はっきり言ってやったよ、おれくらい不案内なやつは世界中探したっているもんか。こないだバンコランに会った時なんか、あんまり怖い目をするから、いつ手錠を出されるか気が気じゃなかったよ、と」

カーティスに新たな不安がわいた。やや焦《あせ》ってコーヒーカップを置くと、つとめてさりげない声を装う。「あの、まさかと思うけど余計なことはしゃべっていませんよね？　うまくごまかしたんでしょう？　さもないと今夜の夕刊に書き立てられますよ。フランスに口頭誹《ひ》毀罪が成立するかどうかさえ知りませんが、どんなことを話されました？」

「ほとんど何も」しばらく考えこんだラルフがホッとしたように、「いま言ったように、向こうがべらべらしゃべるから口を出す間もなかった。だけど、ときどき話を中断して質問してくる。妙なことを考えるもんだよ。トラー夫人をどう思いますかだとさ。もちろん言ってやったよ、因業婆だと――」

「言うにことかいて――」カーティスは自分の大声にびっくりして言葉を切った。「行きがけの駄賃には充分でしょう。法的には口頭誹毀ですよ。ジャン-バティストの首を絞めてでもなんとか差し止めなくては。あなただってもういいかげん身にしみたでしょう、新聞記者に話す以上のバカがありますか?」

「えええ、犯罪研究の巨匠とは名乗ったけど、新聞記者だとは聞いてないぞ」ラルフはこぼした。「どうせ新聞はこっちの話をそのまま載せやしないさ。あのナイトクラブの件を見るがいい。とにかく悪態はついてないぞ、ありのままを話しただけだ。あの婆が損害賠償を請求したけりゃ好きにしろ。あとは聞きたければ言うが、トラー夫人の禁酒運動や賭博撲滅運動は正直者をたばかる、おためごかしの仮面だって言ってやった。あの女は見たこともないほどの食わせ者だよ」

「ジャン-バティストはさぞ喜んだでしょう」

「大喜びだった。だけど、ここからが妙なんだが、おれは知らずにあの婆さんの役に立ってたんだ。だからジャン-バティストがそうしたければ好きに書いたらいいさ」ラルフは信じがたいほど勢いこんで身を乗り出した。「あいつの脳みそに何がしつこく居座ってるか、知ってるかい? 真犯人はトラー夫人だとさ」

「へえ」

「信じようと信じまいと、やつはそう思ってる。やつの考えでは、トラー夫人はブライスに気があるんだが、まさか結婚はできない（少なくともブライスを物干し綱で縛り、牧師の到着前にエーテルをかがせないことには）ので、マグダを身代わりに立てようとしたんだ」

「それでミス・トラーは――」カーティスはゆっくりと言いかけた。

「なんだ、ミス・トラーって？　なんでそんなよそよそしい言い方をする？」

「わかりましたよ。マグダはブライスを好きなんですか？」

ラルフはこれまでなかったほど荒々しい顔でじろりと見た。「そりゃ好意はあるよ、ただしブライスが期待しているほどじゃないだろうな。だからあの元気なジャン‐バティスト・デュパンとやらいうややこしい名前の先生の視点から、トラーのおばはんをとらえ直してみようじゃないか。あいつに言わせれば、おれを徹底的に陥れるためにこの事件全体を念入りにでっちあげてマグダとの信頼関係を損ね、世間に喧伝して万事ご破算にするのが狙いなんだとさ。まんざらじゃないね。すごく気分がいい。それにあのおばはんは虫が好かないし、裏の顔を持つ名高い殺人犯ということになれば、これほど愉快な話ってないだろうよ。そうは言っても、前代未聞のばからしいたわごとだ。狂人じゃあるまいし、誰かの信用を傷つけるためだけに人殺しをするとでも？　方法なら他にいくらでもあるのに、バカも休み休み言え。同感かい？」

「同感です。初めからそう思っていましたよ」

「まだあるぞ」ラルフは大またに部屋を歩きながら続けた。「そこまでイカれたやつなんか、いるわけないという事実はさておき、そんなまねをすればマグダに与える効果はまったく逆だと気づくぐらいの分別はあるはずだぞ。かりにローズを殺したのがおれだとするなら、マグダに知られないよう口をふさぐために始末したんだ。でだ、そんなことをすれば、若い娘はさしずめ、『あたしのためにやったのね』とこっちの首っ玉にかじりつき、前にもまして離れまいとするだろうよ。わかるか？　むろん、おれに人殺しのぬれぎぬをきせるのが狙いなら話は簡単だ。その場合は――」

ラルフは手刀をうなじに当て、不気味なほど真に迫った動作で前かがみに頭を出してみせた。それから暗い顔になる。

「――その場合はおれの首が胴体とおさらば、誰かと結婚するどころじゃなくなる。ただ、やり口がずいぶん過激すぎやしないか。しかも真犯人があれだけの手間暇をかけた狙いが本当におれの信用を傷つけるためだったとすれば、なんであの工作の中で肝心かなめの部分をぞんざいにしたんだ？　つまりだ、殺人時刻におれの居場所を証明できなくしておけばよかったじゃないか？　アリバイがあったんじゃ全部ぶちこわしだ。探偵小説にありがちな囮《おとり》の電話か何かでおびき出さなかったのはなんでだ？　この犯人はそんな手をまったく打ってない。いやいや、だめだよ。そんなんじゃうまく行くわけがない」

「へええ、けさのあなたは冴《さ》えてますねえ」カーティスは相手の顔を見つめた。「何かあったんですか？　バンコラン以外はみんな、ひらめきが冴えているみたいですよ。あの人もそろそろ、評判の力量を見せたっていい頃ですが」

ラルフはちょっとはにかんで、間をおいた。

「うーん――まあね。だけど、この事件がおれたちを動かしているんだし、ことの結末がおれの今後を左右するのは君も認めるだろう。いやいや、ジャン‐バティストに話したことの要点は、おれを嵌《は》めたいというだけでここまで計画するやつはいないってことさ。それと、必要なのはローズの過去の愛人リストだと。だって、今回の真犯人はおそらくその中にいるはずだ。噂だが、ド・ロートレックはもう重要参考人から外れたそうじゃないか。本当か？」

「それは間違いないようです」

「だったらバンコラン先生の隠し玉ってなんだろう？　あのな、君」ラルフはためらった。「ずっと知りたかったことがここにある。ジャン‐バティストによれば、バンコランは君を今日、役所へ呼んで、今回のささやかな謎解きだか大筋の解明だかをするそうじゃないか。ジャン‐バティストの話では、自分も聴きたいんだが、バンコランに動機を誤解されてて入れてもらえそうにない、事実関係を調査する時はよく変装するけど、つけひげで公安部《シユルテ・ジエネラール》へ行った日には放り出されて尻餅をつくのがオチだそうだ。それで、おれなら入れてもらえそうかな、それとも放り出されるのがオチか？」

「試してみる甲斐はあります」と、カーティス。「来てください」

放り出されはしなかった。ホテルのロビーへ降りると、（カーティスが驚いたことに）マグダ・トラーがずっと二人を待っていてくれた。思い悩むふうではない。いたずらっ子のように嬉々としており、見たこともないほど凝った白いワンピースを着ている。

「ロンポワン街はずれのアパルトマンに越したの、でも、まだ絶対誰にも言わないでね」みんなでラルフの車に乗りこむと、彼女はそう説明した。「きらびやかな部屋よ、気分は高級娼婦だわ」

生暖かい曇り空の下、車はポンヌフを渡り、シテ島の木立に覆われた灰色の庁舎をめざした。裁判所の周辺はいつも通りの人だかりだ。たえずジャン－バティスト・ロビンソンを用心していたカーティスは、少し先でオルタンス・フレイらしい女と話すロビンソンをはっきり見かけた気がした。だが、出遅れた。捕まえようとした矢先にロビンソンはこちらを見るや、そそくさと山高帽をかぶり、短い脚を車輪みたいに回転させてすたこら逃げ出した。取り残されたカーティスのほうは人混みで悪態まじりに揉まれながら、あの犯罪研究の巨匠め、どうやら何かろくでもないことをたくらんでやがるなと確信した。おおかた、そっちはバンコランが何とかしてくれるだろう。低いドアから警視庁に入り、警官の案内で四方八方に増築した薄暗い建物を抜け（鑑識課の大きなドアの前を通る際は、三人ともなんとなく私語を慎んだ）最上階の一室に通された。かすかなざわめきに、さらにかすかな消毒薬らしき臭いが一帯に漂う。この最上階の一室で、バンコランはデスクをはさんで、髪をブロンドに染めた、がっちりした娘と向き合っていた。娘は無言で涙を流している。

「いらっしゃい」バンコランはデスクから立った。「はい、お揃いで本当にようこそ。こんなむさくるしい場所で申し訳ありませんな。いつもは使っていない部屋なのでね。ただ、この事件で私がどんな立場にあるか、まだわかりません。ブリーユ警視総監は出張でパリを空けており、只今は担当判事がトラー夫人とスタンフィールド氏を尋問中です」と、親指で示した。

「型通りにね。私はふたつの役所の緩衝材といった役どころです。ですが、担当のお鉢はおおむねこちらに回ってきそうですよ。ジロー！——人数分の椅子を。そうそう、うっかりしていました。こちらはマドモワゼル・アネット・フォーヴル、マダム・クロネッツに奉公していた女中さんで、ちょうど宣誓証言を終えるところです」

がっちりしたブロンド女は、むせび泣きというより甘えた喉声で歌でも口ずさんでいるような泣き方で、さらにどっしりと座り直して、赤く泣き腫らしたまぶたを何とかしようとした。きちんとした身なりに、いわゆる「コメディ・フランセーズ」風のきれいな発音。オックスブリッジ風の吃音《きつおん》が英国でからかわれるのと同じに、フランスでは上流ぶっていると揶揄《やゆ》されがちな特徴だ。

「ムッシュウ」後から入ってきた男女を意識し、ことさら抑揚をつけて自己弁護にかかる。「わたくしは話せるだけのことを洗いざらい申し上げました。この上、何をお疑いかわかりません。なんなら推薦状を実際にお見せしますわ、これまでお仕えしてきたのはマダム・クロネッツよりはるかにご立派な方々ばかりです。どういうわけか、わたくしがマダムの宝石を狙っていたとお疑いのようですけど」極小のレースハンカチで軽く鼻を押さえて席を立った。「もうご納得ずみでしょう、でないと困りますけど。けさがたマダムの弁護士さんがお部屋の金庫を開けてみたら、まがいもののラインストーンさえ、みだりに手を触れた形跡はなかったそうですのよ。ほらね」

バンコランは娘を安心させた。

「ですがね、マドモワゼル。お帰りの前にほんの少々、これまでの証言をはっきりさせておきましょう。では証言の一部を復唱しますよ。あなたは土曜日にマダム・クロネツやムッシュウ・ド・ロートレックとピクニックに出かけましたね」

ブロンドの大女は溜息まじりに同意した。

「三人で午前十時半にマダムの部屋を出て、ムッシュウ・ド・ロートレックの車に乗った。いったんオートゥイユへ出て、そこからムッシュウ・ド・ロートレックが雇った川遊びの舟に乗りこんだ。その間、ムッシュウはマダムやあなたの目の届かない場所へは行かなかった。これで間違いないですね？」

「まったくおっしゃる通りです」

「それ以降はオートゥイユとビヤンクールの間の川の上にいた。あなたはお雇い船頭の漕ぐ別の舟でついて行った。その間、マダム・クロネツとムッシュウ・ド・ロートレックは川を離れなかった――」

「ちょっと違います、ムッシュウ。二時間ほど、お二人は丘のふもとの柳の木立にボートをつないでお弁当を召し上がったあと、横になって話をなさっていました。でもボートを降りなかったんですから、川を離れなかったわけですよね。わたくしには姿が見えておりました」

「そうは言っても、かりにあなたがその船頭と『戯れて』いたとすれば、そこまで言い切れるかな――？」

「ムッシュウ！」アネットが声高に憤慨した。

「念には念を入れておきたかったのでね」とバンコラン。「結構です。あなたは黄昏時《たそがれ》に二人と一緒にパリへ戻った。そして夜は休暇をもらい、陸軍士官学校近くの地下鉄駅でおろしてもらった。あなたの知る限り、二人はそのあと帰宅した。それで間違いないね？　ご苦労でした、ではこれで。いや、そちらはトイレのドアですよ、マドモワゼル。出口はこちらです。それでは」

バンコランは女を送り出してドアを閉めたが、出ていく女に険しい目でにらまれたラルフは、不快そうに身じろぎした。やがて腰をおろしたバンコランが三人をつくづく眺める。この狭い部屋だとバンコランは途方もなく大きく見えた。今日は太い眉をひそめて、あごの長さが目立つせいで、パリでよく知られた人を食った態度や、手きびしい諧謔味がうかがえる。昨日のマルブル荘で感じたのと同じ不気味な違和感をカーティスはふたたび覚えた。

「それで、シャンパンボトルの謎を知りたいとおっしゃる？」バンコランの物腰はざっくばらんだった。「そうそう、ダグラスさん、けさがたロビンソンがお邪魔したそうですな。あなたは間違いなく事情通ですから。ロビンソンからほかにどんな話が出たか存じませんが、おそらくあのシャンパンボトルと二二口径のピストルは話題にしたでしょう。それにマドモワゼルもその件を聞いておられるはずで、われわれは互角のスタートラインに立ちましたな。煙草でも？」バンコランは煙草の箱を出した。「二ヶ月前に捕まえて処刑したピエール・ヴォワザンの手荷物に多量のトルコ煙草とヴァージニア煙草が入っておりましてね、以来、ここの役所で使っております。いえいえ、怖気《おじけ》づくには及びません。申し分ない上等品ですよ。ピエールは喉切り専門でね、毒殺はしておりません。箱のこちら側がトルコ葉、そちらがヴァージニア葉です」

「いただくわ」と受けたマグダはバンコランそっくりの表情だった。「噂では（事実は直視しましょう）、あなたが昨日、別宅で見つけたピストルは母のものだそうですね」

「マドモワゼルも昨日ごらんになったでしょう、スタンフィールドさんだけでなく。見覚えはありませんでしたか？」

「いいえ、だから困るんです。ジョージやほかの誰にせよ、どうやって、パッと見ただけで特定のピストルを見分けられますの？　どれもこれもそっくりですのに。少なくとも、わたしにはそう見えます」

「スタンフィールドさんは仕事がら見慣れていますからね」バンコランはなんとなく裁判口調になっていた。「そこは私も気づいていました。それにしても、お母さまがそういうピストルをお持ちだという事実は否認なさらない？　そこはご存じでしたか？」

「あら、それなら誰だって知ってますもの。でも、わたしが言いたいのは――その、つまり、母のことであんなひどいでたらめを――言いたいことはおわかりでしょ。ばからしくて怒る気にもなれませんわ。思い出すたびにクスッと笑ってしまう」

「ロビンソンの推理です。私ではなく」

「じゃあ、あなたの推理は？」ラルフが静かに尋ねた。

バンコランはデスクの抽斗《ひきだし》を開け、大ぶりな揉み革の袋を出した。火をつけた煙草はデスクの端に置きっぱなしだ。かといって袋を手に取りもしない。

「おいでの際に庁舎内の鑑識《ラボ》にお気づきでしょう。なにも興奮なさらずとも。あそこは超神秘的な場所でもなんでもなく、超現代ですらありません。毒物学を除けば写真と顕微鏡が基本です。法廷用にはその二者を組み合わせた『顕微鏡写真』を使います。肉眼では見えない微細な世界にかかりきりの過酷な作業ですよ。私見では（マビュッスには訂正されるに決まっていますが）顕微鏡写真の方法を初めて用いたのは五十年以上前の名高いユースタシイ事件ですね。さて、私の仕事は鑑識の責任者に指示を出すことです――犯人が誰なのか、その犯人が何をしたかを見定め、それをもとに陪審員向けの証拠をどこで見つければいいかを伝えます。

まずはローズ・クロネツ殺しの話ですね、彼女がマルブル荘に到着した土曜の午後十一時十五分過ぎから始めましょうか。現場で起きたことはオルタンス・フレイが唯一の証人ですから、調査を尽くして目立ったあらが出ない限り、あの女の話をそのまま受け入れるしかありません。これまでのところ、オルタンスの話は立派に及第点です。

オルタンスによると、ローズ・クロネツは別宅に到着した時に虫の居所がよくなかったそうです。当然でしょう――不本意ながら、高価な宝石をいくつかムッシュウ・ド・ロートレックに渡してきたばかりです。辻褄は合っています。ダグラスさんが出迎えてくれなかったので、がっかりしたローズがつむじを曲げていたとも聞きました。これも実によく符合します。一日ずっとこの逢引を待ちつづけ、そのために苦労もし、神経をすりへらし、ムッシュウ・ド・ロートレックにひと財産渡してきた。それなのに、かんじんのラルフ・ダグラスさんは別宅におらず、釈明の伝言すらなかった。

以上が十一時十五分当時にローズの頭にあったことです。入浴した。ドレスを着て身支度した。じりじりと夜中の十二時に近づく、彼はまだあらわれない。オルタンスの陳述によれば、この時点のローズは一触即発の剣呑《けんのん》な状態でした。あのシャンパンのハーフボトルを持ってこさせ、女中を寝にやります。シャンパンをほどよく冷やすために、居間のテーブルに載せたワインクーラーに入れておきます。オルタンスは廊下へのドアを通って居間から出て行きますが、その時のドアは鍵がかかっていません。

それまで時のたつのが遅かったとすれば、以後はどれほど長く感じられたでしょうか？　お忘れなく、マダムは時計を持っておりませんでした。しかも彼はまだ来ないのです。

昨日初めてあの居間を見て、私は確信しましたよ。十二時十五分から一時までのどこかでマダムは決心したのだと。愛人に手ひどく思い知らせてやろう！　でも、あたふたパリへ逃げ帰ったりするものか。いやいや、慎重派のローズ・クロネツはラルフ・ダグラスをパトロンにする機会をみすみす見送るに忍びず、どのみちそんな虚勢を張る柄ではありません。もっとうわての虚勢、さらに効果的な見栄の張り方を心得ていますからね。ラルフが部屋に入ってくるドア全部に鍵をかけてやる。寝支度をして、睡眠薬をたっぷり飲んでやる。そうすれば夜中にどれほど騒がれようと、自分はのんきに寝ていられる。叩き起こされ、おろおろさせられることもない。あとは寝酒のシャンパンをひっかけてベッドに入るだけ。あのちゃらんぽらん男がようやく到着したら、入れるものなら入ってごらん。あの人にはきついお灸《きゅう》をすえてやって、角を出すまで妬《や》かせてやるわ、いい気味よ。せせら笑う、あの色っぽい赤毛女の様子がまざまざと目に浮かびますな」

そう話すバンコランはいたって大まじめで、カーティスがまたどうしてと気遣うほどの演説口調だった。そこでバンコランの目がさも面白そうにきらりと光り、またたく間に気分を変えて、ひとつうなずくと言った。

「ははあ。まるでジャン＝バティスト・ロビンソンばりの話し方だと思われましたか？　では、これを証明できるかどうか考えてみましょう。

第一の要点は、ドアというドアに鍵がかかっていたことです。ここで最初のハードルを越さないうちから転んでいると言われそうですな。居間から廊下へ出るドアには鍵がかかっていた――然《しか》り。化粧室から廊下へ出るドア、ここにも鍵がかかっていた――然りです。ですが寝室から廊下へのドア、あなたが死体を発見した日曜の朝に入っていったドアには、ご覧になった通り、かかっていなかった――内側から鍵をさしっぱなしだったのに。

昨日、お三方を別宅から送り出したあと、マビユッスと私は仕事にかかり、この鍵をよく調べてみました。ごくありふれた鍵で、ごたぶんに洩れず錆《さび》がつきかけており、長らく錠前にさしっぱなしでほこりをかぶっていました。マビユッスのポケットレンズで見ると、鍵の先端部分を輪状にとりまく妙なひっかき傷らしきものがあり、錆にくっきりと痕がついています。ですが、その時はあまり目につきませんでした。寝室を見回します。すると、まっさきに目をひいたものの中にやっとこがありました。

ご存じのように、やっとこは大抵、内側にごく細かいギザギザが肋骨のように横に並んでいます。そのおかげで、なめらかな物の表面をがっちり固定できるわけです。鍵とやっとこを並べて顕微鏡写真を撮ったほうがいいと思いました」

バンコランはさっきの大きな革袋から大判の印画紙を出した。そこに浮かび上がった大きな黒い形は鍵の先端部分だとなんとなく見分けはつくものの、黒いしみが点々と浮き、鮮明にわかるのは真横に刻まれた白線五本だけだった。うち三本はブレて見えにくく、二本はまあまあだ。

「拡大率はほんの五倍です」とバンコラン。「ですがこの痕は鮮明ですし、上手に撮れています。次の数枚ではやっとこを別撮りにし、最後のは鍵の反対側を写しました。はっきりした痕を見ると、やっとこの内側のギザギザが鍵の先端のひっかき傷に正確に合致しています。カリパスで測ってごらんなさい、一ミリの狂いもありません。

さて、そこで明確になったことがあります。ローズ・クロネツは内側からあのドアに鍵をかけました。ところがドアの外にいた何者かが——茶色のレインコートの男がまたも浮上してきますね——やっとこを手にして鍵穴の反対側から鍵の端をはさみ、鍵を回してドアを開けたのです」

バンコランは写真を脇に置いた。

「話を進めるにあたり、そこは踏まえておく価値のある事実です。閉じたドアを開ける鍵というだけでなく、謎全体の鍵でもあります。何が言いたいかはおわかりですな?」

第十四章　鍵をかけた三つのドア

みなが言葉をなくしている。バンコランは、デスクのふちを焦がす寸前の煙草を拾って灰皿に載せた。

「お次はドアに鍵をかけたあと、ローズが自分で着替えて寝支度したという点です。私見ではすぐ寝ようとして、まずは浴室のコップに水を入れ、抱水クロラールを三錠溶かして飲みました。そうしておけば服を脱ぐまでに眠くなります。それから化粧室へ戻りました、浴室のコップに指紋を残したまま。

さて、彼女が本当に眠る気だったという証拠を探してみましょう。衣服が独特のやり方できちんと片づいていた事実だけでも立派な傍証になります。ですが、それだけではない。死に顔をごらんになった皆さんは、全く化粧っけがなかった点にお気づきでしょう。それなのに化粧テーブルには一式そろえて出してありました。あの上に並んでいた化粧品で使ったらしいのは、すぐ横にふたを開けっぱなしにしたコールドクリームとバニシングクリームだけです。

ロビンソンの回りくどい言い方ですと、これでも若い頃は『艶福家の独身』でしたのでね、それなりに察しはつきます。ここでマドモワゼルにご確認したい。ああいうクリームは女性、とりわけ三十路半ばの女性が寝る前のお手入れに使い、翌朝の化粧乗りをよくするためのものです。ですがね、ミス・トラー、かりにあなたが情人、とりわけ一年近くご無沙汰で、よい印象をあたえたい情人に逢う前に、化粧を落としてクリームをべたべた塗ったりしますか？」

マグダは首を振った。「わたしなら絶対にしません。でも――」

「なんでしょうか？」バンコランがすかさずうながした。

「なんでもなさそうです。わた――その、ただ思っただけで――」

「それでもお聞かせください」

「そのう、ただ、使い終わったらあの壜のふたをどうして閉めなかったのかしら、と。ああしたクリームは開けたらすぐ乾くじゃないですか。ずっと開けっぱなしにしてたら、使いものにならなくなります。ふたをすぐ閉めるのが当たり前ですし、お話ではずいぶんきちょうめんな人だったらしいじゃないですか」

「いい点をつきますな！」バンコランの目はいぜん生き生きしている。「その点にはじきに戻るとして、もうひとつ関連した証拠があります。それでですね、ローズ・クロネツは服を脱いで部屋着をはおり、化粧テーブルに向かいました。袖を通さなかったネグリジェという、あの愉快な点に触れましょうか。お気づきでしょうが、コールドクリームを使う前はミュールスリッパをはいていたのに、ネグリジェを着ていません。いま一度、助け舟を出してください。どうしてでしょうか？」

「着るはずがないでしょ」マグダはむっとした口調になった。「あそこの衣装だんすにかかっていたあの素敵な厚地レースのネグリジェのことなら、クリームでべたべたの手でしみをつけちゃうようなへまは絶対避けたいんじゃないかしら」

バンコランは椅子にもたれた。

「たいへん結構。さて、彼女は部屋着にミュールをはいて化粧テーブルに陣取り、コールドクリームを塗る最中か、塗る手前です。寝支度はまだすんでいません。爽やかな夜のバルコニーに通じる居間の窓はまだ閉めておりません――そちらは最後の最後です。と申しますのも(思い出してください)バルコニーには外階段があり、遅れてきた情人がそこの窓からあっさり侵入できれば、ドアを締め切っても無意味です。そこでふと、寝酒用のハーフボトルがまだ居間のワインクーラーに入ったままなのを思い出して、取りに行きます。あれはこの時点まで手つかずでした。

なるほどとおっしゃるが、パパ・デュパンが早とちりしたのはそこですよ? なぜ、その通りだと決めてかかるのですか? オルタンスが十二時十五分過ぎに出て行ってから、それまでにローズがシャンパンを開けて飲まなかったとどうして言えます? まあ、あの続き部屋を調べただけでも、それくらいはつかめるのですが。ローズウッドの化粧テーブルの向かって右についていた輪じみ、ハーフボトルの底の輪じみをご覧になったでしょう。あれほどくっきりしていたのは、水でなくアルコールだったせいです。粘りけのある液体が壜から派手にあふれて痕になったというマビュッスの所見通りでしょう。そこから察するに、抜栓はあの化粧テーブルでしたのでしょう。ローズ・クロネツが身づくろいをすませた時に手酌でグラスについだのです。

　そこで邪魔が入りました」

「邪魔？」ラルフが鋭く反応した。

「誰かが来たのでね。あの化粧テーブルから目をはなさないように。あれがすべてのできごとの中心です。ここでテンポが変わり、場面が途中で止まって、ずっとなぞってきたローズの動作がいきなりとだえた理由がわかりませんか？　邪魔が入ったのはコールドクリームを顔に塗ろうとした時で、ふたを閉めなかったのはそのためです。邪魔が入ったのはねっとりと泡を噴くシャンパンの抜栓後で、あの手まめな女が高価なローズウッドの化粧テーブルにこぼれた液体を不精して放置したのはそのためです。ミュールスリッパはそのままになり、化粧テーブルの下であくる日に見つかりました。すでにご指摘があったように、はだしで大理石の床を歩き回ったりしません。居間の大きなフランス窓は鍵も鎧戸もまだでしたが、愛人の遅刻に業を煮やした女はそちらも戸締りする気でした。それなのに、あの化粧テーブルですべてがいきなり途切れています。かりにスリッパをはかなかったのなら、どうやってテーブルを立って行ったのか？　そして途切れた刹那に彼女はいったい何をしていたのか？

　何をしたかの手がかりはひとつだけです。所持していたあの短剣の柄に、ローズの鮮明な指紋が見つかり、握りしめたことがうかがえます。何が起こったかをご説明できそうですよ。彼女は化粧テーブルの前に立ち、いきなり何かを見たか聞いたかして恐怖に襲われたのです。とっさに身を守る手段はひとつしかなく、あわてて手を伸ばして短剣をつかみました。手近な化粧テーブルの抽斗《ひきだし》にあったものです」

バンコランが説明通りの動作をすると、一座にわずかな動揺が走った。バンコランが初めて見せた芝居っ気だが、どうもいただけないとカーティスは思った。そこで間があいたすきにラルフが口をはさんだ。

「なるほどね」椅子に浅くかけていたラルフが言う。「もちろん、家の中を上がってくる犯人の物音を聞きつけたんだよ。一階に入ったそいつはカミソリを研いで、さて上へあがろうとした。別宅の廊下もむきだしの大理石だからな。料理を満載した給仕テーブルを押したり引いたりすれば、かなり騒々しかったはずで――」

「違います」とバンコラン。

「それでは筋が通りません」なにやら考えながら、重苦しい声でおもむろに続けた。「廊下の床はおっしゃるように大理石です。派手にがちゃがちゃ言いそうな品々を山積みしたテーブルを音もなく運び上げるのはまず無理でしょう。とりわけ、ドアすべてに鍵がかかった事態を茶のレインコートの人物が想定していたとして、彼であれほかの誰であれ、やっとこ一本で続き部屋の中で聞こえる音を出さずにあっさり解錠できるはずがありません。すべってぼやけた、やっとこの痕をごらんなさい！　ですが、戸惑うのはまさにその点です。なぜローズ・クロネツはそれらしき物音に驚いたか？　なぜ短剣をあわててつかむ必要があったのか、シャンパンの壜をあやうく倒しかけてテーブルを汚すほどあわてたのか？　彼女が予想していた音がしただけですよ。それ見たことか、いい気味だと思ったかもしれない。それなのにあの不意の邪魔が入って、スリッパもはかずに化粧テーブルから動いた？　思い出してください、彼女は何も見ていません。ローズからすれば、物音をたてるのはオルタンスに決まっています。あらためて強調しておきますが、ローズには何ひとつ見えていなかったのです。ドアというドアには鍵がかかり、寝室の窓は鍵をかけてカーテンを引いてあり、化粧室の窓にはすべて鍵と鎧戸がおりています。実際、誰であれ彼女の不意をつけるとすれば、近づく経路はひとつしかありません」

カーティスは座り直した。「なるほど」とつぶやく。「居間からバルコニーへの開いた窓ですね」

「ええ、そうです。事態がローズ・クロネツにじりじりと忍び寄る様子が目に見えるようです。お気づきでしょうが、あの化粧テーブルの配置は鏡が斜めに居間のドアに向いています。昨日、鏡を注意して見ると、居間の戸口に立つあなた方の姿が映りました。そうはいってもあくまで仮説だという点を肝に銘じながら、思い描いていただけますか、あの金ピカの化粧室の内装に黒白大理石の床、どちらの部屋にもクリスタルのシャンデリアが灯っています。何者かが外階段からバルコニーにあがってきました。何者かが足音をしのばせて居間を抜けた。ですが、足音を忍ばせただけでは充分ではありませんでした。ローズ・クロネツがシャンパンとグラスを置いて顔を見上げれば、すぐ横に別の顔が映っている。何者かがピストルを手にして戸口に立っていたのです──スタンフィールド氏によれば、ローズ・クロネツがこの世で恐れてやまない唯一の武器である銃火器ですよ」

「その男が茶の――」とラルフが言いかけたが、バンコランに片手で制止された。

「違います」バンコランはまた言った。「どなたか、煙草のほしい方は？」

「あのね、猫が鼠をいたぶるのと同じですよ」カーティスが静かに口をはさんだ。「楽しいですか？」

「じっくり考えるための休憩ですよ。受け入れてください。くれぐれも（昨日の私のように）、ピストルを手にしてバルコニーにあがってきたのは茶のレインコートと黒い帽子の男だなどと、言語道断の勘違いをしないように。それでは鏡がぼやけ、すべての輪郭が歪んでしまいますよ。おかげでさんざん振り回されました。私の推理はこうでした。受け入れざるをえなかった仮定は――いまでもそうせざるを得ません、事実ですから――その人物Xがピストル片手に窓から入るとすぐにローズ・クロネッツに襲いかかったことです。ローズはどうやってか浴室に引きずりこまれ、短剣で腕にあのひどい傷を受けたのです、そして出血死に到りました。

あの茶のレインコートの男がバルコニーの窓から忍びこんだと考えるのが、唯一の自然な説明でしょう。違いますか？　家の裏手に回れば、車道を通ってまっすぐ窓を全開したあのバルコニーの下へ出られます。たとえちょっと偵察してみるだけにせよ、こっそり上にあがれます。そうです、男はあがっていき――いま述べた方法でローズを殺しました。

ところがこの説を鵜呑みにしようとすれば、以後の犯人の行動は、前代未聞の支離滅裂に終始します。

男は短剣でローズを殺しました。その後に続き部屋から廊下に出るドアすべてに内側から鍵をかけたまま、バルコニーの外階段で下へおります。家の裏手へまわり、裏口から入ってきて、寝ていたオルタンスを起こします。カミソリを研ぐ姿をオルタンスにはっきり見せます――ローズ・クロネッツに使うつもりはありません。ローズならもう短剣で殺したあとですから。われわれはここで再び、多すぎる凶器につまずきます。この男は、ピストルとカミソリの両方を持って別宅にやってきました。そしてどちらも使いませんでした。カミソリで女の腕をすぱっとやるのでなく、短剣で突くという、ぎこちなく不確実な方法を選びました。そのあと、階下へ行きカミソリを研いだのです。

ここまでの行動を変わっているとすれば、その先はまさに常軌を逸しています。オルタンスが用意しておいた山盛りの給仕テーブルに、わざわざ大壜のシャンパンを追加して二階へ持って上がります。前に寝室に入った時にあらかじめドアを開けておけばいいものを、やっとこで外からこじ開けるというバカを始めます。それで――まあ、その先はもういいでしょう。まさに矛盾が次々と積み上がるばかりです。

そこで目が覚めたのですよ。どうしても、こう自問せざるを得なくなって目が覚めました。この男が三月兎を十倍したような狂人でなければ、この振る舞いはどういうことだ? 答えはさして難しくありません。

この犯罪に絡む人物は二人いて、めいめいが勝手に動いたのです。一人は茶のレインコートの男、もう一人をXとしましょうか。初めの男はローズ殺しの凶器にカミソリを選び、これまで見てきたように凝った小細工の罠をしかけました。どう使うもくろみだったかは、じきにわかりますよ。それでも請け合いますが、きちんとわかってみれば、狂人じみた点はみじんもありません。その計画の只中に、Xがずかずか踏みこんできたのがとんだ番狂わせでしたが。茶のレインコートの男がまだ下準備中に、Xが実行にかかりました。ピストルを持っていたのはXですし、Xだけでした。バルコニーからあがりこみ――おそらく一時かその手前ごろでしょう。そして、ローズ・クロネッツを襲いました。荒仕事がすんで女が死んだ後になって、ようやく茶のレインコート君がご登場です。これで、支離滅裂に思えた振る舞いのあらかたが徐徐に見えてきたでしょう。あの男は狙う相手がもう死んでいるとも知らず、目的を果たすつもりでした。あえて申しますが、生まれてこのかたというほど驚いたでしょうな、ローズ・クロネッツが――部屋着姿でふとんをかけて、ぐっすりベッドで寝ているとばかり思っていたら――実は息絶えていたのですから」

バンコランは言葉を切った。

「ですが、いま問題にしているのはXです。Xがしたのはご存じの通り――」

マグダ・トラーがさえぎった。「誰が、したの?」大声で手を振るはずみに自分の膝からハンドバッグを払い落とした。「本当よ、こんなの、猫が鼠をいたぶるのと変わらない。だめに決まってるでしょ。そんな――あざといまね。だめじゃないの。このXって誰よ? おわかりなのに名前をおっしゃれないの? 誰よ、あんなことをした挙句に彼女の動脈を切り開いたのは?」

バンコランはデスクに両肘をついた。その口調はあくまで穏やかだ。

「あなたですよ、ミス・トラー」

第十五章　錬金術師のボトル

人間が物事を理解するのは意外と一筋縄ではいかない。耳が受け付けるのは、相手ならこう言うと予想した辻褄《つじつま》の合う内容だけだ。そこへこんな番狂わせがあると、針の飛んだ蓄音器みたいに頭が堂々巡りする。というか、カーティスはそうなった。それでも、ラルフ・ダグラスよりはのみこみが一歩早かった。

カーティスはマグダの顔を見ようとした。彼女は椅子の背に貼りつくようにして、やや肩を落として身をすくめていた。わずかにうなだれ、黒い断髪が頰にかかる。あみだにかぶった白い帽子の陰から、ずっと上目遣いにバンコランをうかがっている。昨日、マルブル荘でカーティスが一度だけ見た、あのはにかんだ表情で。やがてえくぼがあらわれ、笑みがのぞいた。

「ひどいでたらめよ」

もしもその場でその声を聞いていなければ、カーティスは笑い飛ばしただろう。だが、その声を聞いたとたんにバンコランの言う通りだと悟った。誤解の余地はない。

「ああ、どうしよう」マグダの声がかすれ、みるみる涙があふれた。

どんな形であれ、癇癪《かんしゃく》を起こしたものはいなかった。ラルフでさえ、この先どうなるかが読めないらしい。ひとしきりブツブツと脈絡のない悪態をついた挙句、気抜けした「ばか言うな」でしめくくった声は、遠い風のように信じがたいほどうつろではかなかった。まっさきに目に入ったのは震えるマグダの姿だ。それで、ラルフも我に返った。

「おい、ちょっと！」と抗議する。「こんなの、やりすぎだぞ。こんな冗談、悪趣味にもほどがあるじゃないか。一分でもおれが真に受けてたら、断固——わからんけど——おれは断固——」

バンコランはそれまで動かなかった。テーブルに頬杖をついて握りこぶしであごを支え、静かにマグダを見ていた。ラルフのわめき声に目がさめたように、顔をしかめる。

「どうか声を落として」と言う。「くれぐれも場をわきまえて、ここは警察ですよ。同僚の中には私ほど殺人を寛容な目で見ない者もおります。向こうのドアに鍵をかけてきていただけませんか。どうしても皆さんを閉じこめておきたいわけではありませんが、この件をどうするかをご一緒に決める間は、他の者を閉め出しておきたいのです」

マグダはひたすら声もなくがたがた震えていて、カーティスはなんとかしてやれないかと思った。何とかして、この状況から救い出してやらなくては。バンコランに立ち向かってもとうてい歯が立ちそうにないが、一矢は報いてやろう。バンコランはといえば、デスクからコニャックとグラスを出してどぼどぼと注いだ。マグダを見て、さらに注ぎ足す。それから無言で彼女にそのグラスを渡した。

「あのね」カーティスはバンコランに、「そもそもあなた自身が、われわれ同様に信じちゃいないんじゃないですか、こんな愚にもつかないたわごと。ミス・トラー」と、今度は娘に向く。

「こんなふうに警察という仰々しい舞台のど真ん中で、あんなふうに告発されたら誰だってうろたえますよ。ぼくがあなたなら黙秘しますね。でないとあらぬ誤解を呼びます」

「あら、そんなことして何になるの？」マグダがもどかしげに訴える。そして激しい口調でつけ加えた。「いろんなしがらみから逃れようとするうちに、とんでもない一歩を踏み出しちゃったのね、わたし？」

「なにを言うんだ、マグダ、やったのは君じゃないだろ！」ラルフが制する。

「でも、わたしなのよ。あなたもたった今の自分の顔を見たらいいわ。そんなこっけいな顔、生まれて初めてよ。ふん！」いつにない表情を作り、鉤爪のように手を構えて振ってみせる。多弁が昂じてそろそろヒステリーになりかけていた。「人殺しを自白した女と並んで座っているのよ。鳥肌立たない？　逃げ出したくならない？　なんで逃げないの？」

「落ちつけよ」口では偉そうに言ったものの、ラルフはドアが確かに閉まっているかを心配そうに見た。「誰も君を見捨てたりしないさ。ただ――そのう、いきなり君がこんな降ってわいたような災難にみまわれるなんてさ？　いまだに腑《ふ》に落ちないよ、誰もこう言い出さないなんて。『さ、みんなさんざん笑ったじゃないか、この件はもう忘れて本題に入ろうじゃないか』誰か、言えるもんなら頼むからそう言ってやってくれよ。殺人だって！　最悪じゃないか――つまりその――」

「ちょっとおかしなことを言われたぐらいで、なにを動揺してるんですか」カーティスはほとんど慎重さをかなぐり捨て、きつい言葉を投げかけた。「あなたへの愛ゆえにこの方がローズ・クロネツにあんなまねをしたなんて？　同じ件であなたが告発されるのを聞いて、この方はそこまでうろたえていましたか？」

「いや。だってあの時、彼女にはうろたえる理由がどこにもなかった」と、ラルフ。「事実じゃないとわかっていたんだから」

　この予期せぬ、強烈な反撃に、カーティスは目を白黒させた。いまいましいが、どうやらラルフの言う通りだ。法の神聖は遵守されねばならない、でなければこの決まり文句を二度と読み上げることも謳い上げることもできなくなる。だが今回は、それすら構わないほど闘志をかきたてられた。「わたしが殺した」の一言でも驚くほど揺らがなかった。必死で逃げ道を求めてバンコランをうかがうと、彼はまた席に戻り、どうだかなという顔で事態を見守っている。

「ラルフのためじゃないわ」飲みかけのグラスごしに、マグダが堰《せき》を切ったように語り出した。

「少なくとも、そんなつもりは十に一つもなかった。なぜかなんて自分でもわからない。絞首刑になった生みの父譲りの悪い素質が、早晩あなたにばれてしまうと思ったからかしら。あんなつもりは本当になかったの、母の言う通りにラルフとあの女が本当にできているのかを確かめに別宅へ乗りこんだ時でさえ……。だけど、彼女があの化粧室に立っているのが見えて、生っ白い大きな顔で、へべれけに酔っぱらい、両手をコールドクリームでべたべたにして。そしたら、あの女が私から奪っていきそうなあれやこれやが思い浮かんで。本当にどうしてかしら、何ひとつ奪えるとは思えないのに。そこへあの女が短剣を手にしてやってきて——」

マグダはブランデーを飲みきれず、グラスをデスクに置いた。

「あれからずっと思い出そうとしているの、なぜ自分があんな気を起こしたのか。これまで、あんな恐ろしい考えが頭に浮かんだことなんて一度もなかったのに。手にしたあのピストルを撃つことさえ思いもよらなかった。でも、あれは見境なく人の血をしぼりとってきた女よ。だからお返しに血をしぼり取られても文句は言えないはずだと思ったの。なにも自己弁護するわけじゃないけど、ただ、どう頑張ってもわたしには最後までやり通せなかった。浴槽に寝かせたところで、もうそれ以上は無理になってしまって。急に怖くて吐き気がして、手近なタオルで止血しようとしたの。本気だった、蘇生させてわざとじゃなかったってわからせるつもりで。だけどあの人、あなたたち男性が思うほど血の気が多くなかったみたいよ。だから間に合わなかった。ひとしきり荒れ狂った頭が冷えるころには、もう死んでしまっていたの」両手を握りしめて目を押さえる。「知りたいのはこれだけよ、どうやってわたしだってわかった？　すごく気をつけてたのに。あわてて逃げたりしなかったし、あの短剣だってタオルでつかんでたし、指紋が残ると聞いていた品物は残らず拭いたわ。ただし、すごく滑稽なのはここからなんだけど、小さな物はよく気をつけてたのに、あのピストルを忘れてそのまま出てきちゃった。しかも、床のど真ん中に置き忘れて」

マグダは声を上げて笑いだした。

「こっちを見て！」バンコランが鋭く声をかけ、娘のおびえた目をがっちりとらえる。マグダはいやでも目をそらせなくなり、他の者も動かない。「これは他の人の事件です、わかりましたね？　あなたのではありません。あなたは傍観者です。何が起きたか、どうしてそうなったか、これから正確に話してあげましょう、それで頭の中の嵐はすぐなくなりますよ。

　あなたの痕跡ならいくつもありましたよ、ミス・トラー。別に大したことではありません。あなたのヒステリーを防ぐためにもお聞かせしましょうね」バンコランの声がまた優しくなった。「そうした痕跡は、続き部屋を昨日ちょっと調べた時にあっさり出てきましたよ。ローズ・クロネツは化粧室から浴室に引きずり込まれましたが、骨折り仕事中に脱げたスリッパが、化粧テーブルの下に残っていました。ローズは床面より低い浴槽にすっぽりおさまったわけではなく、すぐそばまで引きずって行かれて、浴槽のふちから右腕を中へ垂らすかっこうで放置されました。

　そこまではもちろん、いろんな手がかりから明らかでした。浴室の脱衣かごにデュランが三枚のタオルを見つけました。二枚はいくぶん湿っていましたが汚れはありません。三枚めは乾いていましたが、新しい血痕がぽつんとありました。ですが、かりに水をたたえた浴槽に入れた人体の動脈を切開して流れた血が水を染めれば――あるいはただ、からの浴槽に寝かせて水を流しただけでも――浴槽から死体を上げれば、うっすらと血がついていることでしょう。ローズ・クロネツの死体にそうした汚れはなく、かといって拭いたわけでもない。湿ったタオルは二枚とも血痕がなく、新しい血痕つきのタオルは完全に乾いていたからです。

　実際には、血痕つきのタオルには別の使い道があったのですな。具体的にどう使ったかは、昨日マビユッスがご説明しましたよ。指紋が付くのを防ぐために犯人はあのタオルで短剣を持ち、三角刃の中ほどを握ったのです。指紋はひとつもありませんでしたが、いちばん太いところでも幅半インチ以下の刀身を、誰かが手の一部でこすっていました。同様の掌《てのひら》の痕が、何者かがもたれた浴槽のふちにも残っていました。誰かがピストルを拭いた後で、握りの背に手型の一部が残っていました。こうした痕跡はどれも小さく、大きくてもせいぜい半インチもありませんから、どうってことないと判断したのも無理はないでしょう。それは大違いです。そういうものに足をすくわれるのですよ」

ラルフがしわがれ声でさえぎった。「そうはいくか。手じゃあ、人物特定の決め手にならないよ。本にそう書いてあった。指紋ほどはっきりした特徴がないから――」

「毛穴がありますよ。そんな顔をしなくても、皆さん。べつに目新しいことではありません。ロカール博士*1の発見でね、だいぶ前の一九一二年にリヨンのシモナン裁判で使われました。しょせん私は門外漢でして、実際に作業したのはマビュッスです。顕微鏡では、掌の毛穴がピンで開けた跡のように一つ一つ鮮明に見えます。顕微鏡写真だとそれを明示でき、個人パターンの識別には一定面積内の毛穴の数を数えます。指紋が人ごとに違うのと同じく、毛穴の数にも個人差がありましてね。たとえば、これです」バンコランは袋を開けた。「ここに四枚の写真がありますが、どれも同じ一定の面積に区切られています。白い部分は隆起を示し、黒い線で分かたれています。白い線の上にピンの頭ほどの大きさの黒い毛穴が並んでいます。特徴的ないくつかの隆起線に加えて、それぞれの区画に八〇四の点があるのは一致しています」

「ですが、誰のですか――?」

「あなたのですよ、ミス・トラー」とバンコラン。「最初の三枚は短剣と、浴槽のふちと、ピストルから取りました。四枚めはあなたの車のドアハンドルからです。

昨日、マルブル荘でのあなたの振る舞いはわれわれの注意をひき、最初の掌紋三つが発見されたとき、可能な限りの確証が急務になりました。昨日の正午、あなたが別宅へ来られたのはまったく思いもよらぬことでした。ご到着を見ておりましたよ。車を乗り入れ、せかせかと家の横手に回ると──そこで裏口から出てくるダグラスさんが見えた。彼を見たときのあなたほど仰天した顔は滅多にありませんよ。もしや目のいたずらかと、二度も念を押さずにはいられなかった。そういうご自分は日曜のまっぴるまにこんなところで何をしているのかと尋ねられ、泡を食って曰く、けさがた何者かが電話してきて、ラルフ・ダグラスがマルブル荘で大変なことになっていると知らされたからだと。事実その通りなら、あの場でダグラスさんと鉢合わせして、あれほどぎょっとしますか？　そこに由々しい意味があるとは限りませんが、裏を取っても損はありません。この掌紋の一致が決め手にならずとも、日曜の一時前に、あなたのお部屋に電話があったかどうかをオテル・クリヨンのフロントにただすだけのことではありました。外からの電話は一度だけ、スタンフィールドさんから母上あてです。ですから、あなたがそんな伝言を受け取るはずがありません。

短剣を使ったのがあなただとすれば、事件の大筋は追いやすくなりました。嘘のように収ま

＊1──（原註）エデュアール・ロカール博士、リヨン警察科捜研所長。『犯罪捜査と科学手法』、エドモン・ロカール、パリ、一九二九年。

りがよくなりましたよ。あなたが事件に関与したきっかけは、オルタンス・フレイがジョージ・スタンフィールドに訳してもらおうと持ちこんだ、ラルフ・ダグラスからという触れこみの手紙でした。その手紙には、まもなくローズ・クロネッツと復縁するつもりだとありました。スタンフィールドはその情報をトラー夫人にご注進しました。あなたがダグラスさんと食事に出かけた頃合いを見計らってね。クリヨンのフロントによれば、スタンフィールドがホテルへ訪ねてきたのは土曜の夜八時だそうです。そして九時十五分前に帰る際には、動揺して帽子をちゃんと持っていられないほどでした。十時半にあなたが戻り、母上に会いました。

心情的な話はこのさい略します。もうたくさんでしょうから。ですが思うに、もっとも強くあなたを動かしたのは、これが真実かどうかどうしても知りたい、自分の目で確かめたいという思いではありませんでしたか。みなが寝静まってから母上や他人の目につかずにホテルを抜け出すのはたやすいことです。専用エレベーターがありますからね。あなた用の車もあります。ピストルは居間の机から持ち出しました。金曜日に預かって事務所へ持っていったというスタンフィールド氏の話は明らかに嘘で、取り合うまでもありません。あなたの掌紋が既にピストルについていたことを知ればなおさらです。興味深いのは、そんな嘘をつく理由はなんだったかという点ですな。もしかすると——どうやらあなたの考えでは——母上があなたのしわざを疑うか知るかした結果、捜査の目くらましに口裏を合わせた可能性はあります。ありえないとは申しませんが、そうではないと思いますよ。理由はほかにあったのでしょう。

ともあれあなたは別宅に乗りつけ、やや離れた場所に駐車しました。別宅で人のいる場所は見ればわかります、バルコニーに開け放った窓の灯が見えましたから。あなたは上がって行き、そして起こるべきことが起きました。終わって、あなたはもうひとつ、その時点で唯一あなたにできることをしました。死んだ女をベッドに寝かせたのです」

マグダは淡々と応じた。

「急いだほうがいいわよ。気つけが切れかかっていて、いつとんでもない無茶をするかわからないの。いいえラルフ、近寄らないで。わたしは人殺しなんですからね、お忘れなく――まあとにかく、もう警察にいるんだから手間が省けたわ。これからどこへ連れていかれるの？　どうするおつもり？」

バンコランは椅子にもたれた。室内の空気がどことなく変わる。まるで生命と活力の一部が体から抜け出てしまい、あとには蘊蓄《うんちく》話を好む上品な好々爺《こうこうや》が残るばかりのようだ。

「どうもしません」とバンコラン。

「どうもしません？」マグダは呆けたように繰り返した。ラルフが立ってバンコランのほうへ二歩近づく。

「ゆうべは」バンコランは相変わらず何やら考えこむ口調で、「浮かれ気分どころではありませんでしたよ。はっきりした証拠から誰が犯人かわかりました。同時に、私はそれを信じなかった……。ミス・トラー、私ほどの年齢になりますとね、たとえしたくてもお説教はいたしません。あなたは本物の犯罪気質の持ち主などではありませんよ。あなたはベネディクト・トラー夫人のお嬢さん学校の産物です。そして私がここまでトラー夫人を嫌いでなければ、今ほど

りません。ご自分がやったと確信できなかったのも当然です……。はっきり言って、あなたは相を知っておかれたほうがいいでしょう。蘇生を試みて、うまくいかなかったのも不思議はあ理はないですよ。ショックを受けておられますが、だからといって実害はなし、このへんで真やらをどれほど引き合いに出されてきたか、想像するのもごめんです。いきなり爆発しても無あなたに好感を持たなかったかもしれません。折あるごとに、あなたがご自分の汚れた遺伝と

ローズ・クロネツを殺してはいません」

はち切れるような沈黙のせいで、リチャード・カーティスにはその場の者たちまでぼやけて見えた。ラルフやマグダのほうは見なかったが、眠る女のように彼女が音をたてて息を吸うのは聞こえた。カーティスの頭の中ですべてのパズルがぴたりと符合し、あと少しで鮮明な絵があらわれそうだった。

「昨日はまったくそれを信じていませんでしたが、法医学の鑑識報告が出るまでは打つ手がありませんでした」と、バンコラン。「あの別宅の浴室は驚き入った状況にあったのですな。被害者は浴槽の中でなくすぐ脇に寝そべって、腕を浴槽のふちにかけていました。(見かけ上の)犯人はタオルで短剣をくるんで刀身の中ほどを握りしめ、女にかがみこむ。動脈が切開されて細長い傷ができます。動脈ですから血は流れるどころか、ほとばしるのです。しかしながら、あれだけ長い傷口に当てたタオルについていたのは、小さな血痕ひとつだけです」

言葉を切ってマグダを見る。

「さ、話してください。だめです、勇気を出して！　そのほうがいいですよ。少し前におっし

ゃいましたね、化粧室に入って向き合った時、ローズ・クロネツは『へべれけ』だったと。なぜそう思いましたか？」

「それは――そうだったからです。少なくとも、そう思えました。化粧テーブルのそばに立っていて、スグリの実みたいで変なぎょろ目の座りようが完全におかしいの。もう一本シャンパンを抜いてて、シュッと噴きかけたのをこぼさないように、グラスを口で受けている最中でした。あの短剣で切りつけてこようとした時なんか、見たこともないほど酔っぱらった千鳥足で。それにあの臭い、こっちまで気分が悪くなりそうでした――」

そこで、はたと口をつぐんだマグダにかわってカーティスが言い出した。

「どうやら、わかったようですよ」

「ほう？」

「第一の解答であり」と、カーティス。「正解ですね。またしても、あの小癪《こしゃく》なシャンパンの壜ですよ。いいですか！　とどのつまり、実際に睡眠薬を仕込んであったのはあの中です。さしずめ多量の抱水クロラールあたりですか。真犯人が前もって用意しておいたんですね。別宅にあったルイ・ロデレールのハーフボトルはそれ一本だけにしておき、うまくローズに飲ませて自分の到着までに眠らせるつもりでした。犯人の到着時に眠っていてくれないと困ります、犯人というのはラルフになりすました男ですよ。ですが、この男にとって想定外だったのは、ローズ・クロネツがシャンパンを飲む前に、二十グレインの抱水クロラールを三錠服用していたことでした。

彼女自身が飲んだ量はしめて六十グレインですね。確実に眠らせるために、シャンパンボトルにはそれよりはるかに多くの量が仕込んであったはずです。ですが、かりに六十グレインほどとしましょうか。あふれたシャンパンがもったいないと、ローズ・クロネッツは続けざまに二杯あおりました。元からの六十グレインに、その時さらに六十グレインの追加でしょう――あっさり致死量に達する量を飲んだのです。それは崩れ落ちますよ！　腕を切ってもあれっぽっちしか血が出なかったはずですよ。死因は抱水クロラールの過剰摂取、あの短剣で切られる前に死んでいたというわけです」

　カーティスはひらめきに衝《つ》き動かされてデスクに進み出ると、ひとことごとに身を乗り出してバンコランに指を突きつけた。相手の目をとりまく笑いじわ、かもしれないものが深くなる。

「違います」とバンコラン。

「でも、そうに決まってます！　他には考えられな――」

「あのね、あなたは事件の勘どころに触れたではありませんか。ローズはなぜすぐに倒れてしまい、襲われても抵抗しなかったのか？　この迷路には私自身さんざん迷わされましたからね、ご案内役をつとめましょうか。それ以前にローズ自身が三錠飲んでいたにせよ、ピストルやナイフのように即効性の殺傷力をそなえた睡眠薬はありません。かりにシャンパンの壜から三百グレインを一気にあおったとしても、薬の効き目がはっきり出るまで何分もかかりますし、死亡するまではさらに手間どり、どう見積もっても一時間はかかるでしょう。ありえません」

「なら――青酸みたいに即効性の毒薬だとおっしゃるんですか？　あのですね、ローズが腕を切られる前に死んだのはお認めになりますよね？　だったら、そういった毒薬に決まってます。ボトルに仕込んであったのは毒薬ではない、と断言なさいましたが」

バンコランはかぶりを振った。「毒薬ではありません。かりにそうだとすれば、謎はさらに混迷します。あのボトルに入っていたのが何であれ、茶のレインコートと黒い帽子の男のしわざです。ですが殺しを目的とした青酸か何かと想定しては、その後の男の行動もやはり狂気の沙汰になります。カミソリ研ぎや、やっとこや、給仕テーブルの妙な小細工についてはどうです？」

「そうは言っても何かがローズを殺したんです。まさか魔法じゃないですよね？」

「違います。ローズの死は、いわば人の世すべてにつきものの運命のいたずらによるもので、茶のレインコートの男が、私の経験でも最も不快で醜悪な殺人計画を実行しにくる前のことでした」

バンコランは手をのばしてデスクの下のほうの抽斗《ひきだし》を開け、ルイ・ロデレールのハーフボトルの空壜を出した。

「ゆうべ、ジャン＝バティスト・ロビンソンが教えてくれたのですよ。特に間違ったことを言った時にね。このボトルに何かを仕込むために、何者かが底を切った後で元通りにふさいでいましたね。密造酒全盛期のアメリカで横行した密造業者のからくりに倣《なら》って、酒のすり替え後にガラス底を高熱で溶接し直したのではないかとジャン＝バティストは思っていました。そういう可能性はありますよ。ですがそれでは金をドブに捨てるようなものです、十中七はボトルが破裂するのがオチですからね。実際には膠《にかわ》のような透明で手軽な接着剤が使われていました。それでも、ジャン＝バティストの意見に与《くみ》する人はかなり多いらしい。茶のレインコートの男もやはりその口でした。熱を加えたのです。化学をはじめ諸事一般に驚くほど知識のないやつですが、呆れるほど器用でしてね、自分ではどんな難題でも何とかしてみせると思っていました。

最初の難題は、あの小さなシャンパンのハーフボトルに、何であれ入れることです。そうせざるを得なかったのは、ローズ・クロネツひとりの時に確実に飲みそうなのはそれだけだったからです。シャンパンを抜栓して中身をいじったり詰め替えたりすれば、気が抜けます。どの程度抜けるかは、開封時間の長さによります。茶のレインコート君は小細工した壜に、本来ならば炭酸ガスからなる『泡立ち』を人為的に仕込まなくてはと考えました。そうして入れたのは重炭酸ナトリウム、ふつうの重曹という強アルカリでした」

ラルフはマグダの椅子の背に片腕を回して、不思議そうにバンコランを見ていた。

「なるほど、だけどそれが何か？」ラルフは詰問した。「おれだって、そんなものを混ぜたらあんまり飲み心地がいいとは思わないよ。だけどシャンパンと重炭酸ナトリウムを一ガロン飲んだところで死にゃしないだろ？」

「それはそうです。ですが、肝腎なのはそこではありません。大事なのはその次に入れた成分です。そしてそれが」――バンコランはカーティスを見た――「あなたがさきほど言い当てられた通り、三百グレインの抱水クロラールでした。とんでもない量で、全部飲み干していたらローズはひとたまりもなくあの世行きですよ。ですが、まるまる一本飲み干せないのは織り込み済みでした。味が独特なので、一杯飲めば原因がわからなくてもローズは変に思うはずです。最初の一杯でうまく眠らせられる量を按配しなければなりません。あの男はローズを眠らせる、ただそれだけを望んでいました。

その上で、あのボトルに細工をしたのはへそまがりな悪魔です。この事件全体を通して動いていたのはへそまがりな悪魔です。何が起こったか、まだおわかりでない？　昨日、別宅の寝室で、マビュッスがそっくり同じ実験をしてみせたでしょう。携帯道具一式で実演しましたよ。そら」バンコランはあの大袋を開けた。「メモがあります。この場合はティースプーン一杯の重炭酸ナトリウム $NaHCO_3$。それに三百グレイン、つまり三分の二オンス以上の抱水クロラール $CCl_3\text{-}CH(OH)_2$ですね。それらに加えてボトル密封時に強く加熱すれば……」

バンコランはメモをデスクに投げた。椅子にもたれて人の悪い笑みで形相を一変させる。「茶のレインコートの男は大した詩人ですよ」と熱をこめる。「意識せざる万能の毒殺者です。この錬金術師のボトルによって、自分でもつゆ知らずに、青酸に匹敵する致死性とほぼ同等の即効性を持つ薬物を仕上げたのですからな。ボトルが揺さぶられて重炭酸ナトリウムによる泡があふれ出すや、ローズ・クロネッツは――ケチなので――なるべくむだにしないように、がぶ飲みしました。それに気を取られたおかげで、酒の表面にたまった物質の喉を灼くような味に気づきそびれました。ピストル、カミソリ、短剣、薬の錠剤という四つの凶器がこの事件に登場しましたが、どれもこれも偽物です。ローズ・クロネッツを殺したのは、おのれのがめつさです。ミス・トラーがあの化粧室に入ってくる一、二分前に、彼女は二百グレインからの純粋な液体クロロフォルムを飲んでいたのです」

第十六章　化粧テーブルのできごと

バンコランはやや真顔になった。「あなたが吐きそうになったのはその臭いでしたね、ミス・トラー。鼻につく臭気が朝まで残らなかったのは、化粧室の隣の部屋では窓を開けていたおかげで、死体そのものは最初からほとんど臭わなかったでしょう。私の考えでは、液体クロロフォルムを飲ませて毒殺した記録はほかに一例だけです――一八八六年ロンドンの名高いトマス・エドウィン・バートレット事件で、殺人罪で法廷に引き出された妻は無罪放免になりました。このバートレット事件での外見的特徴と申しますか、むしろ特徴に乏しい点がローズ・クロネッツ事件そっくりです。バートレットの医者の所見では」メモに指を走らせ、『口に臭いはなく、顔は青ざめているが自然な表情。苦しんだ様子は皆無』当初の診断では動脈瘤が死因となっておりましたが、これはローズ・クロネッツ事件でまず失血死と思われたのと同じです。

外見上はこの見方を否定する材料はほぼありませんでした。しかし一度われわれがほかの死因を疑うに足る根拠が出てまもなく、昨夜行なった胃の分析があの愉快なシャンパンボトルの成分を洗いざらい教えてくれました。それにしてもローズ・クロネッツはツイていましたな。あっさり極楽往生ですから。たとえクロロフォルムに喉を灼かれようと、茶のレインコートの男が彼女に用意していた趣向に比べれば、ものの数にも入りません。実際にローズに何が起こったかを発見するや、やつはさだめし悪態をついたでしょう」

「そいつ、何をやる気だったんだ」ラルフが食い下がる。

バンコランは考えこむような様子で、「私の考えが正しければ、あなた方には思いもよらないほど不快な仕打ちです。前にも申しましたが、改めて申し上げます。あの男を逃すわけにはいきません。なんとしても」

「一向に進展がないな」ラルフがうなった。「これまで以上に見つかりそうもないじゃないか」

「そうお思いですか？　私は満更そうでもないと思いますが」バンコランの目に薄膜がかかった。「ですが、これで犯人捜索の指針は立ち、的外れの恐れはなくなりました。ここまで微に入り細をうがってわざわざご説明したのは、あなた方の頭を冷やすのに時を要したからです。ミス・トラーにはうまくすれば多大なご協力を仰げそうですね」

マグダが小声で言った。「わたしがやったことだって充分に不快じゃないの？　やめて、ラルフ、別にあなたをじっくり眺めようなんて思ってないから、うつむいて床を見なくてもいいわ。皆さん、びっくりするほど寛大にしてくださってるし、角と尻尾をはやした恐ろしい探偵さんは、わたしには勿体ない寛大さで接してくださる。でもね……」

明らかに、ラルフはタイヤに空気を入れるように場の景気づけを試みていたが、同じぐらい不快をおもてに出していた。しばし頭から追いのけていた、ある考えが戻ってきたらしい。

「くだらん」と息巻く。「たわごともいいところだよ、君。だって心配することなんか何もないんだから、なにひとつ。要するに肝腎なのはこれだけだろ、結局、君は実際に手を下してないんだ、そうだよな？」

「んもう、あなたったら」マグダはひどく物憂げに、「ギロチン行きにはなりそうにないわね、そういう話なら。肝腎なのは、手を下さなかったとかいう話じゃないの。自分がやった、あるいはやろうとしたことが問題なのよ。皆さんがどうお考えかはわかってる。この席で身がよじれるようだったわ……誰かの口から動脈とか腕とか血なんて言葉が出るたびに。なのに変ね、罪悪感がちっともないの。かわりに何かさもしいまねをした時みたいに、ひたすら恥ずかしくていたたまれない。そして皆さんは内心こう考えていらっしゃるのよ、『この女があのピストルを取って女を撃ってくれさえしたら——どうせ頭に血がのぼってたんだ、スカッと一発で仕留めてくれたら——そのほうがなんぼかスッキリしたよ。こんなふうにどんどん泥沼化する事件にしやがって』オエエッ！」すり合わせた両手をパッと払ってみせる。「あなた方の本音はそれでしょ。わたしは一人前の人殺しにもなれない、本物の人殺しなら犯行をまっとうしてからにっこり見上げて、そんなことはしておりませんと誓うだけの度胸がありますものね。ねえ、パパ・バンコラン、もしかしてフランス風に顔を隠す喪のヴェールをお持ちじゃないかしら？このままおめおめと帰宅するのも、四方を囲むこの壁から外に出るのも嫌です。途方もなく長い長い余生を、誰にも顔をさらさずに過ごせれば本当に嬉しいんだけど」

「なあに、大丈夫さ」ラルフが言い張る。「だけど嫌でも認めなくちゃな——その——なんだ——」

そこでリチャード・カーティスの自制心はふっ飛んだ。

「あなたが何をしたとか、しなかったなんていったい誰が気にしますか？　分別ある男なら、天寿をまっとうするまで、あなたのお顔を眺め暮らすのが本望ですよ」

この人物の口からこのような感情が、しかもすさまじい率直さで飛びだしたおかげで、他の者は絶句してしばらくカーティスの顔を見ていた。壁にかけた絵が口をきいたら、ちょうどこんな感じだったに違いない。カーティスは次の瞬間、決まり文句で言うと自分の舌をかみ切ってやりたくなった。実際に舌を歯に押しつけ、首筋からかっと熱いものが上っていく。マグダはその様子をすばやくうかがい、目をそらした。

「ハ、ハ」ラルフが自信なさそうに、「さすが弁護士、口がうまいな。それで、どこまで話したんだっけ？」

バンコランの顔はみごとに晴れ晴れとしていた。マグダは飲みかけのブランデーのグラスをまた取り上げて答えた。

「わたしに何か尋ねようとしていたでしょ。覚悟はしてるわ。今更、理由をつけて引き下がったり、嘘をついたりするわけにもいかないものね」ためらった。「それに、わたし、少しはお役に立つと思うわ、この一件から充分距離をとることができればだけど。でもわたし、自分には助けを求める資格はないと思うの」

「だめなのか？」

「あなた、本気でわたしがうまく抜け出せたとでも？　それとも自分がその気になれば、いくらでも助け出してやれるってわけ？　違うわよ、それはそれですごいことだし、本当にありがたいわ。でもね、あなたがあの女を殺した真犯人を探し出したら、彼女の腕の切り傷について世間に説明しないわけにはいかないでしょ。さっきも言ったけどギロチン行きは免れるかもね。でも、それ以外にどんな目に遭うかぐらい、およその見当がつくじゃない。あのね、泣き言を言ってるんじゃないの。苦杯は黙って飲み干すわよ。でも法を曲げるのは……」

「あのね、お嬢さん」バンコランが本当に優しく言った。「私は時と場所と手段を選ばず、好きなように法を曲げられますよ。これまでも時と場所と手段を選ばず、好きなように法を曲げてきました。これからもう一度そうするつもりです。さしあたっては、私事としてこの件を忘れてください。そしてもしもお気が向いたら、どうしても話すべきことを話してください」

「まずはあの臭いですけど、今思えばあなたのおっしゃる通りね。あれはクロロフォルムよ。だけどあの時は思い至りませんでした。てっきりあの女がエーテルをやっているんだとばかり。ご存じでしょ？　女でも酩酊《めいてい》目当てでエーテルを吸引する人はいます。それもあって、彼女に反感を覚えたんですけど。第二に、こうなるとなにもかも時間が問題みたいですから――その、オルタンスが話していた茶のレインコートの男の到着時間が……」

「ああ！　そこがおわかりでしたか」バンコランはもどかしさを抑えることができなかった。

「それで？」

「それでね、おかしいのは、オルタンスが話した時間がすべて、ばかばかしいとしか――」

「まったく間違っていると？」

「いいえ、おかしいのはあれが全部、寸分の狂いもなかったことなんです」マグダは夢遊病者じみた独り合点をしながら答えた。「あれほど目が悪いのに、オルタンスは驚くほどよく気がつくのか、さもなければ恐ろしく勘がいいのね。つまり犯人は、まさにあの女の話通りの一時十分過ぎに別宅に来たんですよ。それまで誰にアリバイがあったにせよ、あのド・ロートレックとかいう人や気の毒なラルフさえ、こうなるとアリバイが十倍強力になりますね。わたしは犯人がその時間に着いたと知っています。だって、自分自身が時間に気をつけていたんだもの。それに——その男を見ました」

バンコランはデスクを掌《てのひら》で叩くようにして背筋を伸ばした。一同ちょっと飛び上がるほどの音だった。そのバンコランの形相を見て、この人が飛びかかった獲物の悲鳴が聞こえる場所には居合わせたくないとカーティスは思った。

「無分別もたいがいになさい、ミス・トラー」という。「この期に及んで私に嘘をつくとは」

マグダは青くなりながらも覚悟をのぞかせた。「そう言われるかもしれないとは思っていました。でも、本当です。誓って嘘じゃありません！　人もあろうに、あなたに嘘をつくいわれがありますか？」

「それは追い追いわかりますよ。いささか趣向を変えましょう。私の質問に答えていただきますよ。昨夜、あなたがホテルを出たのは何時でしたか？」

「十二時二十分ごろです」

「その時、母上はどちらにおいででしたか？」

「いびきをかいて寝ていました。ドア越しに耳をすましたので知っています。まさか、あんなたわごとをまだ本気になさって……？」

「別宅の門の道路をへだてて向かい側の生垣に、まじめな警官が酔って寝ていました。夜中の何時ごろかはわかりませんが、ふと目が覚めた拍子に、門から出ていく女を見かけたのです。この警官エルキュールはコニャックで泥酔しており、証言もあてにならないという見方はできます。そうであっても、背の高い女だったと証言しているのです。そうすると誰であれ、あなたをそんなふうに見間違えるはずはありません。そこで、さきの要点に立ち戻ってよろしいでしょう。あなたが別宅に着いたのは何時でしたか？」

「半時間もかからなかったはずです。道路がそれほど混んでおらず、車をひたすら飛ばしましたから。まあ一時十五分前には着いたでしょうね」

「別宅を見つけるのに苦労しなかった？」

「ええ」マグダが唇を嚙むように口を動かした。「あの家には興味がありましたでしょ。それで一ヶ月ほど前のある日、ひとりでドライブした時に見つけておいたんです」

「車はどこに置きました？」

「別宅からすこし離れた小径に」

「ボワシー寄りですか？」

「いえ、反対方向に」

今のバンコランからはさっきの優しさが消えていた。淡々とだが、矢継ぎ早に質問を続ける。

「それから灯を見かけて、バルコニーへまっすぐ上がったのですね？」

「そうです。静かに入ろうとしたんですけど、化粧テーブルのあの鏡で彼女に見つかったんですね。ちょうどあの薬を多量に飲んだばかりで、ずいぶん臭かったわ。わたしを見て、何やらわけのわからない外国語でわめきだしました。フランス語でも英語でもなかったわ――」

「ポーランド語ですか？」

「かもしれませんね。わかりません。さっき話したように、あの女が無茶飲みをした挙句に、酔払うためにエーテルまでやっているのかと思ってしまって。彼女は抽斗《ひきだし》からあの短剣を取り出したとたん、化粧テーブルの脇にばったり倒れて、あのベージュピンクの部屋着姿でごつい手足をぶざまに広げて大の字になりました。わたしは化粧テーブルによりかかって見おろしていました。テーブルにボトルとシャンパングラスが出ていたのを覚えています。それから大声で彼女に話しかけ、最後にこう言ってやりました。『これからどうなるか知ってる？　浴槽に入れて体中の血を絞り取ってあげるわ……』その時です、頭に血がのぼって目がくらみだしたのは。世間では、ちょっと正気を失うといっても、身体的なものではないと言いますね。つまり、自制はできないけど、自分が何をしているかはわかるんですって。でも、わたしは違いました。ご存じかしら、浴室に彼女を引きずりこんだ記憶が全然ないのよ？　浴室があったのも知りませんでした。次に記憶にあるのは、片手にタオルと短剣をつかんで浴槽のふちでローズの上にかがみこんでいたこと。その時――さっきも言ったように――吐きそうになりました。それから出血を止めようとしました。でも、手遅れでした」

バンコランは興味をもってマグダの話に聞き入った、というのは、いくらなんでも控えめ過ぎよう。熱心に身を乗り出し、是認とも、安心とも、推理が証明されたとでも言うような態度だった。

「気味の悪い細部は省きますね」と、不意にマグダが言った。

「だめです。いや、それだけは絶対にやめてください。おわかりでないかもしれませんが、その気味の悪い細部こそが大事な点なのです。続けてください」

マグダが驚くほどの剣幕だった。「とにかく大した話じゃないんです。わたしは――洗面台に行って、自分の顔に水をかけました。そこで自分のしでかしたことを悟り、氷を浴びせられたようになりました。もちろん、指紋のことは誰でも知っています。あの浴室をタオルできれいに拭きにかかり、指紋を残らず確実に消しました。腕時計を見ると、一時を五分過ぎています。その間のことはほとんど記憶にありません。どこでそんなに時間を食ったのか、考えもつきませんでした……」

「どこでそんなに時間を食ったのか？」

「そうです。別宅に着いたのはせいぜい一時十五分前ぐらいでしょう。そしてとにかく、二十分近くはあれで――ね。指紋の残っていそうな所を探して室内を見渡しました。あの自動ピストルまで拭きました。どうしてかしら。だって、あれは持って帰るつもりだったのに。そしたらまた原因不明の頭の混乱があって、置き忘れてしまいました。こんなの、すごくばかばかしく聞こえるに決まってますよね。子供でももう少し分別がありそうだとお思いになるんじゃないかしら。でも、誰だってそうなるんじゃないかしら……自分はそうだったから。すると今度はね、時のたつのが速くなるんじゃなく、鈍ったという気がしました。それでもなんとか頑張って、やれるだけのことを一時十分過ぎまでに全部すませました。続き部屋の灯を全部消してから、またバルコニーの階段をおりました。その時でした、あいつを見たのは」

「あいつ？」

「おなじみ、茶のレインコートの男よ」マグダは疲れたように答えた。椅子に沈みこんでアームを握りしめると、天井の隅を見上げた。「もちろん、誰かは知りませんでした。ひょっとするとわたしの立てた物音を聞いたか、怪しいものを見たかして調べにきたのかと不安になりました。でも、それが誰であれ、どことなく嫌な印象でした。

ちょうど階段の下にたどりついたところで、青みを帯びるほど冴《さ》えた月の光でよく見えました。でも、わたしの立つ場所は、砂をまいた車道の半ばまで伸びた別宅の影の中でした。車道を縁取る芝生が左右に広がり、その向こうは高い木々です。男は車道の門から別宅に向かう途中で、木陰の細長い芝生を歩いてきました。初めはレインコート、それから帽子と、不格好な長いあごが見えました。確かなことがひとつあります。これまで見たことがない人でした」

「たとえ変装でも？」

「たとえ変装でも」マグダはきっぱり言い切った。「その男は歩き方も、身のこなしも違っていたの。背はラルフぐらいね。きれいに顔を剃って、いわば練り粉みたいに、のっぺりした顔でした。どうしてその男の顔を気持ちが悪いと感じたのかは自分でもわかりません。だって見苦しいわけじゃなかったんですもの。そうとしか言いようがないの。帽子のつばをおろしていました。立っているわたしに気づかずに通り過ぎました。そして——わたし、走って逃げました。それでも、朝になってもなぜ別宅に引き返したかはおわかりですね。たとえ、あの場で逮捕されることになっても、事情を知らずにはいられなかったんです。これで知っている限りのことを残らずお話ししました。もう帰ってよろしいですか？」

バンコランは椅子を押しやって立った。窓辺へ行ってシテ島の周囲をとうとうと流れる急流をじっと見おろした。ふたたび振り返った時にはベネディクト・トラー夫人なみに高い鼻をつまんでいて、それから安心したように両手をこすり合わせた。

「いいえ」と言う。「帰ってはいけません。どうするか申し上げましょう。ラルー・レストランへ行ってください。あの店でいちばん上等な昼食を注文するんです。私もなるべく早く合流して勘定をもちます。あなたのおかげで、実にいい勉強になりました。自分の直感と良識を疑うなという教訓になりましたよ」

ラルフは疑心暗鬼を顔にうかべて、ドアの鍵を開けていたが、そこで振り返った。

「こんなの、もうたくさんだ。お祝い気分のやつがいるとでも？　自分の直感と良識なら、あんたはずっと前から信頼してたじゃないか？」

「いいえ。たとえば、その二つが教えてくれるのは、知られているすべての事実と科学的な思考パターンには反しますが、ごらんのお嬢さんには他の女の腕の動脈を切り開くような計画的犯行などできるはずがないということです。事実がそう明示していても、信じられませんでした。お嬢さん自身がそれを認めてさえも、鵜呑みにできませんでした。そんな考えを思いつく可能性はありますし、事実そうなさいました。ここでご注目願いたいのは、お嬢さんが声に出して脅した、という事実です」

「だから何だってんだ?」ラルフが大声を上げた。「ローズ・クロネッツはマグダの声が聞ける状態じゃなかったんだぞ」

「そうですよ」とバンコラン。「ですが、誰か他の者には聞こえました。つまり真犯人にね——ミス・トラー、ひとつずつあなたの罪を晴らしますから、ぜひともご辛抱を。これは予想外で、もしかするとショックかもしれませんね。でも、ローズの腕の動脈を切ったのは、あなたではないのですよ。彼女が化粧テーブルの脇に倒れてすぐに、あなたは仕事に取りかかったと思っておられますか?」

「もちろんそうよ。わたし——ぐずぐずしたりしないでしょ、あれほど憎んでいたのなら?」

「たぶんそうでしょう。でしたら彼女はすぐ死んでいたでしょう。液体クロロフォルムは意識不明になるのがとても速いのでね。絶命さえあっという間で、ほんの十分か十五分です。ですが、あなたご自身がそうおっしゃり、しかも思いこんでいる通りにすぐローズを襲っていれば、とどのつまり、死因は失血によるものだったでしょう。ところがそうはなりませんでした。死因はクロロフォルム中毒です。そこに、あの奇妙で不可解な二十分近い空白が生じ、あなたはその間の説明をまったくできない。何をしていたかという意識もないのですからね。よろしいか、この空白は急な精神錯乱によるものではありません。前後見境なくなって惨殺に及ぶような人間にそんなことは起きません。かぼそい体で家庭内の葛藤に神経が疲弊した人に見られる症状で、しかもその人はクロロフォルムの蒸気が充満した小部屋にいました。そして意識不明の女に話しかけながら、クロロフォルム入りの器がふたつも載った化粧テーブルにもたれていました。この蒸気は、かりに——たとえば——別の部屋に移されれば、すぐ消えてしまいます。気がつけば、あなたはいつの間にか短剣を握り、腕にひどい切り傷のついた女の死体の脇に膝をついていました。

死体の切り傷は、あの器用な正体不明の男のしわざですよ。レインコートと帽子でおなじみのあの男です。ローズ・クロネツがクロロフォルムで死んだのはやつの想定外で、殺意はありませんでした。別宅に到着してみれば女がひとり死に、もうひとりが蒸気を吸いこんで意識を失いかけていました。男はこの殺人をあなたに押しつける好機とみて、あなたにそう思いこませさえしました。そのためにあのいまいましいシャンパンボトルを盗み出し、邸内の敷地に埋めて隠したのです。それからカミソリと給仕テーブルで、派手な小細工をでっちあげにかかりました。ちょっと考えれば誰でも気づくでしょうが、一見すると狂気じみたあのカミソリこそが実は事件全体の鍵なのです。私はぎりぎりの土壇場でようやく気づきました」ここでラルフに向いた。「ダグラスさん、あなたは『昔日《せきじつ》の盲人亭』で何時間も過ごされましたね。その盲人とは私のことですよ。ミス・トラー、あなたは心おきなく祝杯をあげに行ってください。あの女には傷ひとつつけていませんよ。われわれはぐるっと一周して、ある服装の人物に戻ってきました。私がやつを仕留めたあかつきには、赤い輪飾りも首につけてやりますよ」

マグダとラルフとカーティスは、いささか眩暈《めまい》を覚えながら通りへ出た。暖かい日ざしがあふれ、いつも通り車が行きかう街の眺めに三人とも驚く。

「なんだ、また一時五分過ぎじゃないか」ラルフが時計を見ながらぶつくさ言う。

「わかるわ」とマグダ。「土曜の夜のわたしがそうだったから。三人とも知的なクロロフォルムで頭がどこかへ飛んじゃったのね。でも、こんな目に毎日遭うのはごめんだわ」

「あのな、マグダ――」ラルフが言いかけてちょっと赤くなった。そう言ったとたんに三人ともとうてい何も言えない雰囲気になった。ラルフの考えていることはめいめい読みとれたし、それを口に出すまいとした。

「騒ぎはごめんでしょ?」マグダが落ちついて尋ねた。「なら、もう何も言わないで。ひとことだってだめよ、さもないと往来でわたしが泣いたりわめいたりするのを聞くはめになるからね。もう行きましょ、あのおっかないけどゾクゾクするおじいさんの言う通り、パリ中のワインを開けておひるにしましょう。それがすんだら眠りたいわ」マグダが自分を一度も見ようとしないので、カーティスは妙に憂鬱をおぼえた。それでもまるで彼女の手に触れてでもいるように、その人柄ははっきり感じとれた。「それでもいいことがひとつあってよ。今度のことでショックには慣れたわ。どん底は抜けたわね、少なくともわたしは。苦い水やらおかしな水やら、一通り味見させられて、もう何があっても驚きようがないわ」

そうでもなかった。例えばマグダは、時を同じくしてアンテリジャンス紙のジャン-バティスト・ロビンソンが仕込みにかかっていた手榴弾をまったく知らなかったのだ。

第十七章　「どんぐり丘のそば」

宵闇迫り、夕映えの紅が褪《あ》せゆくころ、カーティスはブローニュの森で「太子別館《パヴィヨン・ドーフアヌ》」の木陰に休んでいた。気分が落ち込み、少しだけ寂しさが身にしみていた。マグダやラルフの昼食には同行しなかった。こういう時だから、水入らずにしてほしいだろうと気を回したのだ。あとは必要以上にあの娘のことばかり考えているのを自覚したからでもある。さらに、よんどころない仕事があった。その内容はジャン＝バティスト・ロビンソンの行方をつきとめ、ラルフが後先なくしゃべったトラー夫人についての不用意な話を、その日の夕刊に断じて載せないように釘を刺すというものだった。

ようやくジャン＝バティストを捕まえたのは、おかしなことに当のアンテリジャンス紙の社内だった。その時でさえ、凶行目的の来社ではないと守衛を納得させないと入れてもらえなかった。数週間前にジャン＝バティストが論理的分析をしたら、拳銃を持った紳士が社に乱入してきたらしい。「デュパンさんは急な中国出張中ですという話をなんとか納得させたら、そのいけ好かない男がどうしたと思います？　冷水器めがけて発砲しやがったんですよ。真実に奉仕するのも楽じゃありませんや」

しかしジャン゠バティストは誠心誠意らしき態度で、トラー夫人に対するダグラス氏の発言を引用するつもりはないと誓った。信じないわけにいかない。さも心外なといわんばかりだったのだ。曰く、いくら英国でも未来の姑《しゅうとめ》の性格や経歴について、男がはっきり意見を述べたところで、まさか特ダネにはならんだろうよ。ひとまず引き揚げたカーティスは、このこすっからい小男がどんな爆弾を隠していることかと思いながらも不安をおさめた。その後おいしい食事をしたのに、生まれてこのかたありえないほど鬱々となった。二日前には謎の貴人から謎の使命に思えたパリの冒険が、今ではただ退屈で遠いできごとになっていた。謎の貴人から謎の使命がくだるなんて夢見ていた以前の自分に、ほとほと愛想が尽きる。どこを向いてもマグダ・トラーの顔が浮かぶ。いっそロンドンが恋しいぐらいだ。

こんな気分で、手つかずのコーヒーグラスを木陰のテーブルに放置して、渋い顔で森を見渡した。まだ暗くなりきっていない。頭上に引っかけた電灯はまだついておらず、木の葉の一枚一枚を舞台装置さながらに照らし出してはいない。テラス席はがらがらだったので、ずらりと並んだテーブルのあいまに腕組みして立ちつくすウェイター四、五人が何だか砂漠の民みたいだ。まさにその時、カーティスは必要としていたショックを受けた。

「見えてるぞ」カーティスは声に出した。「見えるはずもないやつが」

だが、見えていた。木陰から突き出ていた山高帽と顔の一部がそっと引っこんだ。カーティスは厳しい手つきで合図した。相手はためらった。それから腹を決めたらしく飛び出して、せせこましい内股で近づいてきた。

「こんばんは、カーティスさん」ジャン‐バティストはばか丁寧に帽子を取り、頭を下げるというよりむしろ尻を突き出すようにした。

「こんばんは、ロビンソンさん。もし私が劇場支配人なら、あなたに『真夏の夜の夢』の役をどれか振りたいところですよ」カーティスの気分がやや上向いてきた。「同時に二ヶ所に姿を見せるその能力を使えば――教えてください、あの殺人犯はあなたじゃないでしょうね？」

ジャン‐バティストは明らかに毒気を抜かれていた。「ああ、ご冗談ですね」わずかに間をおいて言う。「おごらせてくださいよ、ムッシュウ？　いいですね。ウェイター！　ウィスキー・ソーダをふたつ」

「いやいや、ぜひこっちのおごりでお相伴してもらいませんと。ですが、これだけは教えてください。どういうわけで私が興味の的になったのですか？」

「興味の的ですか？」ジャン‐バティストはいちおう白ばくれたものの、ひどい困惑と罪悪感のあまり、口ひげまでちぢみ上がっていた。

「あなたみたいに優秀な新聞記者《ブンヤ》が出没するのはニュース種のある場所だけです。でも、私ではニュース種になりません。誰にとってもね、あいにくですが」

「今日の午後はバンコランさんに会ってないでしょう？」

「はい」

「ホテルにも戻っておられない？」

「そうです」

「どうも、何やら気がかりがおありのようで。お探しした理由はふたつありまして、カーティス先生」ジャン－バティストは得意満面で説明した。「第一は、アンテリジャンス紙にお目通し願うことで」コートに隠していた新聞を、ぱっと出してみせた。「今日の夕刊です。さ、お読みになって、おれが約束を守ったかどうかをご自身で判断してください。ムッシュウ・ダグラスがマダム・トラーのことで軽はずみな口をきいたのを、ひとことでも載せているかどうか、ご自身で判断してください。あの方がマダム・トラーをどう思っているか、（ここだけの話）おれがマダムをどう思っているか――はまた別の話でね。そっちはおれの分析をお読みくださいよ、読者の目をひくようにあのシャンパンボトルや、さる銃器許可証のことも入れてますんでね。ですが見ての通り、これで今日のニュースはいただきですね。でしょ？」

カーティスは見出しを一瞥し、思わず吼《ほ》えたけりそうになった。

三面記事だ。こうあった。

ラルフ・ダグラス氏

マルブル荘の殺人犯人を指名！

猛烈な告発！

アンテリジャンス紙の独占発表

マダム・クロネツの情人

リスト全掲載！

以下の通り！

ムッシュウ・レオン・コンシディーヌ、マルセイユ南仏銀行パリ支店長（一九二九―一九三〇年）。

セニョール・エンリコ・トレダス、有名闘牛師（一九三〇―一九三一年）。

ムッシュウ・ヘンリー・T・ウィザースプーン、アメリカの株式会社マンモス・ホテル社長、銀行業関係その他（一九三一年九月―一九三二年五月）。

ムッシュウ・ジョージ・スタンフィールド、トラー観光のパリ支店長（一九三二年五月―一九三二年十一月）。

ムッシュウ・ジョルジュ・フラール、無職、服役中とのこと（一九三二年十一月―一九三四年一月）。

ムッシュウ・ラルフ・ダグラス（一九三四年六月―一九三五年八月）。

ムッシュウ・ルイ・ド・ロートレック、ジャン・ルノワール国務大臣私設秘書（一九三五年八月―一九三六年五月）。

「やったのはこの悪人どものどれかだ、つきとめろ！」

目を輝かせ、震える声に熱意をみなぎらせてムッシュウ・ラルフ・ダグラスはフォッシュ街の自宅で立ち上がり、芝居がかってこのリストを指さした。続けて曰く――

ジャン‐バティストは得意そうに指で人名を数え上げた。「銀行家ふたり、闘牛師ひとり、有名実業家ひとり、国務大臣秘書ですよ」と宣言する。「なかなかのもんじゃないの?」

「そうですねえ、まったく」カーティスの声はうつろになった。「大使ひとりと牧師ふたりは見つからなかったんですか? なんともはや、これで損害賠償百万ポンドはかたいですよ」

「おおかたの情報はオルタンス・フレイが出どころでね、ほかの女中仲間にも紹介してもらいました」そこでジャン‐バティストは気づいたらしく、ぎょっとして言葉を切った。「お気に召しませんか?」

「思うところを遺憾なく述べるのは、難しそうだ。この新聞を地面に叩きつけて、上で踊り狂ってはいけませんか?」

ジャン‐バティストは目をむいた。「ですが、ムッシュウ、そりゃないでしょう! おれとしては――これのどこがいけないって? 続きを読んでくださいよ。ムッシュウ・ダグラスがあらゆる告発から姑をかばって堂々と見事な弁護(まあ、結局はニュース種ですがね)を繰り広げてるでしょ! これなら喜んでもらえると踏んだんですよ、おれは。だから書いたのに」

「あの姑は何かの罪状で正式に告発されていますか?」

「むろんはっきりとは、でも――」

「かりに私がパリ・ミニュイ紙かドラポー・ド・ナポレオン紙に声明を発表して、『ムッシュウ・ジャン‐バティスト・ロビンソンは二枚舌の泥棒で卑怯な裏切者である件を断固否定する』とでも言えば、むろんあなたは喜ぶでしょうね? それにこれらのお歴々が、情人兼殺人犯として自分の名前が挙がっているのを見て、何と言うとお考えですか」

ジャン-バティストはぐいと胸を張った。「彼らに言い分があるのなら、名誉毀損で賠償請求したらいい」

「誰に請求するんですか？」

「ムッシュウ・ダグラスだよ、当然でしょ。あの人が言ったんだから——」

「そうですか。何て言ったんですか？　そもそもその記事のとおりに話したと、私の目を見て誓えますか？」

「まあ、ちょっとばかり面白く色をつけたかもしれんよ。それくらいやらないと、せっかくのニュースがベタ記事なみの退屈な代物になっちまうことはよくあるんでね。だけど大筋は合ってるし、あの時朝食を出したウェイターが証言してくれるよ。完全なリストじゃないかもしれない。だけど、これだって大したもんだし、いざという時に使えるリストなのはあのウェイターが証言してくれるよ」そこで一息入れ、いきなり愛想と喧嘩腰の両方をかなぐり捨てた。それから身振りつきですがるように、「さあ見ろよ！　もう言い訳はしない！　丸腰だ。好きに蹴ったらいいさ。それでもこいつを見せようと希望をもってここへ来たのは、あんたに頼みがあったからで——」

「私だって丸腰だよ。頼みだって！」

ジャン・バティストは身を乗り出した。

「さっきも言った通り、おれが持ってきたニュースはふたつあるんだ。おれのつたない努力がお気に召さなかったのは寂しい限りだが、お次のやつはあんたも絶対に聞きたいはずだぜ。あんた宛の手紙をあずかってきたんだ」

「手紙？　誰から？」

「ムッシュウ・バンコランからだと信じる根拠があるよ、あの人は午後中ずっとあんたを探してたからな。この手紙はジロー巡査部長があんたのホテルにあずけたんだ。おれは顔なじみのホテルマンどもに、カーティス先生の居場所ならちゃあんと知ってるから届けてやるよと説き伏せたんだ。他にも手管を使ってね。だからさあ、どんだけ粘り強く、頑張り抜いてあんたを探し当てたか、わかってくれよ。こう言っちゃなんだが、おれの友情がなければ、この手紙はあんたには届かなかったかもしれんよ。あんたは女の子とモンマルトルへしけこんでたかもしれない。よくは知らんが、英国に帰っちまっても不思議はない。だから、今更あんたにひどいことを言われようと憤慨なんかするかよ？　手紙を渡さないなんてまねをするかよ？　しないね。そら、これだ」

カーティスはもう口を開く気もしなかった。手紙を手に取り、封を破った。どうやら手をふれた形跡はない。差出人はバンコランだった。バンコランの筆跡は大きな字のせっかちな走り書きだろうと思っていたら、たしかに大きな字だが、銅版刷りのようにきちょうめんこの上ない達筆だった。

　行方不明になられたようですが、まさか警察の警報を出したくはありません。もしもお望みでしたら、今夜のちょっとしたゲームを手伝ってくださってもいいですよ。ただし、この手紙がうまく間に合えばですが。ラルフ・ダグラスさんにもお願いしてあります。問題はふたつ、あなたはトランプがお好きですか、それと手持ちのお金がありますか？　もしも返事がノーでしたら、この問題はこれっきりご放念ください。もしも返事がイエスで、ちょっと面白い趣向をごらんになる気があれば、同封の名刺をお持ちください。紹介状がわりになります。十時半にド・ラ・トゥールセッシュ侯爵邸へおいでください。運転手に「ロンシャンのどんぐり丘のそばへ」と言えばわかります。ほかにもご存じの方たち、特にド・ロートレックさんが同席するでしょう。ド・ロートレックさんがどんな遊び方をしようと、あなたは思い切り派手に遊びながらお待ちになってください。

同封してあった訪問用名刺には「ド・モーパッソン伯爵」と印刷され、明るい青インクの手書きでこう書かれていた。「デアドラさま　ロンドンのリチャード・カーティス君をご紹介します、ご指定のどんな賭けにも応じるでしょう。なんでも、月曜夜のお客さまのために意外な趣向を用意しておられるとか。小生も伺えるとよろしいが」

カーティスは椅子に沈みこんだ。刹那、頭上の電球の束がぱっと明るく灯り、彼の心を照らし出した。まさに今の自分になくてはならない景気づけだ。不意に電飾もろともすっかり明るくなっている自分に気づいた。あの謎の貴人が謎の使命を携えて、ひょっこり戻ってきてくれたのだ。通俗小説にありがちな場面のあれこれと同時に、ごくまっとうな推論も脳裏をよぎった。これはまた、せっかちな若者たちをおびき出して、頭を一撃するビルマの強盗一味がエサに使いそうな手紙だなあと。まあ、そんな気遣いはなさそうだ。それに、一丁やってみてもよかろう。これほどおなじみの、気分を上げてくれる趣向もなかろう。金なら一万フラン持ってきている。ホテルはカーティスの事務所をよく知っており、頼めばいくらでも小切手を換金してくれるだろう。

そこでジャン‐バティストのおしゃべりに気づいた。

「ムッシュウ?」ジャン‐バティストは、煙草のカードをねだりにきた小僧みたいな口ぶりだった。

「この手紙の内容が知りたいんですね、図星でしょう?」

「素直に言って」貧乏揺すりしながら、「――そうだ。だって、それだけの働きはしただろ。ご記憶だろうけど、あの古狐からはネタを流してくれるって言質を取ってるし。なのにあれっきり、なしのつぶてじゃないか。あの古狐野郎が何をもくろんでやがるのか、教えてもらう権利はあるぜ!」

「いいですよ。読んでも構いませんが、ひとつ条件があります。一筆書いてもらいましょうか、あの記事は撤回する、ダグラス氏はあんなことはひとことも言っていないと――」

ジャン‐バティストは大声で憤懣をもらしたものの、「でもまあ、どうにか応じられそうだ」と折れた。

「――この場で二通書いてください。一通は私がもらいます」

さらにひと悶着あったが、カーティスは容赦なくペンと紙を要求した。行き先をこいつに知られても実害はない。いくらジャン－バティストでも、あの名刺なしではド・ラ・トゥールセッシュ侯爵家の厳重に閉ざされた門内に潜入するのは無理だ。それでも相手がなんだか不安そうなのはどういうことだろうか。

「あの古狐が何かもくろんでいると思っていますね」

「絶対そうに決まってるよ！」ジャン－バティストがテーブルを叩いたはずみで、ウィスキー・ソーダがこぼれた。

「だったら、トラー夫人への重大な疑いはもう晴れたんですね？」

「眼鏡違いはめったにないんだよ、ムッシュウ。かけねなしに言うが、おれの勘は当たるんだぜ。だけど友達《だち》のペピが探偵小説を書こうとした時に言ってたけどさ、勘頼みでやってると、あとでいろんな説明を迫られることがあってね。しかもあの古狐が何を疑ってるかはつかんでる。信じないかもしれんが、うちの情報網は警視庁内まで及んでるんだ。やつが誰を疑ってるのか知ってるかい？　女だよ」

カーティスはとっさに警戒した。またも名演技でひっかけて、マグダ・トラーにつながるヒントをまんまと引き出そうとする魂胆かという気がする、なにしろロビンソンとの掛け合いは、脂を塗った豚みたいにぬらりくらりと摑みどころがないのだ。どうやらその胸中を見透かしたらしく、相手はそっけなく言った。

「違うよ、あんた。残念ながら英国のご婦人じゃない。だったら話が楽だろうけど。フランス女なんだよ」

「フランス女！　じゃあ誰だろう？」

「誰だろう？」と、ジャン＝バティスト。

五分後、タクシーで森を抜けるカーティスのポケットには例の手紙と名刺、ジャン＝バティストの署名入り文書が入っていた。彼がつけてくる気配はない。手紙を読んだ時も特にコメントはせず、意気揚々ともがっかりとも読みとれなかった。座席で何やら思いつめた顔をして、どうやら一、二本のピンで衿《えり》にとめてあったらしい黒糸を指にまきつけている相手をそのまま置いて、カーティスは引き揚げた。

ひとまずホテルへ戻って腹ごしらえをすませ、夜会服に着替えて小切手を振り出す。これだけすませても、指定された時刻にさほど遅れずにド・ラ・トゥールセッシュ侯爵邸へ着けそうだった。時間に追われて考えるひまもなかったが、警視庁に電話してデュラン警部につないでもらい、あいまいな質問で訪問の約束が本物であるという確信を得た。何が起きているかは、デュランも知らないか、話すつもりがないようだった。カーティスは「ロンシャンのどんぐり丘のそば」までタクシーを飛ばす間も、同じくらいあいまいなある言葉を反芻していた。

人通りのない道路に高塀を立てめぐらしたこんなさびしいところがパリ郊外にあるなんて、びっくりさせられる。どんぐり丘自体は森林におおわれ、尾根に大きな屋敷がそびえている。土地勘のあるタクシー運転手に当たったらしくて、車をおりて最後の小道を歩きだしたら大声で道を教えてくれた。やがて森のただなかの平地に行き当たると、目の前に大きな塀があらわれ、門番小屋に今夜は灯がついている。

門を叩くとホメロスのようなひげの老人がランタンをさげて出てきた。ランタンの灯を頼りに無言で名刺を調べ、相変わらず無言で門を開け、カーティスを入れたあとで施錠した。いぜんとして夢遊病者を思わせる態度でうなずいてみせ、オーク並木の細道をあがっていけと言う。驚きも、不安すら感じなかった。ただし門をしっかり閉められると、なじみのない場所に閉じこめられたような気はした。幾重もの薄絹をめくって室内に分け入るようなものだ。こんなこと、考えるのもバカげているのだが。ゆくての屋敷の閉じた鎧戸の奥で、これから見る光景ならはっきりしている。こうして濡れ手に粟の事業を興したほどだ、ド・ラ・トゥールセッシュ侯爵夫人は諸事てきぱきしていて、すきのない中年美人だろう。招待客はほんの六人ほどでも、小さな黒い蝶ネクタイの支配人が控えており、ラウンジや、もしかしたらバーまであるかもしれない。

その予想は外れた。

それはいいとしても、豪奢な玄関ホールに通されてみれば、薄汚れて風通しが悪いのには驚いた。照明はピラミッド型に重なった白いガス灯で、明るさを絞ってあった。家具や厚い絨毯やカーテンのどれをとっても、六十年前の流行そのままだ。どこもかしこも手入れが行き届いていたものの、内装の金メッキもフラシ天もその時代からこっち、動かしてもいなさそうだ。おかげですこし暗いのを除けば、天幕か幔幕をめぐらした東屋《あずまや》に閉じこめられた感があった。動くたびに何かをうっかりはたき落としそうだが、何よりも目立つのはこの屋敷の静まりようだ。外界から隔絶した屋敷とはいえ、ここまでの静寂は何かに集中しているからだ。カーティスは家令に名乗ってあの名刺を渡し、ホール左の応接間に案内された。そこで歓迎を受けた――というか、飛びかかられた、と言ってもいい。

　ホールとよく似た室内の火のない暖炉の前で、女主人がカーティスを出迎えた。小太りの老婦人で、たるんだ肌、たるんだ首に厚化粧、黒のレースに大胆な衿ぐりのイヴニングといういでたちだった。それでも滑稽さはなく、ド・ラ・トゥールセッシュ侯爵夫人という名に恥じぬ貫禄だ。ほかに忘れられないのは、その黒い目からほとばしるけたはずれの活気と才気だろうか。集中しているように手を開いたり閉じたりして、獰猛な人なつこさで何にでも飛びついていく。その脇に控えるかすんだ眼の老人は、四角いあごひげを短く刈り揃えていた。

「カーティスさんですわね？」と侯爵夫人は飛びついてきた。名前の発音は英国風だ。ついで、かすんだ眼の老人を聞き取りにくい称号つきでカーティスに引き合わせた。「フィリップ・ド・モーパッソンのお友達でしたら、いつでも大歓迎ですわ。お目もじしたのはルトゥケ（北仏のリゾート地）でしたわね？」

「いいえ、マダム」

「それとも、ブルディヤック侯爵夫人のお宅でしたかしら？」

「そうではなさそうです、マダム」こうしたお歴々の名前をマシンガンのように浴びせられ、カーティスはちょっと戸惑った。

「イングランドの方ね？」

「はい」

「ロンドンのお生まれ？」

「はい」

「わたくし、アイルランド人です」意外にもマダムは英語で言うと、笑った。その笑いも同じ人なつこさのあらわれだ。使わないのでさびついた英語は、フランス語よりご無沙汰だったために、ぜんまい仕掛けのように彼女をいらつかせるようだ。「名刺の宛名をごらんになったわね――デアドラは、フィリップが勝手にそう呼ぶんですけど。亡き父は名高いオダウド一族（五世紀から続くアイルランドの名門氏族で、中世に王を輩出した）でしたのよ、あなたには見当もつかないほど昔のことね。わたくしは滅んだ七百七十七氏族の血筋ですの。いえ、フランス語にいたしましょうよ。では教えてくださいな、あなたは『幸運の女神』と真剣勝負をなさるほう？」

「幸運の女神には真剣にならざるをえません、マダム」そう言うカーティスの人生最高額の賭けはモンテカルロで無難な山に一、二ポンド張った程度だが、いまの答えは老夫人の意にかなったとみえる。

「すてきなお返事ね！　本当に上出来だわ！　気に入りました。そうこなくては。わたくしの友人の話はしましたかしらね……いえ、名前は出しません。それでは軽はずみになってしまう。でも、その方のことをお聞きになっていませんか？」

「いいえ、マダム」

「ではね、だいぶ前の話です。そのカジノの名も伏せておきましょうね。友人は新婚ほやほやで若い新妻を熱愛していました。ですが可愛いカードにもやはりご執心でね。そのカジノのテーブルに張り続けてずいぶん負けが込んでおりました。それでも幸運の女神が戻ってくるまで自重しようとはせず、あきらめが悪くてね。てこでもテーブルを動かないと奥さまは躍起になり、食事までそちらへ持ってこさせて、やはり負けてしまうの。まったく気が知れないと奥さまは躍起になり、旦那さまを動かすたったひとつの方法を思いつきました。カードに活字体でこう書いたのよ。『細君は貴公を欺《あざむ》いている！　これが信じられないならナンポルト伯爵を訪ねてみたまえ、彼に抱かれているから』それを旦那さまに届けるよう計らいました。友人はそれを読んで、すわ嵐かという剣呑《けんのん》なお顔になり、拳を握りしめて立ち上がりました。それからふと足を止めてね、『恋の不運はカードの幸運』とつぶやくのを胴元が聞いたそうですわ。賭け金を四倍にして百万フラン勝ち、翌日、その奥方に会ったこともないナンポルト伯爵に『感謝を込めて』とだけ書かれたカードつきでブランデーの大壜を贈られたんですのよ」

かすんだ目の老人が身動《みじろ》ぎした。

「そうですな、実に興をそそられます」老人はすかさず話を引き取った。「ですが、あのタレーランの噂ほどではない。誰だったかな（名前は忘れましたが）貴婦人がタレーランに熱を上げてね。臨終にあたって、宝石をちりばめた壺に自分の心臓を入れ、永遠に手許にとどめてもらおうとタレーランに届けるよう命じた。届いたのは、この恐るべき男が大負けしているさなかでね。一瞬の躊躇もなくその壺をつかむと賭け金がわりにテーブルに押しやった」ぜいぜいしながら含み笑いを洩らし、生き生きした顔をカーティスに向ける。「あなたなら、ストリップ・ポーカー（負けた者が服を一枚ずつ脱いでいく）もここに極まれりとおっしゃるかな？」

カーティスは場の空気を読んでお義理に笑ってみせたが、ふたつともいささか悪趣味な小話だと思った。そろそろ四方をうかがいながら、内心どうしたんだろうと思い始めた。今のはマダムが有望な客への景気づけに話す十八番なんじゃないか。だが、マダムの顔にあらわれた熱意には見覚えがある。ゆうべルイ・ド・ロートレックがツキの話をしていた時と同じ表情だ。また周囲をうかがいながら思った。仄《ほの》暗い白いガス灯が照らす、この金ピカの室内で、何が始まろうとしているのか。

「そういう方たちには遠く及びません、マダム――」

「まあ、見ておいで遊ばせ」と、マダムは破顔一笑した。

（おいおい！　手持ちはいくらあったっけ？）

「――ですが、ふだんマダムやお客人の皆様がなさっているのはどういう勝負かをお教え願えますか？　バカラでしょうね？」

相手はどうやらこの質問を待っていたらしく、飛びついてきた。

「でも、フィリップの名刺はご覧になったでしょ？　『意外な趣向』とありましたわね？」

「一味違うんですね？」

「特別仕立てですのよ」と、マダム。

「でしたら、ルールを存じているよう願うばかりです、マダム」

「ルールはご存じないですわ、ムッシュウ」重々しく言う。「でも、落ち度でもなんでもございません。ご存命の方で、この遊びをなさった経験者は皆無ですもの」

カーティスはなんとか驚きを出さずに相手を見た。マダムが完全に正気なのは見ればわかる。それどころか、この切れ者の老夫人は、大好きな娯楽を最後の一滴まで味わいつくそうとしていた。

「まあお聞きになって」と、手の甲のしわが伸び縮みするほど指を振りたてて説明した。「こんなふうに興奮する理由をご判断くださいな！　二百五十年もの間とだえていた賭博ゲームを復活させようというんですのよ。とうに滅んだ遊び方です。ルールさえご存じの方はまずいらっしゃらないの。ほこりだらけの大昔の記録を読みふける学者のひとりふたりがご存じなぐらいでね、読めさえすればああいう記録はまばゆい生の輝きだらけですわ。ね、教授《せんせい》？　でしょう？」と、ありがたそうに聞き入る老人に目配せする。「もしも今宵ここで、『六十倍で行くぞ《ソワサント・エ・ル・ヴア》』*1の声を耳にすれば、太陽王の宮殿以外ではお初ですわね。しかも聞くところによれば、世を挙げてその声に熱狂したとか。太陽王の宮廷に伺候した名門名族まで、その魔力にとりつかれていくつも破滅いたしました。ある意味、これは完全な運任せのゲームですの。つまり技術はまったくお呼びでなく、ただただ運命の女神のなすがままです。ムッシュウ・ド・ラ・ロートレックが昔の方々に対抗できるほどのツキをお持ちか、このさい見せていただきましょう。いま申し上げましたのはね、ムッシュウ、バッセといって、フランスでは王者の賭博であり賭博の王者でございますのよ」

部屋の一方の端で両開きドアが開き、家令が漆黒の緞帳《どんちょう》を寄せた。

「お客さま方がお待ちでございます、マダム」

＊1―(原註) soissant はフランス語の古風なスペルで soixante のこと。ルール原典にはこの綴りのままで残っていた。

第十八章　亡者のクラブ

教授《せんせい》と呼ぶ老人にエスコートされた侯爵夫人の案内で、まっくらな部屋に通される。粗い緑色ラシャのクロスをかけた長めのテーブルに、まっ白な下向きのガス灯がまばゆい光線を浴びせかけていた。人は多くない。光は部屋の隅にまで届かず、したがって人数は見定められなかった。簡素なテーブルとは対照的に、椅子はこの屋敷の様式に則《のっと》ってふかふかの詰め物に、ひだつきのフラシ天を張り、壁面には武具一式がかかっているらしい。足音がまったくしないのは厚い絨毯のせいか、さもなければ競技開始前にも似た、期待をはらんだ静寂のせいだろうか。

最初にカーティスの目をひいたのはマグダ・トラーとラルフ・ダグラスで、マグダは肩を出したイヴニングドレスだ。ラルフはカーティスが来て心なしか安心したようだった。ただし、二人とも彼を見分けた様子をはっきり顔には出さなかった。緑ラシャのテーブル（椅子にくつろぐお客にも見渡せるように低め）の向かい側には福々しい老人が品よくおさまり、小型手帳になにやら書きつけていた。やや後方の長椅子には声をひそめた老婦人のふたり連れ。もっと奥にド・ロートレックらしき人物もいた気はするものの、断言はできない。

侯爵夫人が客のひとりひとりに飛びついて挨拶に回る間に、カーティスはマグダとラルフのほうへ向かった。二人はサイドボードの脇に立っていた。知り合いだととられてもいいかどうかはわからなかった。それはあの古狐がもくろむ気まぐれな計画次第だ。ただし知らん顔をしろという指示は出ていない。どちらかといえば、バンコランの手紙から受けた印象はむしろ逆だ。かすかに音をたてるガス灯から、ほのかにむっとする臭いがした。ゆらゆらした光線が、ラルフのシャツの胸を照らしている。

話しかけてきたラルフは腹話術師もどきに口を動かさず、いかさまでもしようという時につきものの、そわそわした挙動不審な感じを漂わせていた。

「どうなってんの？」

「さあ」カーティスもつられてそわそわする。「それを尋ねようとしていました。なにしろなんにも聞かされてなくて。バンコランは？」

「ここにはいない、としか。さもなきゃ、いないみたいだ、かな。でも、ちょっと前には絶対――」そこで言葉を切って、「なにやら進行中なのは確かだ。おれへの指示はこれだけさ。遊んでこい、できればド・ロートレックを相手にしろ。ところで、やつはこの場にいるよ、挨拶はまだだが」

「ああ、そういえばあっちの暗がりにいたみたいですね。ツキを当てこんで、やる気満々です。ここは、これまでにも？」

ラルフの目が泳いだ。「いや。いわゆる〝若向き〟の賭博場じゃないからな。ただしこれだけは噂に聞いてる。ここは病膏肓《こうこう》の賭博マニアと玄人筋の殿堂なんだよ。リューマチになって耄碌《もうろく》すればするほど、さらに見境なく血道をあげる連中の。ジョニー・セインクレアに言わせれば『亡者のクラブ』だとさ。だがな、そんな亡者連中がひとたびゲームを始めるや、鬼気迫るような賭けをやらかすらしい」また目を泳がせ、他の客を指さしてみせた。「あのおとなしそうな手帳のじいさん、な？　あれはポール・ジュールダン、フランスで七、八番あたりにつける富豪だけに、一般向けのカジノで人目に触れたら大ごとだ。むろん、きみは分相応に遊んでくれればいい。所詮はよくある小さい社交場だから。あっちの女ふたりの片方は知らんが、もう一方はリヴィエラで羽振りのいい本職の賭博師だよ。年季の要る賭けならたいてい一流にこなす女だが、今夜のはひたすら運任せの勝負らしい。ま、それならおれ向きだ」身体の向きを変え、サイドボードの端に両手をおいたラルフのこめかみには太い筋が脈打っていた。「考えに集中するなんておれの柄じゃない。誰かをとことん挑発してやりたい……。だからな、マグダ。むやみな口出しは控えてくれ」

「わたしへの挨拶がまだでしょ」マグダが間に入って、じっとカーティスを見つめた。カーティスはなにくわぬ顔で挨拶した。「むやみな口出しなんか、する気もないわ。お好きなように。どんな賭けかもまだ全然わからないのに」

「両替所はどこですか？」とカーティスが尋ねた。「チップ方式でしょう？」

「そうだよ。ここの執事だかなんだかに聞きたまえ。あ、ちょっと待て！」とラルフ。「女主人からひとことあるぞ」

ド・ラ・トゥールセッシュ侯爵夫人はテーブルの上座にやってくると、卓上に二本の指をおいて立っていた。ずんぐりした姿に、緑ラシャに飛びつく気配は今のところない。貪欲と背中合わせの貫禄でどっしり構えていた。

「紳士淑女の皆様《メダム・メッシュウ》」カラス顔負けの塩辛声ながら物言いはしとやかだ。「これよりご賛同の上で、過去の亡霊たちなら褒めてくれそうな勝負を復活させたく存じます。バッセ大流行の時代について、ここでお話しするつもりはございません。十七世紀のカード賭博のごたぶんにもれず、ルールは単純至極で二分もあればご理解いただけます。わたくしといたしましては手順をひととおりご説明かたがた、胴元に多大な利点があるむねを前もってご注意申し上げたく存じます*1」

侯爵夫人が指を鳴らして合図すると、家令の手でその傍らに並べられたものがあった。封を切ったカード何組かと、銀、金、黒の各色を取り合わせた丸いチップ一式。熱くぎらつく白い灯のもとで、派手に厚化粧した侯爵夫人の顔がやけに際立つ一方で、緑ラシャのテーブルを囲むすべては闇一色に染まっていた。

「まずですね、紳士淑女の皆様、くれぐれも申し上げておきますけど、バッセではカードの模

＊1―(原註)「これは数あるカード賭博の中でも宮廷風の最たるものと言われている。どうかすると莫大な利益や損失が一方に偏ることもあるため、遊べるのは王、王妃、王子、貴族に限るというのが通の見解だ……。胴元は最初と最後のカードに権利を持つほか、カードを配るさいにもかなりの特権を付与され、勝つ公算は他のプレイヤーよりはるかに大きい。この事実があまねくフランスに知れ渡ると、国王はバッセの胴元《タリエール》を名門子弟に限るむねを布告した。胴元をやらせてもらえば誰であれ、じきにひと財産作れるとされていたからだ」――チャールズ・コットン『賭博大全』一七二一年。

様はすべて度外視いたします。ですから、クラブやハートやダイヤやスペードは一切ご放念遊ばせ。札に書かれた数だけを念頭に置いて勝負いたします――エースから十までと、ジャック、クイーン、キングですわね。

かりにわたくしを胴元《タリエール》といたしましょう。完全にそろったカード一組が目の前にございます。これをそっくりテーブルに伏せますわ――こうです。ご希望の方は何人でも入れますので、わたくしを相手に勝負なさいませ。対戦相手の方々には、めいめい続き札十三枚をお持ちいただきます。これは別の一組から取って参りますが、（言わずと知れた）エース、二、三、四、五、六、七、八、九、十、ジャック、クイーン、キングです。それをめくって手前一列に並べますの――こうです」

と、別の一組からダイヤ十三枚を抜き出し、小型手帳の福々しい小男の前にきちんと並べた。

「では、ムッシュウ・ジュールダンが勝負なさっているとしましょうか。（ほかの対戦相手役の方々もご自分の手札をお取り遊ばせ。ムッシュウ・ド・ロートレックはそうね、スペード十三枚にいたしましょうか。アンドレはハートの十三枚ね）わかりやすく説明するために、ムッシュウ・ジュールダンのカードを例にとります。ムッシュウ・ジュールダンが今すべきことは、どれでもお好きな手札に賭けること――他の方々もご自分の手札で同様になさいますが、同時にどの方の対戦相手もわたくしです。どれでもこれぞと思う札に、お好きな額を賭けられます。純然たる運試しですわね。いつものこの方なら、一枚以上のカードに賭けますわ。でも、わかりやすくするためにエースだけを選んだことにいたしましょうか。一ルイ、つまり二十フラン

――当家の最低相場ですわ――を取ってエースの上に載せます。

ゲームが始まってしまえば、この回が終わるまで賭け金をレイズできません。さ！　わたくしがムッシュウ・ジュールダンをお相手に始めますよ。

まず、わたくしは手前に伏せたカードの山から一枚めくります。お忘れなく、最初のカードはつねに胴元のカードで、胴元の勝ちになります。カードを開きますよ――ほらね。ご覧のように六です。そう、六に賭けた方はいらっしゃいませんわね。ですからこれはわたくしの勝ち札ではありますが、取り分はなしです。ですが（お相手が何人かいらっしゃれば、そういう巡り合わせもあるでしょうね）もしも賭けた方がいらっしゃれば、おいくらであろうと、その札の賭け金はわたくしが総取りできます。

続けますわよ！　次にわたくしが山からめくったカードは対戦相手の勝ち札ですので、たまたまその札に賭けた方がいらっしゃれば、わたくしが賭け金と同額をお支払いしなくてはなりません。めくりますね――そら。三ですわ。ムッシュウ・ジュールダンは三に賭けていらっしゃらないから、お金はもらえません。ですが、どなたか他に賭けた方がいらっしゃれば、わたくしからお支払いいたします。

そうやって交互にめくり続けるわけですわ。胴元、対戦相手、胴元、対戦相手というふうに、山札がなくなるまで一枚ずつ同じようにめくります。ここまでは、別になんでもありません。ここまでは、ありきたりです。でも、ここからがいよいよ佳境ですのよ。あ、出たわ！　対戦相手の番にめくった札はエースでした。ムッシュウ・ジュールダンの勝ちです。ほんとうの勝負はここからですの。

対戦相手が勝てば、二つの選択肢のうち一つを選べます。胴元の支払いを受けて、カードの賭け金をすべて引っこめてもよし。さもなければ賭け金を積んだままでも構いません。そうなさるなら胴元の支払いは受けず、ご自分の出した一ルイをそのままにいたします。その意思表示に、カードの角のひとつを上向きに小さく折り曲げます――そら。これをパロリ（賭け金を増やすの意）と申します。山札からエースが再び出ることに賭けているのです。

勝負を続けますわよ。さて、かりにまたエースが出たといたしましょうか！　そうなれば、初めにカードに載せた賭け金の七倍を胴元から勝ち取ります。これをセテ・ル・ヴァと申します。（古めかしいフランス語を砕けた言葉に置き換えますとね、「七倍でいこう」という意味ですのよ）ここで賭け金を受けとって勝負を降りてもよし、さらに続けてもかまいません。その意思表示にカードの角をもうひとつ折り曲げます。こんどは三枚めのエースに賭けるわけです。只今のカードの賭け金は七ルイ、つまり百四十フランです。

さてさて紳士淑女の皆様、そそられますことよ。勝負は続きます。対戦相手の勝ち札に三枚めのエースが出るといたしましょう。すると、勝った人はその時カードに載っている額の十五倍を受け取ります。十五倍でいく《キャンズ・エ・ル・ヴァ》。またもや、ここで降りていただいても構いません。こんどの勝ちは百五ルイ、つまり二千百フランですもの。

でもこの方は（いわゆる）勝負師のこだわりで降りようとはしません。かわりに最後の四枚めのエースに賭け、またもやカードの角を折って意思表示します。もしもそのもくろみ通りにエースが出れば、三十倍《トラント・エ・ル・ヴァ》でいくが成立し、その時に置いてあった額の三十三倍、つまり六万九千三百フランが胴元から支払われます。すごいでしょ？　たったの一勝負で五十二枚めくるだけの短い間に、最低額の賭け金からスタートしてもう少しで七万フランに届く額まで勝ったのですもの。

　でも、それで終わりじゃございませんことよ」とド・ラ・トゥールセッシュ夫人は言った。

　テーブルのかなたの暗がりで、ふと衣ずれの音が止まった。室内はいっそ暑いくらいだ。ガス灯がかすかにジジジと鳴る。カーティスが奥まったあたりを一瞥すると、ライターの火がルイ・ド・ロートレックの紅潮した顔と、やたら長いあごを下から照らした。煙草をつけようとうつむくとさらにあごの長さが際立つ。だが、顔は笑っていた。

　ド・ラ・トゥールセッシュ夫人もガーゴイルのような笑みをうかべた。

「もしも対戦相手がこうしてトラント・エ・ル・ヴァを達成すれば」と夫人は耳ざわりな声で続けた。胴元は彼に最後の大勝負を認めなくてはなりません。いちおう申し上げておきますけど、ここまでたどりつくのは滅多にございませんのよ。トラント・エ・ル・ヴァ自体が世にも稀な機会なのは請け合います。そして、ご留意遊ばせ、カードを一組めくれば、（もちろん）エースは四枚とも確実に出ます。ですが、そのうち一枚でも胴元の勝ち札のときに出れば、胴元は対戦相手がそれまで積み上げてきた賭け金全部を即座にさらってしまいます。ほかのカードで賭けてもそこは変わりません。それに最初のカードは胴元の札ですし、（あらためて申し上げますが）最後のカードはつねに胴元の札です。ですけど、もしも勇敢な対戦相手が四度とも勝てば、そこで最後の運試しを胴元に要求できます。カードをシャッフルし直し、すべてのエースをまた山札に混ぜて一からめくり直してもらえるのです。その時は彼の勝ち札に――五枚めのエースが出ることにあの七万フランを賭けますのよ。紳士淑女の皆様、それが六十倍《ソワサント・エ・》でいく《ル・ヴァ》でございますの。胴元はカードに置かれた額の六十七倍の支払いを求められます。ここまでくると二の足を踏みますわね。暗算もおぼつかなくなります。ですが、その時に受け取る総額は四百六十四万フラン以上にのぼるはずですわ。

紳士淑女の皆様、勝負なさいません？」

部屋中が死んだようにひっそりしている。

カーティスとしては、どんな説明のしめくくりにもつきもののざわめきや、せめて何かのコメントぐらいあるだろうと思っていた。あにはからんや、何もない。あの福々しい小男は思案顔で（見ようによっては食いつくように）緑のラシャ布の端に見入っている。ご婦人ふたりは石像のようだがバッグを開閉する音がした。そういうカーティス自身は何とかコメントしてやりたくなった。最後に言われた額は、ぼんやりした頭でざっと暗算しただけでも、現在の為替レートで英貨三万五千ポンド以上になりそうだ。同時に、はした金だという気もする。このルイ十四世の宮廷発祥のささやかな娯楽は別格で、当代一の賭博師が目一杯張りこんだ賭け金すら他愛なく見える。当たる確率はむろん低い。ほぼありえないと言っていい。それでも、ツキとはそもそもそういうものである。

彼はラルフに向き直った。

「この勝負に乗ります？」

「この人は乗るわよ」答えたのはマグダだ。「わたし、いざという時に勝負に出る人が大好き。やっぱり、今夜は何もかも変だわ」

ラルフがむずかしい顔で考えこんでいる。「そうだな、ただしおれは胴元の権利を買うよ。そうすれば全員を身ぐるみ剝いでやれる。あの『同じ数のカードを四枚とも引き当てる』とか『五枚めで胴元を破産させる』とかはただの餌だよ。そのうちわかる。一度は勝つだろう、まあ二度めもあるかもしれん――あとは胴元の総取りだ。絶対そうなるよ。むろん、もしも誰かが実際にそれなりの元手――ルイのかわりに百フランってとこかな――を皮切りに、イカレ野郎なりの霊感に恵まれてどうにか本物のソワサント・エ・ル・ヴァまでたどりつけば、胴元は十万ポンドもの支払いで進退きわまるだろう。だけど、そうなるわけがない。手持ちの金を替えてきたほうがいいぞ、カーティス」

カーティスは言うとおりにして、執事に案内された事務室で賭け用のチップ一式を渡された。銀色のチップは二十、金色は五十、黒は百フランだ。そうして早くも人垣ができた緑ラシャのテーブルへ戻る手前でド・ロートレックにつかまった。

「や、こんばんは」例によって正確無比な発音の英語でたたみかけてくる。くわえ煙草で斜に決めていた。煙草のさきの蛍火が、当人の熱意そっくりの頼りなさで薄闇に明滅する。「お友達のダグラス君とご一緒だね」

「こんばんは、ムッシュウ・ド・ロートレック。おっしゃる通りです。ダグラスさんをご存じなんですね?」

「そうそう、かなりよく知った仲だよ。だけど、ちょっと──今夜ばかりは雑談で気を散らすのはごめんだね。今は頭に水桶をのせてそろそろ歩くって気分だからさ。あのな、いいこと教えてあげようか。もしも自分の懐が大事なら、今夜のおれとは勝負しちゃだめだぞ。我ながらどうやったって負けっこないんだから。しかも客は金持ちだらけだし、弁護士は金欠がつきものだ。そら、あっちのご婦人ふたりね。片方は玄人(ただしカードのね──ハッハッハ!)だけど、もう一方はリチャードソン夫人といって、アメリカの石鹼王だか皮革王だかの細君だよ」いきなり口をつぐむ。「お友達のバンコラン君はどうした?」

「今晩は見かけていません」

「そうなのか」ド・ロートレックは煙草の脇から煙を吐いた。「けど、あいつらにはまたうるさく付きまとわれたよ。おれがローズの宝石を盗んで偽物とすりかえたなんて噂でね、ばかげた話さ。それなのに今日、ローズの弁護士(弁護士どもめ!)が金庫を開けたら何があったと思う? アネットの話じゃ──」そこでやめた。「君はどうしてこんなところへ? なんにせよ、たまたまじゃなかろう。待て、始まるぞ」

上座にド・ラ・トゥールセッシュ夫人をすえた面々がテーブルを囲んでいる。夫人の右側、痩せぎすなフランス人の老女と、陽気な微笑みの上に眠たげな目が覗くアメリカ人の太った老女の間に、あの穏やかな老紳士が挟まっている。左側はラルフとマグダだ。

「見たところ」ド・ロートレックは声高に続けた。「われらがダグラス君は胴元の権利を買ったんだな。おれはそんな気ないよ、もっといい手がまだある。で、これからどうするね、ド・ラ・トゥールセッシュのかあちゃん？」

なれなれしい物言いをされた女主人は、気色ばんで後ろを睨《にら》みつけた。「ムッシュウ・ド・ロートレックにそんな気があるわけないでしょう。頃合いでさっさと切り上げ、ツキが絶好調の時でもテーブルを離れて一服する間合いを測るような方に。さ、ムッシュウ・ダグラス、こちらの上座へおつきなさいませ。山札にはこの札箱《シュー》のまっさらな組をお使い遊ばせね。わたくしはお隣で補佐役《クルピエ》をつとめますわ。アメリカからお越しのマダム・リチャードソンはハート十三枚になさいました。クラブ十三枚はムッシュウ・ジュールダンがお取りでしてよ」

夫人が目顔で周囲をすばやく誘う。ただし胴元がラルフなので、マグダとカーティスはさしあたり遠慮しておいた。ド・ロートレックは胴元の左隣に悠然と近づいて、どっかりおみこしを据えた。ラルフとはお互い最低限の礼儀をわきまえて目礼を交わしはしたものの、カーティスにはどちらの顔つきもいただけなかった。

「ダイヤだ」ド・ロートレックが言い切った。「ああ、おれは断然ダイヤにする」

「今回はお試しですの」マダムが釘を刺した。「ですから再度おことわりしておきますけど、いったん胴元が勝負を始めたら、もう賭け金の増額や変更はききません。紳士淑女がた、お賭け遊ばせ――」

ド・ロートレックの撃ち方始めは、ダイヤの二に五十フラン、七に百フラン、キングに二百フランだった。チップ入れを一度だけじゃらっとやって間を置く。向かいのリチャードソン夫人とジュールダン氏は迷いに迷っていた。どうやら二人とも、従来のゲームの規則や癖がすっかりしみついているらしい。この型破りな新機軸は、ド・ロートレックの決断力に劣らず彼らを悩ませた。はた目にはチェスの差し手でも考えているようだ。二人がどのカードに賭けたか、カーティスはほとんど気にしなかったが、選び方がやたら慎重なのはわかった。やがてリチャードソン夫人がこう言いだした。

「どうやら」眠そうな笑顔で、申し分ないフランス語をしゃべる。「土曜の夜からのツキを持ちこしていらっしゃるようね、ムッシュウ。是非拝見したかったですわ。あいにく、わたくしがこちらへお邪魔したのは今日が初めてですもの」

小太りの紳士が言いよどんだ。この男が驚きというか、生気のかけらでも示したのはこの時ぐらいだ。

「私もですよ、マダム。今回がお初で――」

「賭けが出そろいました」女主人が節をつけて歌う。「もう『待った』はなしですよ――」

とたんに座がしんとする。ラルフはシャッフルした新品のカード一組をふたのない小箱に伏せた上で、めくりにかかった。

「胴元のカードは――四。マダム・リチャードソンの負け」

女主人はクルピエ役を買って出はしたものの、下っ端の雑務と呼べそうな仕事は丸投げした。負けた者から賭け金を集めて勝者に渡す役目は、家令のアンドレがつとめる。

「対戦相手のカード――エース。ムッシュウ・ジュールダンの勝ち」飛びつくように、「このままセテ・ル・ヴァになさる？」

ジュールダンはかぶりを振った。胴元がよこした二十フランのチップをかき寄せ、元金と一緒にカードから撤去する。

「亡者のクラブ、か」ド・ロートレックが辛うじて聞こえる程度の声で評した。

「胴元のカード——二。ムッシュウ・ド・ロートレックの負け……」

「対戦相手のカード——キング。ムッシュウ・ド・ロートレックの勝ち。セテ・ル・ヴァは？」

ド・ロートレックの手が伸びて、百フランの黒チップ二枚を載せたカードの一隅を折る。

「セテ・ル・ヴァ」と宣言した。

紫煙のかすかな渦が頭上の照明さして巻き上がっていく。みながテーブルに吸い寄せられる感じだ。カードの光沢と色鮮やかな模様が緑のラシャに映え、なにか催眠術めいた効果を及ぼしかけている。カードは賭け金がかかっていない八だった。その次は十、リチャードソン夫人の勝ちだ。お次のカードの角を折り曲げて残した。その直後に胴元が十を引き、また負けただけだった。彼女はカード
「対戦相手のカード——キング。ムッシュウ・ド・ロートレックの勝ち」ちょっと間があって、

「キャンズ・エ・ル・ヴァですか？」

ド・ロートレックはカードから目を離さずにうなずき、二つめの角を折った。ほくそ笑んでいる。これで、目の前にしめて千四百フランが積み上がっているのだから。

「胴元のカード——三。賭け金なし……」

「対戦相手のカード――五。マダム・リチャードソンの勝ち。お続けになる？」

「このカードで最後になりますわね。ツキがきますように。はい、そういたします」

「胴元のカード――クイーン。ムッシュウ・ジュールダンの負け」

そのクイーンで最後だったジュールダンは、賭けを終えて腕組みした。リチャードソン夫人は賭け金なしのカードが二枚続いたあとでまた勝った。この七十過ぎの丸々としたご婦人は興奮で顔をほてらせた。そのまま三枚めに挑戦、つやつやしたカードがどんどんめくられていく。それまで黙りこくっていた顔色の悪い痩せっぽちのフランス女が、ここにきて小声でダメ出しにかかった。

「だめだめだめ。そんな定石はないわ。筋が通らないでしょ。そんなのあり得ないわよ、マダム、なにもあなたがそこま――」

「対戦相手のカード――キング。ムッシュウ・ド・ロートレックの勝ち」女主人はそう言うと、食いつきそうな目で、「トラント・エ・ル・ヴァ？」

一同がこのゲームをのみこむにつれ、ちょっと心臓に悪い興奮がテーブルの四方からリチャード・カーティスに伝わってきた。ド・ロートレックはキング三枚で胴元から二万一千フラン巻き上げていた。胴元のラルフ・ダグラスは誰よりもそれに気づいていたはずなのに、表向き涼しい顔をしていた。テーブルに片肘ついて、くつろいだ美貌にわずかな横柄さ（彼の一族が常用している仮面）をまとい、もう片手の指でカードの小箱をトントンやっている。どんな動機から今夜のラルフがここまで深入りしたか、カーティスには想像もつかなかった。ラルフが女主人の質問を引き継いだ。

「マダムがさ、トラント・エ・ル・ヴァですかって？」

「いや」ド・ロートレックはぶっきらぼうに応じ、さっと勝ち金を片側に寄せた。「降りるよ。もうキングは出そうにない」

「胴元のカード」またラルフのめくったカードをマダムが読み上げる。「……キング。賭け金なし」

「癪《しゃく》だけど、はまりますねえ」カーティスはマグダに向けて、口の端からこぼすように洩らした。相手がうなずくのを目にするよりも気配で感じる。ただでさえ、すぐ横に立たれて心穏やかではいられないのに、自分の腕にしがみつかれてはなおさらだ。続けざまに賭け金なしのカードがめくり捨てられ、ド・ロートレックは七で百フラン負けた。とたんにいきなり七が続いたりする。リチャードソン夫人は、三枚めの五を待っている間に胴元にしてやられた。そうやって一回戦が終わるとマダム・ド・ラ・トゥールセッシュは含み笑いした。

「小手調べに」と、満足そうに宣言する。「シャッフル、シャッフル、めくる、めくる――をぜひどうぞ。カードをめくる手が速まれば、心臓の鼓動も速まる。これは老女の詩ね。シャッフルはおすみ？　そうね。カジノ流の勿体つけはよしましょう。さて――」

ジュールダンが思案顔で切りだした。

「マダム！　よろしければルールの件でひとつ。二名がそれぞれの手札の同じカードに賭けてもよろしいわけですか？　例えばの話、もしもド・ロートレックさんがエースに賭け、わたしもエースに賭けたら――」

「十七世紀の貧弱なルールにはそうした禁止事項は見当たりません。おそらくは好みの問題かしらね」

ド・ロートレックはいかつい顔に皮肉を浮かべて相手をじろりと見た。「お望みならどうぞ、おれの上着の裾にしがみついてくださいよ、ムッシュウ」と応じる。「ムッシュウ・ジュールダンの巨万の富も、おれの選択に乗っかってりゃ安全ってもんだ――」

「ブ、ブブブ、ブー！」女主人はアオバエの羽音めいた抗議の声をあげた。「んまあ、ムッシュウ・ド・ロートレック、これは聞き捨てなりません。今のは失礼にもほどがありますよ。くれぐれもお忘れにならないでね、うちは個人の屋敷でございまして、内輪のお友達だけをお招きしておりますのよ――」

「私はただ」ジュールダンは動じない。「あのエースが私のお気に入りだと申し上げたかっただけです。好きなカードでね。初めのご説明でも私にあてがわれたことだし。次の回ではまず、ぜひこのカードに千フラン張りたいですな。ですが、ほんの数名が高額の賭け金で大勝ちするのはルールに悖《もと》るかと思いましてね。あなたの上着の裾についてはどうぞご心配なく、ムッシュウ。年寄りの無駄話はお許しください。ですが、あなたが父上の上着の裾にしがみついていたころ、この私はトルヴィル-シュル-メール（ノルマンディーの保養地）で、ロシアのそうそうたる勝負師どもの首筋をうそ寒くしていたのですぞ。続けましょうか？」

新しいゲームは、はしなくも対戦相手のひと癖ある部分まで引き出したわけだ。

「それは失礼を」ド・ロートレックはあっけらかんと笑い飛ばした。

「何でもありませんよ」老人が鷹揚におさめる。「あなたの流儀はなかなか面白いね。たとえばマダム・ド・ラ・トゥールセッシュのさっきのお話によれば、ツキが絶好調の時でも、ちょっと中座してまた戻られる場合がちょいちょいあるとか。なかなかないですよ。そういえば古なじみに――」

「そうそう、それが流儀なんです。さて、勝負といきましょうか！」

「でもお珍しい流儀ですよ、ムッシュウ・ド・ロートレック」女主人が興をそそられて飛びついてきた。「それでも土曜の晩には驚かされましたわ。大勝負のさなかでしたのにね。とはいえ、そういつまでも気にしてはいられませんでしたけど。それにしても一杯やりに座を外しがてら、宝石商のムッシュウ・ルドーとあんなに話しこんでいらしたのはどうしてかしら……あの方をご存じですわね、ムッシュウ・ジュールダン。今夜いらしてくだされはよかったのに、今日はアムステルダムにおいでなのですって……ムッシュウ・ド・ロートレックはその後もなぜか丸一時間も席を外しておられて――」

夫人はやれやれと両手を広げてみせた。おそらく彼女には、なぜラルフ・ダグラスがカードの小箱をいきなりおろしたのか、なぜ三人の人間がド・ロートレックに向き直ってまじまじと見たのか、さっぱりわからなかったのではないか。

第十九章　トラント・エ・ル・ヴァ！

ド・ロートレックは煙草をもみ消して椅子にかけ直した。出っぱった目にこれまでになく決然たる色を浮かべている。

「お気をつけてくださいよ、侯爵夫人」と冗談めかして注意した。ただし今回は「かあちゃん」呼ばわりせず、よそよそしい物言いだ。「びっくりするような結果を招かないとも限りません。ですが、今のお話をはっきりさせておきましょう。おれが『席を外して』とおっしゃったのは、ただテーブルにはいなかったという意味ですね？　この部屋からは出なかったでしょう？」

「もちろん、もちろんよ、決まってますわ！」夫人は動揺した。「あなたは部屋から出たりはなさらなかった。それが何か？　ただし何か飲みにあちらの部屋へいらした時は別よね、その時だって、あなたにしてはずいぶん控えてらしたじゃない」

「それでも屋敷からは出ていませんね？」

「一歩もね」

「ほら、今パリを騒がせている事件があるでしょう」ド・ロートレックは馬面に剣呑さをつのらせて説明した。「新聞でお読みになった通り――」

「え、まさかあなたがあのムッシュウ・ド・ロートレック？」と、リチャードソン夫人が無邪気な目をみはって猛烈な勢いで話し始めた矢先に、女主人にさえぎられた。

「新聞はずっと読んでおりませんの」いかめしい口調で言った。「三十年というもの、新聞は読んでおりません。これこそ老人の特権ですわね、世の中の動きを知らなくても生きていけますもの。あら、なにか警句《ティアン》がございましたね？　警句が流行った時代もございましたのよ。夜中に目が覚めて古いことわざをあれこれ思い浮かべ、ああでもないこうでもない、もっとうまい切り口はないかしらと横になって考えたものです。そういえばムッシュウ・ジュールダン、さっきあなたがおっしゃったトルヴィルでね、前に――」ここからが本題よ、と言わんばかりの思い入れで、「新聞に何が出ていようとね、お若い方、ここで持ち出されるのは困ります。よろしくて？」

座がしんとした。カーティスは、一触即発の翼が一瞬、部屋をかすめ、いずれ舞い戻ってきそうな気がした。

「トーストがさめてしまいますよ」ジュールダンが文句を言った。

「賭け金を置いてくださいませ、紳士淑女の皆様！　ああもう、女主人稼業が長いせいか、物言いまで賭博場のクルピエじみてきましたわ。お友達の皆様、賭け金をお置き遊ばせね――」

ラルフはカードの小箱をテーブルに載せ、けげんな目をマグダとカーティスに一度だけ投げた。あいにく目下は胴元役で大わらわだ。夜もたけなわである。続くバッセの勝負は何かが起こりそうな予感をはらみつつ順調に進んだ。初回ほど引きつける力はなかったが、このままいけばもっと手に汗握る展開が待っていそうだ。ジュールダンとリチャードソン夫人は勝負にすっかり身を入れていた。前者は穏やかに、後者はガツガツと。どちらも、昔日《せきじつ》のヴェルサイユを熱狂させたソワサンテ・ル・ヴァの幻を追いかけて着々と賭け金を増やしていった。リチャードソン夫人は門に体当たりする牡牛なみのがむしゃらさで三度も勝負に出て、一回ごとの元手に千フラン以上奮発したのに果たせず、ジュールダンもご同様だった。二人とも胴元に大負けし——同時にド・ロートレックのツキは右肩上がりとなった。ひとつには、技術は不要でも判断力が必須のゲームに頭を使わないらしい他の面々にひきかえ、すぐれた判断力を駆使している強みもある。だが、それがすべてではない。ド・ロートレックはいいタイミングでカードの角を折り、いいタイミングで手を引いた。四枚勝ち抜くトラント・エ・ル・ヴァまでは一度も到達していない。お気に入りのダイヤのキングで一度試みて負けて以来、二度と手を出さなくなった。ただしカーティスの見るところ、この調子でバカ勝ちすれば二十勝負めで百万フラン以上はかたい。

カーティスは参加したくてうずうずしたと同時に、参加したくなかった。気が進まないのはラルフが苦境に立っていたからだ。なにしろ金の行き来がめまぐるしく、正確な額はとうてい読めない。ただ、シャレにならないほど負けているというのはわかる。よその巣を乗っ取るカッコウみたいなド・ロートレックさえいなければ、胴元として危なげない総取りを連発して対戦相手を身ぐるみはぐ勢いで勝ち越していただろう。それを悟って、ラルフは不機嫌をつのらせていた。

「あのな、マグダ」とこぼす。「少しは気をきかせて飲み物を取ってこないか？　マダムの話じゃウィスキーがあるらしいけど、執事はこっちで手が離せないんだ。あのドアを出て、玄関ホールの真向かいの部屋だよ。まったくやんなるぜ、なにもかも——」

「じゃあ、私が」カーティスは言葉少なに申し出た。

ラルフが指さしたドアへ手探りでたどりつき、玄関ホールに出た。そこの照明も暗いが、カード室よりはましだ。ホールの向こうで別室のドアが半開きになり、壁際に壜が勢ぞろいしたサイドボードが見える。

「一緒にお手伝いしてもいい？」マグダの声があとをついてきた。

ピラミッド形の白いガス灯に照らされて、房飾りつきの壁掛けが天幕のようなホールで彼女を見たその瞬間はいつまでも忘れがたい。消炭色の絨毯を踏む、銀の夜会用ヒール。そうして不思議そうにカーティスの顔を見た。

「大丈夫です。なんとかなりますよ」

「どうしたの？」と尋ねられた。

「そうね」と続けて、「〈男がすること〉と〈しないこと〉の問題ってわけね。だったら、もしかすると少しは関心がおありかしら、ラルフがとんでもない発見をしたのよ。それが正しいとわかったのはたぶん今日の午後。でも、気づいたのはもっと早かったんですって。わたしと危うく取り返しのつかない結婚をするところだった、実はお互い水と油で、うまく行きっこない

いうのよ。それともわたしの眼鏡違いだった？」

カーティスは重い砲丸のような言葉を、力いっぱい遠くへぶん投げてやらねばという思いにかられた。「あなたはどう思ってるんですか？」

「ああ、彼のことはこれまでに会った誰よりも好きだし、それだけのことはある人ね。でも、わたしもとうに同じ結論に達していたの。んもう、リチャード、これ以上なにを言えっていうのよ。それともわたしの眼鏡違いだった？」

ロマンチックにはほど遠いが、カーティスの口から出たのは、宗教的熱情のこもった悪態だった。もう有頂天でホールに突っ立ち、こぶしをふるって悪態をつく。

「それよ」マグダが息せききって、「聞きたかったのはその言葉よ。あなた、わたしにちょっと似てるのね。さあ、これではっきりしたわ」

「来いよ」カーティスは命じた。「君に話がある」

マグダの手首をつかんで（嫌がってはいないようだった）、ホールを横切って引きずるように向かいのドアへ連れこみ——そこでサイドボード脇の椅子で葉巻をくゆらすバンコランにばったり出くわした。

「ほほう」バンコランがくわえた葉巻を外しながら、「いまどきの若い人たちが、カクテルの後で手に手を取って駆けてくるとは、実に目の保養ですな。ビュッフェでお好きなものを見つくろっておいでなさい」

とたんに気分はぺしゃんこだ。穴があったら入りたい二人のいたたまれなさを帳消しにするように、バンコランはことさら和やかで物分かりがよかった。実際、居合わせたのが彼ひとりなら帳消しにもなっただろうが、お邪魔虫はほかにもいた。グラスと葉巻をお伴にその場にたむろしていたのは、仰天したジョージ・スタンフィールドと、それを通り越して愕然としたブライス・ダグラスだ。

「なんなんだ、あんたら――！」カーティスはそう口走りかけて言葉を濁《にご》した。「どうやってここへ入ったんですか？」

「どうやって警察はどこへでも入りこむのでしょう？　まずはあのドアを閉めてください」

「ここにいらっしゃるのは、マダムも了承の上で？」

「当然でしょう」バンコランは眉を上げて応じた。「ところで、よく聞いてくださいよ。今は説明しているひまがないのでね」と、カード室を指さす。「われわれはあの男の包囲網をじわじわ狭めにかかっていて――」

「だから、そいつは見込みなしだと申し上げたでしょう」ブライスが面倒くさそうに、「土曜の夜のあいつはこの屋敷を出てないんだし――」

「あなたはわかっておられない」バンコランがやや邪険に身振りで示した。「向こうの勝負はどんな調子ですか？」

「おっしゃるのはド・ロートレックですね？」

「そうです」

「場の賭け金をさらってますよ」と、カーティスが教えた。「誰も歯が立ちません。カード一組にエースが五枚入ってでもいない限り、負かしようがないです」

すり合わせたバンコランの両手にぐぐっと力がこもって小刻みにぶれた。

「ですが、まだやってはいるのでしょう?」

「そうですよ、みんな――」

ドアが開いて、ラルフ・ダグラスが入ってきた。バンコランや、とりわけ同席の二人に内心驚いたとしても、おもてには出さない。今の今まで汗だくの顔を拭いていたみたいに、サイドポケットからハンカチがはみ出ているほかはいたって普通だ。サイドボードへ行き、自分でウイスキーを指数本分、一気に注いできれいに飲み干した。

「もうたくさんだ」サイドボードにもたれ、からのグラスを手の中で回しながら宣言した。「ほかの二人から巻き上げた分をさっぴいても五、六千は負けがこんでる――フランじゃない、ポンドでだよ。そりゃまあ、その程度ならどうってことないけど、こちらもバカじゃないからな。うかうかしてたらあの緑ラシャの狂気に引きずりこまれちまう、そうならずにすんで御の字だ。胴元役は降りてきたよ」

「で、こんどの胴元は?」カーティスが訊ねた。

「ド・ロートレックさ。ところで、よかったら誰か事情を教えてくれない?」

と、ぐるりと見回して返答を促す。それぞれの頭にどんな考えがあるのか、足音を消したこのダイニングルームで何が進行中なのかは、当のカーティスにもさっぱりだ。そういうわが身はそばのマグダを見おろしながら、腹の中ではド・ロートレックのツキをくじいてやれと思案していた。ド・ロートレック個人に恨みはないし、ひと儲けしようというのでもない。別室の勝負は不思議なくらい生臭くなく、まるであの金ぴかの小さなチップがお目当てみたいだ。そうではなく、ただ自身の感情のひそかな捌け口としてド・ロートレックのツキを阻んでやりたい――それはちょうどつい三日前に退屈の発作をまぎらすために「弁護士の頌春」を書いたのと同じことだ。マグダに目をやり、にわかに悟ったが、彼女も同じことを感じていた。だから重々しい態度でドアを開け、お先に彼女を出してやった。

二人が戻る数分間に、ド・ロートレックは胴元の席におさまっていた。リチャードソン夫人とジュールダンの席は変わらない。マダムはテーブルの角、リチャードソン夫人とド・ロートレックの間だ。胴元からは何も読みとれない。しゃんと背筋を立て、片手を軽く目の上にかざし、もう片手でおもむろにカードを押しだす。全員がすっかりゲームに没頭し、新参者の二人が席についても、カーティスが手でマダムに合図するまで気づく者はないほどだった。私語はない。スペードをもらったカーティスと、ド・ロートレックのダイヤを引き継いだマグダの参入に、ド・ロートレックは目礼してまた目を覆った。

マダムの声と、熊手のかすかなシャカシャカいう音が、たえず場の緊張感をあおる。

「賭け金を置いてくださいな、皆様。お置き遊ばせ――」

語尾はきれぎれのつぶやきになる。カーティスは絵札のほうが値打ちがあるという素人考えから、まずはジャックとクイーンとキングに奮発した。マグダは七と十だ。

「胴元のカード――ジャック。カーティス先生の負け……」

「対戦相手のカード――エース。ムッシュウ・ジュールダンの勝ち。セテ・ル・ヴァは?」

「セテ・ル・ヴァ」ジュールダンはいちいちきちょうめんに手帳にメモしながら同意した。

ド・ロートレックのカードのめくり方はラルフのように手早くなかったが、その慎重さが一枚一枚にかかる期待をふくらませた。おかげで他の者は勝負に「釘付けに」され、大枚の賭け金がつかないカードはもう一枚もなくなっている。六ゲームすませる間に、賭け金は引力に引き寄せられるみたいに緑ラシャを渡ってド・ロートレックの元へ移った。七ゲームめのちょうど真ん中で、五百フランを元金にしたジュールダンが三枚めのエースを勝ちとるところまでいった。続く二十五枚のカードがめくられる間、老人は顔色ひとつ変えず待ったが、エースはあらわれない。そうして五十一枚め、最後のカード――つねに胴元のカード――が何かは言うまでもなかった。ド・ロートレックが表に向けた勝ち札は、エースだ。そこで、ジュールダンがひそやかな溜息をついて席を立った。

「皆さん、これにて」と言う。「ごめんをこうむって失礼いたします。これは懐より心臓に悪い。私のように事業をやっていると二つは同じものでね、痛手も二倍ですよ」

八ゲームが終わり、もともとの手持ちがいちばん少ないマグダが脱落した。彼女とカーティスは小声でいろいろ話していたのに、何を話したかはまるで覚えていない。ド・ロートレックに勝つのは無理だと――別の言い方をすれば、さっきのマグダ・トラーの短い言葉にどれほど多くのものをもらったかを示すために世間に勝つのは無理だとわかっていたのに――それでも彼は勝負を続けていた。夜遊びなんてお道楽はなにぶん初めてだから、彼に使える額の四倍を用意してきた、冴《さ》えない新米弁護士の年収以上だ。それが十ゲームめの開始時にはきっかり二百五十フランに目減りしていた。うち二百がスペードのクイーンに載っており、早々に二枚めを勝ってセテ・ル・ヴァを宣言、角を折って三枚めをコールした。

そろそろ真夜中なのはみんなわかっていた。また雑談が普通に出るようになった。やぶからぼうにリチャードソン夫人が英語で言いだす。

「あのね皆様、わたくし、この勝負で最後にするわ。虎の子の九が――そうなるでしょうけど――なくなったら切り上げます。このざまじゃ主人はかんかんね、でもマダムのおっしゃる通り、カードは老女の詩ですもの。最後の賭けに水を差すようで申し訳ないんですけど、カーティスさん――」

「対戦相手のカード――クイーン。ムッシュウ・カーティスの勝ち」長時間の歌いづめで声枯れしたマダムが、言葉を切ってカーティスを見た。

一同の動きが止まる。

「トラント・エ・ル・ヴァは、ムッシュウ・カーティス?」マダムに尋ねられた。「あのね、なにも形式ばることはありませんわね。それにここだけの話、わたくしは眠くなってきました。リチャードソンさんはさっきおっしゃったように、この勝負が最後です。対戦相手はあなただけです。負けた分をひいても勝ち越し額は二万一千フラン、英価で四百五十ポンド近くよ。ですからいかがかしら、そのままお受け取りになっては――?」

カーティスはふたつめの角をおもむろに折り曲げた。

「トラント・エ・ル・ヴァ」と応じる。「三十倍、まだまだ行きますよ」

一呼吸置いて、ド・ロートレックが目にかざしていた手を外した。それまで隠れていたものが、さらけ出される。らんらんと底光りする双眼だ。指がふるえないよう、念入りな手つきでカードを扱う。

「望むところだ」ド・ロートレックは小気味よさそうに突き放した口調で、「ただし、ムッシュウにはくれぐれもお忘れなく、四枚めのカードを勝ち取った者は今夜まだ出ていない。もうよろしいか、マダム?」

「胴元のカード――六。賭け金なし……

対戦相手のカード――三。賭け金なし……

胴元のカード――九。マダム・リチャードソンの負け」

リチャードソン夫人は自分の手に目もくれなかった。

そういえば夜通しずっと存在感がなかった他の二人、つまり顔色の悪い女賭博師と、かすみ目の老人がひっそりとテーブルのそばに寄ってきていた。

「対戦相手のカード――八。もうクイーン以外のカードは賭け金なしですので説明を省きますわね。

胴元のカード――エース」

「やつはついてるな」背後のジュールダンが、蚊の鳴くような声を出した。

「対戦相手のカード――七。ああもう、喉が痛くなってきたわ。

胴元のカード――二……

対戦相手のカード――クイーン。ムッシュウ・カーティスがトラント・エ・ル・ヴァの勝ち」

カーティスは椅子の背にもたれた。まあね、ざっとこんなもんだ。彼は今晩ここで誰もできなかったことをなしとげ、頭の中で漠然と思い描いていた目標もなんとかクリアした。すぐ後ろで彼の椅子の背を握りしめて立っていたマグダのほうを見もせずに。今、わが身に起きたことにはさして頓着していなかった。彼のまわりを爆発寸前の矯《た》めのようなものが包んでいた。おめでとうと言うべきか、それともうなずくにとどめようかと、みんな迷っているみたいだ。テーブルごしにチップの山がかき寄せられてくる。自分にはべらぼうな額だ。

「へーえ？」リチャードソン夫人がなんだか不作法な声を出した。

「そうだね。ロシアのドミトリ大公がやったのを見たことがあるよ」ジュールダンが評した。

「自分もやってみたかったんだが。全部でどれくらいになるか、手帳でもう計算してある。ざっと六十九万三千フランだな」

ド・ロートレックはとうに腰を上げていた。それは彼の根源に触れる勝負だった。おそらくはハッタリ気質か、もっとありそうなのは、彼の人生に大きな比重を占める星回りやツキに結びついた不可解な情熱か。

「いやあ、おめでとう。大勝ちだったね。じゃあそろそろ、このへんでお開きかな。だってたぶん――そうね、確実に――いくらなんでも、おれとサシでもうひと勝負する度胸はないだろう。最後のソワサント・エ・ル・ヴァまで一丁張ってやれなんて、そそっかし屋でもないだろうし」

「いやいや、そんな山っけはないですよ。だって、あなたのツキをくじきたかったまででね。もうそうなりましたから――」

「あくまで見た目はね」ド・ロートレックは余裕綽々だ。「言っただろ、今夜のおれとは勝負しちゃだめだぞって。ここが分別のしどころさ。進むより退く勇気はいやまさると、お国のことわざに言うじゃないか、まさに今の君にぴったりだよ。改めておめでとう」

「そうは言うけど」カーティスがぼそりと、「続けたくないのはあんたの方じゃないか。次で負けようものなら――」

ド・ロートレックの顔がみるみる紅潮し、ばんとテーブルを叩いた。「なら、あくまでおれのツキをくじこうってのか。言っとくがな、おれのツキを限界まで試すほどの度胸が、おまえにあるもんか」

「まあね、そういうふうにおっしゃるのでしたら――」カーティスは穏やかに応じ、四つめの角を折った。「ソワサント・エ・ル・ヴァ」

小柄なジュールダン氏は何も言わなかった。ただ、テーブルの周囲を巡り始めた。興奮がのぞくのは足どりのみで、顔は平静を保っている。心なしか、テーブルをとりまく人数が増えた気がする。左側から袖を引くのはラルフ・ダグラスだ。

「ムキになるんじゃないよ」ラルフは小声で猛烈に迫った。「前もこんな場面に出くわしたことがあるんだ。今のうちに勝ち金をもらって出ていくんだ。あんなの、ただのまぐれなんだから。どうせ早晩やられるに決まってるんだぞ。一か八かみたいなものだよ」

そこへマダムのがらがら声が、他の一同を圧した。

「ごめん遊ばせ。しーっ、お静かに皆様、どなたもお聞きになって！　あいにくな仕儀ですわねえ。主人《たく》の首を賭けてでも見たいのはやまやまです。でもムッシュウ・ド・ロートレックにそんな大一番を許すわけには参りません」

ド・ロートレックがまっこうから向き直る。「なんの話だ？　許すわけにはいかんとさ！　許すわけにはいかんときたか！　どういうことだ？」

マダムがくすっと笑う。「あなたにはすてきな夢ね、でも無理なものは無理ですよ。お忘れですけど、太陽王の『王者の賭け』をなさろうというのよ。どんなものかはさっきご注意いたしましたわね。もちろん、当家でもこうした特例のための備えはしてあります。胴元がわたくしなら、どなたかもしも運よくソワサント・エ・ル・ヴァにたどりついても、お支払いできるだけのお金は金庫に用意してございます。今夜のあなたが大勝ちなさったのは認めます。遊んで一生暮らせるほどのお金よ。だけどお忘れなのね、かりにムッシュウ・カーティスが五枚めのクイーンを引き当てれば、これまでの勝ち分の六十七倍をお支払いしないといけませんのよ。この屋敷のルールはご存じね――現金です。この方はご自分の権利を主張なさってないけど、さもなければあなたの方でいろいろとお困りなのじゃないかしら。この方がお勝ちになれば、その支払い分をどこから工面なさるの？　そんな大枚のかかった大勝負なんて、それこそブルボン朝このかた一度もないでしょ！」

ド・ロートレックはそう聞かされてよけいムキになった。「一度もない?」小声で、「じゃあ、これから見ようじゃありませんか。まず請け合いますがね、その人は勝ちっこないよ――」

「なら、もういいでしょ?」

「黙って聞けよ、かあちゃん! おれをブチ切れさせる気か? いいから人の話をよく聞いてろ。金ならある。土曜の夜に、ここでどんだけ勝ったか忘れてんのはあんたの方だろ。勝った金の大半は、おたくの金庫にある鋼鉄の保管箱をひとつ借りて、しまっといたじゃないか? そうしろと助言したのはあんただぜ、夜明け前のこんな時間に大金抱えて、ひとけのない田舎を抜けてくのは物騒だからって。だから持って帰ったのは、たかだか小遣い銭程度だったじゃないか、だろ?」

とうにカーティスが悟っているべきだった事情が、ゆっくりとのみこめてくる。土曜日の夜(または朝の暗いうちに)ド・ロートレックはこの屋敷を出がけに外務省の連中に拘束され、所持品を調べられた。その時の正確な所持金の額も覚えている。「千フラン紙幣二十枚と、百フラン紙幣五十枚」。むろん、かなりの羽振りだが、ここの賭け金とは桁《けた》が違う。それなのに今夜のド・ロートレックは、途方もなくツイていると絶えずだれかれに祝福され、自分でも喜んでいた。あんな金遣いの荒い男が二万五千フランの勝ちに有頂天になるなど、思いもよらない。

「そこは譲歩しますわ」マダムが言う。「わたくしの預かり証をお持ちのはずね。ええ、それはとうに考慮しましたとも! でも、それでも足りないの――」

「じゃあ、担保を渡せばどうだ？」ド・ロートレックがどなった。「そう言ったんだよ。あんたのうるわしい良心の咎めを全部ひっくるめてたわごとに変えるほどの担保を――」

「担保？」

マダムがちょっと不思議そうな目をした。

「どういうものかしら、ムッシュウ・ド・ロートレック？」

「ああ、どうってことない。あの小さな鋼鉄の保管箱に入れておいた品がほかにもあるんだよ――あんたは入れるところを見てないからな、預かり証には載ってない。びっくりしただろ？まあそれで、胴元の保証になるだけの担保はあるんだ。そら、鍵を渡す」と、自分のポケットを探った。「さてと、事務室へ案内してもらおうか、そしたらちょいとあの箱を開けさせてもらった上で――」

「それでもお尋ねしますけど、どういうものですか？」マダムが静かに押し返す。「それに納得させるべき相手はわたくしでなく、たって対戦相手をつとめるこの方ですわ」

ド・ロートレックは口を閉ざした。すでにカードのシャッフルをすませ、ある種の興奮した放心状態でカットした上で、ふたのないあの小箱に詰めてあった。その箱をテーブルの上に取り落とす。あごまで一緒に落ちていた。はたと正気に返り、きょろきょろと周囲を見回したその顔には、なにやら恐怖の表情があった。自分が何をしゃべったか気づいたのだ。

同時に、まばゆいテーブルの向こうの暗がりから手が伸びてきた。力強く、やや毛深い手が、ド・ロートレックの手をわしづかみにする。

「その鍵はこちらにもらいましょう」と、バンコラン。「ローズ・クロネッツの宝石類の隠し場所は、そこですね？」

「後生です、くれぐれもお平らかに」他の一同に向いて、バンコランは言った。「侯爵夫人、やむなくこんなご迷惑をおかけしまして申し訳ございません。ですが、この男には自白の形でいろいろ明らかにしてほしかったもので。ムッシュウ・ド・ロートレック、内々でぜひ少しお話を。マダムにはまげてご協力を仰ぎたく、ご同行願えれば幸甚です。カーティス先生、あなたはご自分がどんな賭けをするところだったかをお知りになるべきです、よかったらご一緒に。ほかの皆様はどうぞこの場でお待ちください」

無言で連れだってカード室からホールへ出て、はずれの薄暗い小部屋に入る。さっき、カーティスが両替した場所だ。マダムがガス灯に点火すると、ロールトップ式の書き物机と、奥行きのある窓にはまった鉄格子、壁面の小さな埋め込み式金庫があらわれた。バンコランは鉄板張りのドアを閉めて鍵をかけた。

ド・ロートレックは分別を取り戻していた。ラルフのいう「緑ラシャの狂気」による一瞬の錯乱はあとかたもない。すっきり憑き物がとれた顔はガス灯なみに晴れ晴れしていた。

「ムッシュウ・バンコラン、おれを告発する罪状は――？」

「アンヴァリッド街八十一番のローズ・クロネツ宅の壁金庫から、彼女の宝石コレクションの大半を盗んだ罪です」

「ばかげてるよ」

「なぜですか？　この鍵で保管箱を開けさえすれば――」

ド・ロートレックはかぶりを振った。「この状況では、その告発は立証困難だろうよ。おれはローズの宝石をいくつか借り受け、ずいぶん気に入ってそのまま所有することにした。一週間前なら――はっきり言って二晩前でさえ――おれにはほしいものを買うだけの金はなく、そうなると窃盗って話になったろうな。だけどね、どうやら気づいてないようだが、今のおれはぜんぜん金に困ってないんだよ。だからさ」目が険しくなった。「あのな、考えてもみろよ、宝石の代金にどれだけ払うとローズに申し出たか！　業者の買い取りよりはるかに高値だぜ。それだけをぽんと払ってやれるんだ……でなきゃ、もちろん宝石は返すつもりだった」

「それはそうでしょう」バンコランはそっけない。「それでもローズ・クロネツの両親は、おそらく宝石より、あなたの太っ腹な提示金額を取るでしょう。確かプロヴァンス在住で、懐具合もさほどでないようでね。あなたの刑務所行きを見るより、宝石の代金に多少の色をつけてもらったほうがいいと言いそうです。実を言うと、この件に関してはすでにローズの弁護士と協議済みです。ですからこれにサインだけくだされば――」

コートのポケットから折りたたんだ文書を出した。受け取ったド・ロートレックが一読して青ざめる。

「法外な条件だぞ、こんなの」

「そうですね。あなたの免責も込みですから。いわゆる重罪の宥恕ともとれますが、自分がそれに関与して、ずいぶんひねくれた方法でささやかな善行を施すことに異存はありません」

「罠はないだろうな？」

「ひとつも。内容は正確でしょう？　サインしますか？」

「正確だ。サインしよう」ド・ロートレックはぼそりと言った。

彼は小さな金庫の上に書類を広げ、バンコランの万年筆でサインした。

バンコランはなにやら考えながら話を続ける。「わが身を守りたければ、内容が正確だと認めるのがいちばんですよ。ローズ・クロネッツの宝石の窃盗よりはるかに重大な容疑で身柄を拘束されずにすみますからね。ローズ・クロネッツ本人を殺害したかどで逮捕されずにすみます」

ド・ロートレックは、わななく手でなんとか万年筆にキャップをかぶせた。「冗談じゃない、おれを人殺しだと思っていたのか？　茶のレインコートと黒い帽子の男だと？」

「いいえ」

バンコランはドアに背を向けて立っていた。そこで振り向く。あわてるふうもなく錠とドアを開けたが、ドアにもたれて盗み聞きしていた人物を一同に見せるにはそれで充分だった。彼はその人物を中に引き入れるとドアを閉めた。中背にやや届かず、通った鼻筋に砂色の口ひげ、横柄な顔つきながら怯えた目の男だ。

「茶のレインコートと黒い帽子の男はこちらですよ」バンコランが肩に手をかけたその男は、ブライス・ダグラスだった。

第二十章「ゆがんだ道筋をたどる……」

夜明けだったのか、あるいはまだ夜ふけであったか。しかしながらド・ラ・トゥールセッシュ侯爵家の閉ざされた屋敷内ではどちらかわからず、居合わせた者たちも気にしなかった。ぎらつく照明のもと、緑ラシャのテーブルに着座していたのは四人。上座にバンコラン、マダムはその隣でしわだらけの手を重ね、相変わらず目を輝かせている。マダムの向かいはリチャード・カーティスとラルフ・ダグラスだ。

「あの人は放免でしょう?」マダムが尋ねる。

「さる事情で放免になります」バンコランが応じた。

儀式の朗誦じみたやりとりだ。当のラルフは終始テーブルから目を上げようとしない。

「ムッシュウ」マダムは続けて、「あなたのささやかな罠のために、うちの屋敷をお貸ししましたわね。それはそれで楽しかったですけど、再度楽しませていただきますことよ。悪評がたつといけないので、常連さんにはご遠慮いただくむねをあらかじめ根回ししておきました。いくらムッシュウ・ド・ロートレック以外はすべてあなたご手配の方々にせよ、殺人の話で動揺させるわけにはまいりませんでしょ。リチャードソン夫人とムッシュウ・ジュールダンは、お残りになるには刺激的な集まりすぎるとお考えになったんじゃないかしら。でも、もう事情をお話しくださいますわね。あのすばらしい美人のお嬢さんを子供扱いして、無理に帰らせておしまいになったわけもね」

「と申しますのもね」とバンコラン。「あのお嬢さんに関わる話が多いもので、お聞かせしないに越したことはないのです。同じ理由で、こちらのお二人はそれを開く必要があります。ただし一点だけ、絶対にお嬢さんに真相を洩らさないというお約束でね」

バンコランはテーブルに肘をついて手をこすり合わせた。

「真相？」カーティスが問い返す。

「なぜブライス・ダグラスがローズ・クロネツを殺したかについての真相です」

一呼吸置いて、バンコランは続けた。

「この話に出てくる犯罪はふたつ――窃盗と殺人――それぞれ無関係で、完全に独立していながら、互いを隠し、かばいあったのです。二つは密接に絡みあって切り離すことができませんが、こちらの興味はだんぜん殺人にあります。

そもそもの初めから、たったひとつの事実、故意の殺人ではなかったという事実のせいで読み誤ったのです。おかげで、動機探しでまったく見当違いの方角へ放り出されました。われわれはローズ・クロネツに愛憎ないし恐怖を抱く男を探していました。しかしながらあの殺しは故意ではなく、犯人はローズになんの愛憎も恐怖もありませんでした。政府機関のスパイ同士というだけのつながりで、ほかは全くと言っていいほど彼女のことは知りません。その男はおそろしい用心深さでプロとしての生活を送っているように見え、実際にそうしていました。ローズ・クロネツには何の関心もありませんでした。ですがマグダ・トラーへの苦しく辛い恋に身を焦がしていました。その気持ちを隠そうともしなかった。その一点には異常なほど神経をとがらせ、行きずりの男の目がたまたま彼女に止まっただけでも、私情をあらわにあれこれ問いただすほどです。なにぶんマグダは若いからラルフ・ダグラスを本当に愛しているわけではないと信じ込んで——多くの件と同様に、それは彼の眼鏡通りでした——それをろくに隠そうともしませんでした。我田引水の思い込みで、自分こそマグダにふさわしいし、相応にお膳立てすれば、相手にそれが通じるはずだと決めてかかったのはとんだ誤算でしたが（このことは決して彼女に知らせないように。ミス・トラーは自分がどれほど男たちの人生を狂わす力をそなえているかをご存じない。だからブライス・ダグラスに次いで、その力のほどをいちばん知っているお二人にこうしてお話ししているのですよ）。そこでブライスは風変わりな計画を練り上げました。殺人は抜きです。その時点では殺人のことを考えただけでおじけをふるったでしょう。この計画はお気に入りの探偵小説のスタイルを踏襲した、なかなかのものでした。細かい詰めをおろそかにせず——特にセンセーショナルな細部に——『紙上の殺人』ばりです。不安に陥った形跡がないのは、『紙上の殺人』に毛が生えた程度でとどめる腹だったからですよ。私自身の信念から申し上げれば、実物の殺人より十倍も悪質ですな」バンコランはそこで一息入れて続けた。

「ですが、私が考えた通りにお話しするほうがいいでしょう。初めのうち、私は彼を疑いませんでした。私とて誰でも疑うように生まれついているわけではありません。疑わなかったのは、殺す動機がなかったのと、ある偶然のできごとで巧妙な目くらましをされたからです。もしも何か動機があれば、あるいはあんな偶然が起きなかったら、まっさきに疑われていたはずですし、本人にも面と向かってそう言ってやりましたよ。細部を練り上げたり、謎めかしたりは、いかにもあの男好みですからな。

その可能性に初めて思い当たったのは、ゆうべド・ロートレックと会っている時です。覚えておいでででしょう、われわれはその前にブライスと会いましたが、そこでド・ロートレックのアリバイの話が出ました。一見するとブライスの話はいたって筋が通っているようでした。彼によれば午後に、スパイ仲間のローズ・クロネッツから電話（また電話です）による通報があった。ド・ロートレックが大逆罪に相当する会合のために怪しげな行き先へ向かうと警告され、尾行を勧められました。ド・ロートレックの行き先がこの——なんですか——ツキを磨く場所に違いないと、ローズ・クロネッツにはわかっていたそうですが、ブライスの抜け目のない説明では、その晩のラルフ・ダグラスとの密会に好都合だから、彼女は外務省の連中にド・ロートレックを足止めさせるように仕向けたのだとか。

それはよしとして。さて、その後、われわれがド・ロートレックと会っていると、向こうからこんな話を出してきました。ド・ロートレックとローズ・クロネッツと彼女づきの女中は、土曜の午後いっぱい川遊びに出ていたそうです。ところがブライスはローズが午後に電話をかけてきたと言います。必ずしも重要ではありません。説明は幾通りかありますから。（1）ド・

ロートレックが嘘をついた。（2）ブライスがうっかり間違えた。（3）連れ同伴のピクニック中であってもローズは電話を探し当てた。

この中で、（2）「うっかり」の線は捨ててもいいでしょう。ブライスのような男はそんなへまをしません、特に重要な任務の遂行で外務省の同僚と尾行の準備をする必要があるのですから。（1）は可能性がありそうでした。理由はあとでお話ししますが、ド・ロートレックの態度はまったく腑《ふ》に落ちませんでした。それに（3）は大いにありそうでした。

ですが、その時はすぐそちらに専念するわけにもいきませんでした。なにしろあの殺人や、死因や、トラー嬢をさす偽の証拠などの謎解きという難業に加えて、今ご説明したような問題がありましてね。けさになって、ようやく筋道立てて検討できるようになりました。クロネッツの女中アネット・フォーヴルを調べましたが、その結果は？

あの女中の供述によれば、三人で川遊びに出発したのは土曜の午前十時三十分です。同じ車に乗って、途中で止まらずにまっすぐ川へ向かいました。ボートを借りて、午前中から『黄昏時』までローズ・クロネッツは一度も川を離れませんでした。アネットにはその話を最初から最後まで繰り返させました。あとで尋問した船頭も、その話を裏づけてくれましたよ。

おかげで（1）も（3）も消えました。話が事実である以上、ド・ロートレックは嘘をついていません。ローズはパリならどこででも電話を利用できたでしょうが、セーヌ川の真中では無理です。そうなると唯一残るのは、ブライス自身が嘘をついていた線です。

これで事件に異質な光が当たりました。ローズ・クロネッツは——ブライスの言い分では——

ド・ロートレックが土曜の夜にド・ラ・トゥールセッシュ侯爵夫人の屋敷へ賭けごとをしに行く予定をよく知っていました。ならばブライスが知らなかったのはどうしてでしょうか？　当人の供述によると、ブライスはしばらく前からド・ロートレックの動きを見張っていました。ド・ロートレック本人からわれわれが聞いたところでは、そこへはだいぶ前から通っていて時間まで決めている。夜の十時半ごろ行って、夜明けになるまで絶対に帰らないと申します。ブライス・ダグラスのような疲れを知らない尾行者がそこにまったく思い至らなかったり、どんぐり丘のそばの陰気な屋敷の素姓も知らないなど、不自然で考えにくい話です。

ブライスによるド・ロートレック尾行のくだりは、不吉なサスペンス満載の、手に汗握る描写でした。選り抜きの部下メルシエとともに、この屋敷の外で『三時間以上の耐えがたい時間』待ってようやくド・ロートレックが――おそらく、胴元が異例の早じまいをしたかなにかで――？」

バンコランの一瞥にマダムがうなずいた。「ええ、あの方が胴元を破産させたので」

「――ド・ロートレックが出てきました。ブライスはずいぶん力説していましたよ。それがド・ロートレックのアリバイになりました。そしてご賢察通り、ブライスのアリバイにもなりました。

ですが、ブライスは同僚と一緒に待っていたのでしょうか？　違います。自身の供述で、ブライスは表門を、相棒はかなり広大な敷地をへだてた裏門を見張っていました。獲物が万一抜け出す場合に備えて、二人ともそれぞれの持ち場を離れないという取り決めだったとブライス自身が認めています。疑う心を持っていれば、こう考えられますね――ブライスは知っていたはずだ、ド・ロートレックのような賭博狂が数時間でこの屋敷を離れるわけがない、と。頓死か不測の事態でもないかぎり、とブライスは確信していましたが、われわれとて、世のできごとの大方をそんなふうに考えているものです。これはブライスの案にしては水ももらさぬとは申せませんが、実に巧妙なアリバイでした。というのも（すぐおわかりのように）ブライスが想定していたのは殺人のアリバイではなかったからです。

さて、ブライスの嘘を確信した私はこう自問してみました――そもそもブライスを疑わなかったのはなぜか？　まず、第一に動機の欠如。第二に、ある状況下でブライスと茶のレインコートの男が同時に目撃された――あるいは、目撃されたも同然だった――という事実です。

こちらは私自身が裏づけられます。ご記憶でしょう、先週の水曜夜に、やや背の高い茶のレインコートの男がマルブル荘の塀を登るのを見かけております。（それはそうと、ブライスはそうした行為を好むきらいがあるようですな。この屋敷の前で陰気に張りこみしていたという架空の話でも、よっぽど塀を乗り越えようかと思ったと話しています）金曜の夜に私は、明らかにもっと背が低い別人らしき男が堂々とマルブル荘の門に近づいて入るのを見かけました。あとをつけてみると敷地内に入って行きました――やつも私も足音をたてずに。なんと！――やつが裏手のキッチンの窓へ回っていくのが見え、その窓には灯がついていました。くれぐれもそこをお忘れなく――窓には灯がついていたのですよ。

男はその窓に近づき、鎧戸ごしに中をうかがいます。なかの灯が消えます。やつは飛びのきました。近づいた私に男は、家の中で茶のレインコートと黒い帽子の人物がシャンパンの壜を出し入れしていたのが見えたという話をします。

そんなことを思い返しているうちに、マルブル荘のキッチンで見かけた不審な品々をようやく思い出しました。残念ながら、見つけた当座はあの品々の重要な意味を見抜けず――ただいくつか意見を述べ、電気時計についてちょっとためになる話をして、表の警察がお嬢さんの手の痕を自動車から採取する時間稼ぎをしただけでした。事実を列挙しますと、(1)キッチン奥の壁面で、電灯のスイッチの真上に白い画鋲だか虫ピンが頭近くまで深く押しこんであり、(2)電気冷蔵庫の後ろに一本の丈夫な黒糸が窓の方に伸びていて、端が輪状になっていましたが、どうやら途中で切れていました。

電灯のスイッチはフランスや英国では一般的なタイプで、上げ下げする突起がついています。突起を下げれば電灯がつきます。窓には鎧戸をおろしてありましたが閉め切ってはいません。次さて、かりに一本の丈夫な黒糸の輪を電灯スイッチの下向きになった突起に巻きつけます。次に、壁にしっかり押しこんだ画鋲に引っかけて、滑車がわりにします。あとは窓まで三フィートほど伸ばします。糸の端は鎧戸の細いすきま越しに難なく外へ出せます。引くと――スイッチが上がる。灯が消える。ぐいと引く――糸が切れます。ところが強く引きすぎて、糸が窓近くで切れてしまう……。

そうです、まずいことになりました。

ここで私はためになるスコットランドの詩の一節を借りて独りごとを申しました。『逆蛍の光のバンコラン、ヤキの回ったバンコラン、ハゲの難物バンコランよ、正気はどこへ行ったやら。どうかしてるぞ。あのろくでなしの小倅ブライス・ダグラスが、わざわざ芝居の全容を明かしてくれたのに。おまえのために仕組んだんだよ、この唐変木め、一杯食わしてやろうとな。とある変装をしたあいつが水曜夜に初めて別宅を訪ねた折に、塀を乗り越えるところを見られたと知り、自分だとばれたかと思ったのさ。たとえ頭はあれでも目だけは鋭いおまえのことを、やつはよく知っていた。それでぜひとも確かめておきたかった。ちょっとした茶番で二重に安全を期したわけだ。茶のレインコートの男をでっちあげたのさ、そいつが不吉な目的で登場する前に。

そして金曜夜に』――どうも気の利かない仕儀ですが、引き続き独りごとです――『やつが最初に別宅に現われた時、おまえは見ていなかった。おそらくおまえが表門を張っているすきに裏塀を越えてきたんだ（あとで同じ手口をこの屋敷で使い、メルシエの目をごまかした）。別宅でやるべきことをすませ、つまり元の計画を変更して、そこにあった混ぜ物なしのシャンパン六本を持参の一本に差し替えた。あの画鋲と糸の仕掛けで電気をつけっぱなしにしておいた。塀を乗り越えて引き返した。それから大胆にも表門に回り、わざと自分の跡をつけさせたのは、その一幕で私を納得させるつもりだった』

これで私の独りごとは終わりです。

「ですが」と、バンコランは続けて、「私さえ気づいていれば、ブライスは含みのある言葉をいろいろこぼしていったのです、茶のレインコートの男がキッチンで壜を出し入れした話をしたときに（十分前に自分がしたことですな）。ブライスの言い分では、彼はローズ・クロネッに会いに来たわけです。ラルフが所有する閉鎖中の別宅へわざわざ出向いてローズと会おうとした理由は？　そして――本人曰く――なぜ待たなかった？　茶のレインコートの男を見かけていながら、その場を離れたのはどういうことですか？　本人曰く、中にいたのが宴会準備中のラルフなのはかなり確実だったからだ、と。早くも大々的に疑惑の種まきをしていたわけですよ」

ずっとにらんでいた緑ラシャから、ラルフが目を上げた。沈痛で混乱した顔だ。

「この件はもういやというほど聞いた」と、うめく。「つまりブライスが、人もあろうにブライスが、おれを疑わせようとして何もかもお膳立てしたのか？　信じられん。絶対に信じない」

バンコランは、ラルフを見てうなずいた。

「ですが殺人の容疑ではありませんよ」優しく言う。「そこは強く申し上げておきたい。ですから引き続き、その部分を検討させてもらいましょう。

その時点で私が確信した通り、ブライス・ダグラスがあの謎の人物だったとすれば、どうすれば茶のレインコートの男の特徴がブライスにあてはまるでしょうか？

まず、身長の問題があります。これについてはジャン－バティスト・ロビンソンの推理が網羅的かつ示唆的で、私見ではなかなかのものですが、肝心な点を外しています。ジャン－バティストはあの人物は女だと言っています。かかとの高い矯正靴のようなものを履いて何インチか高くみせていたと断言しています。その靴のせいで女は足を取られて床にばったり倒れそうになったのだと。さて、女には勝手のわからない男の衣服はたくさんありますね──特にズボンです──それでも絶対に女が勝手知ったる品がひとつあります。ハイヒールです。そっちはお手の物ですよ。まったく反対に、何よりもハイヒールで苦労するのは男です。歩き方がおかしくなります。ぴかぴかの床でばったり倒れかねません。それにミス・トラーが月明かりの木陰を行くブライスの姿を見かけて、身のこなしや歩きぶりにまったく見覚えがなかったのも不思議はありません。そうですとも、殺人犯はそもそもの初めから、明らかに中背よりやや低めの男でした。

あとは、口ひげにあまりこだわらないように。あれは本物です。ブライスはふだんはつけひげはしません。そんなことをしようものなら社会活動に不都合な時もあるに決まっています。表通りの劇場には、芝居用のパテで口ひげを隠し、かぶりつきのお客でも苦もなくだます手合いがおりますよ。ブライスのかつらはごく不出来でかまいません──見るのは視力のほとんどないオルタンスだけです──芝居用のパテをもう少し用意して着色すれば、オルタンスが言った『ピンクのしみ』のような顔がつくれますし、もとが兄弟だけに似ており、それらしく見せるのは簡単です。実を言うと、われらが茶のレインコートの男がブライス以外の人間とはとても考えられませんな。

無数のこまごました、ブライスにとっては楽しい枝葉については、とりたてて云々するまでもありません。あの手紙は、ラルフの署名が一番下にある手紙を漂白してからタイプし直したのです。オルタンスを選んだのは視力がほとんどなく、一度もラルフに会ったことがなかったからです。元の手紙はマビュッスが紫外線を当てて解読しました。しかしながらひとつ厄介な問題が生じました。オルタンスがローズ・クロネッツの元情人であるスタンフィールドへ手紙を持ちこんだことです。すんでのところで、計画全体がぶちこわしになりかけましたよ。ですが総じて――」

ラルフがテーブルを叩いた。

「だけど、兄貴はあのカミソリでなにをする気だったんだ?」と、詰め寄る。「ローズを殺すんじゃなかったら、ねらいは何だ? その動機は? 今日、おれから切り出した話も――」

「順に片づけましょうか」バンコランがなだめる。「ブライスが計画を実行に移したさいの、ムッシュウ・ルイ・ド・ロートレックの妙なふるまいと共に検証しましょう。

当初からド・ロートレックの態度はまったく腑に落ちかねたと、さきに申し上げました。ですが、その違和感が妙な具合でね。個人的には殺人など歯牙にもかけず、まるっきり無関心といったていです。それなのに最初の面談では、なにかひどい気がかりがあるようでした。話題がどっちへ向いてもつねに宝石の問題に戻ってくるという、際立った事実がありましてね。

あの三つの宝石の件でつついてやったら――それで、こう考えるだけの根拠を得ました――彼はそれを土曜の夜にローズ・クロネッツを脅迫して巻き上げたのだと。(そして、その部分はまったく読み通りでした。自白した通りのやり方でエメラルドのペンダント、ダイヤの指輪とイヤリングなどをローズから入手したのです)最後には認めたものの、やはりほかに、ずっと何かの気がかりがあるようでした。機会があるたびに、『じゃあ、おれがローズの宝石を盗んだとでも思うのか?』と匂わせてね。まあ、やつにそう言われて私もそれを信じたのに、それでもあの男はよしとしません。このことが世間に知れ渡ったら自分はおしまいだなどと言って、自分の挙動不審を説明しようとします——まったくもって荒唐無稽です。ローズ・クロネツは名うての莫連《ばくれん》で、たいていの人に嫌われていました。ド・ロートレックほどの鮮やかなお手並みでローズをだしぬいて、あの宝石三つを巻き上げ、形勢逆転となれば待っているのは世間の喝采でしょう。

さて、ド・ロートレックは、マルブル荘の殺人犯は女だとするアンテリジャンス紙の推理に明らかに感銘を受けていました。ジャン‐バティスト・ロビンソンにそんな影響を受ける人々はおりますし、あの推理はいろんな点がもっともらしくできていました。それをもとに、ド・ロートレックはめまいがするような驚天動地のことを言いだしたのです。土曜夜のローズ・クロネツのマルブル荘行きをどうやって察知したのか——加えて、『偽物のラルフ・ダグラス』がどうやってローズを口説いて逢引をのませたか——を私が尋ねたところ、やつの答えは、女の声が電話をかけてきてローズを説き伏せ、ラルフ・ダグラスのかわりに約束をとりつけた。その電話のやりとりを洩れ聞いたと申します。

この話には一見ほんとうらしくない点がいくつもありました。どこの女だ? ですがこの後すぐ、ド・ロートレックはご丁寧にわき道へ逸れて、疑いをアネット・フォーヴルに向けようとして、アネットが茶のレインコートと黒い帽子の男だった可能性もあると言いだしました。

当然ながら、アネットの動機は何だろうと尋ねましたよ。するとド・ロートレックは、したり顔で肩をすくめただけです。

これは――女の声が約束をとりつけたという話ですよ――昨夜すでに眉唾ものでしたが、けさになってブライス・ダグラスの犯行だと見極めがついてみれば、危なっかしい偽装だったことがわかります。ブライスの単独犯行なのはわかっていました。ここから最後の難問の答えが出てきました。茶のレインコートの男はどんな手口で悪賢いローズ・クロネツを説き伏せてマルブル荘へ行かせたのか、ラルフ・ダグラス本人はまったく姿を見せていないのに？　その男がラルフ・ダグラスの兄だったからですよ。そればかりか、ローズとは仕事上のつながりがありました。内々の伝言をローズに伝えて、鵜呑みにさせるなど朝飯前のはずです。

ところで、ド・ロートレックはたしかに女だったと断言しました。ド・ロートレックは嘘をついていましたし、自分ではそれが嘘だと知っていました。彼はローズと実際に接触した相手の正体を知っていたのか、それとも察したのか？　どちらにせよ、なぜアネットに疑いを向けようとしたのか？　アネットを是が非でも茶のレインコートの男に仕立てる理由は？　当然ながら、ローズ・クロネツの宝石という理由があったわけですよ……。

そこまでです。私はあの膨大な宝石コレクションの残りの品について、ド・ロートレックに尋ねました。あのコレクションでは三つぐらい、どうということはありません。それなのに、それまで宝石の話に興味津々だったド・ロートレックがいきなり無関心になりました。曰く、宝石はローズの部屋の壁金庫にあるよ、あした弁護士が回収にくる。今は金庫が開かないんだ、誰も番号を知らないから。そんな逃げ口上でいなそうとします。ローズ宅の部屋代を払い、管理人から部屋を引き渡されたこの男が、厳密には自宅同然の壁金庫の番号を知らないとはとうてい考えにくいと感じましたよ。

積もり積もった推測は、もはや途方もない量に達しています。宝石の盗難についてはまだ何の話も出ていません。ですが同時にド・ロートレックはアネットに嫌疑を向けようとしている――なんらかの理由で。なんだろう？　かりにド・ロートレック自身が金庫を荒らしたので、万一に備えてアネットが疑われるように小細工にかかっているとすれば？　やつの言動をくまなく合理的に説明できる答えはそれだけでしたから、洗ってみる甲斐はありました。

それでド・ロートレックがやったと仮定して、いつやったのでしょう？　あの二つの話――窃盗と殺人――が意味深長な角度で交わる一点は、まさにここでした。

私が今日の午後入手し、皆さんには今夜わかった情報をもとに盗難の状況を再現できます。ローズ・クロネツは（用心深い女だけに）自分の宝石類にはもれなく精巧な模造品を作らせていました。ですが実利優先の誘惑に勝てず、一つだけ大しくじりをしました――土曜夜にマルブル荘へ行ったことを除くと、いまだかつてしたことのない最悪のしくじりです。ド・ロートレックは土曜の夕方に爆弾を投下し、彼女を別宅へ行かせる代償に宝石を要求しました。ローズは気が狂わんばかりに憤慨しました。それでも妥協してド・ロートレックに渡した三つのうち、二つは本物でした。ひとつだけ、いちばん高価なエメラルドのペンダントは模造品です。それがローズのまちがいでした。

ド・ロートレックはすべて本物だと信じて満足しました。その時は彼女から盗みを働くつもりはありませんでした。あの男は侯爵夫人のこの屋敷にやってきました。最初からバカ勝ちし、担保品を出す必要もありませんでした。ところが、一杯やりに別室へ行ったところで妙なことになります……」

ド・ラ・トゥールセッシュ夫人は頭をのけぞらせて高笑いした。

「そう、そう、そうなのよ。そのお話なら今夜申し上げましたでしょ。ムッシュウ・ド・ロートレックはあれだけ勝っていながら勝負を中断して、宝石商のムッシュウ・ルドーと熱心に話しこんでらして。それがすむと、しばらくゲームを抜けることになさったの」

「おっしゃる通りです。ところで、自分から宝石商にあのペンダントを見せたのではありませんし、ほかの二つはどちらも見せてはいなかったのですよ。今日の午後、アムステルダムのムッシュウ・ルドーと連絡が取れまして、そうした事実関係がはっきりしました。一緒に飲んでいるうちにやつのポケットからペンダントが落ちたのです。ド・ロートレックはただ『ちょっとした物でしょう?』と言い、ムッシュウ・ルドーは『ええ、模造品にしてはなかなかの出来です』と応じました。

ド・ロートレックの激しやすい性分なら、何度かは実例を見ておいでですね?　やつは無言を通したものの、最悪の怒りにぶち切れたのはまさにその時です。ローズのやつめ、最後に一杯食わせやがった。秘蔵のコレクションをひとつも手放したくないってわけか。なら、すっからかんにしてやる、おれが盗ってやるというわけです。それもわりあい安全にできる手口に気づきました。どうやら今夜は千載一遇の好機じゃないか。ローズはマルブル荘に夜通し出かけている。あの女がうまくラルフ・ダグラスに取り入れば、ド・ロートレックの隣をじきに引き払うことになる。宝石を盗めるのはあそこにある間だけだ。おまけに女中も外出日だ。もしもこのマダムの屋敷でうまくアリバイを工夫できれば、あとでローズをコケにしてやれる。ローズのことだ、おれを告発するだろうが、鉄壁のアリバイの前には手も足も出まい。

ド・ロートレックはブライスの同類で、その知性は独創より狡知が勝る手合いです。やつのアリバイはお察しのとおり、賭けテーブルの人間心理と――そこから着想を得たのは、自身がおなじみだからですよ――この部屋の特殊な照明に基づくものでした。

進行に弾みがついて勝負が白熱すれば、賭け狂いの輩《やから》は（ここで勝負する人はみんなそうですが）勝負以外のことには我関せずです。大爆発でも起きなければ、あたりを見もしないでしょう。立ち上がりもしないし、動きもしないでしょう。さらにまた、時間には本当に疎くなります。実際に見たことがありますが、アヘン中毒の集団は時間の話をされると、戸惑い顔で目をみはって起き上がるのですよ。しかも御覧じろ、この部屋には時計がありません。それどころか室内はまっくらです――テーブルを除いて。

それをどう活かしたかはおわかりですね。ド・ロートレックがしばらく抜けると宣言すれば、なんの雑作もない。その場に居合わせたほんの一握りの面々はみんなテーブルを取り巻いています。かりにもっと人が多ければ、危険もそれだけ増したでしょう。実際にド・ロートレックにできたことは、屋敷を抜け出して門を越え、自分の車で行って金庫から宝石を出し、彼女を嘲笑うように模造品とすり替えた上でまた戻ってくるだけです。もしもさほど時間を措かずに戻れれば、部屋から出もしなかったと賭け仲間に口をそろえて証言してもらえます……彼は戻るとすぐに勝負に参加するでしょうから、特にね。勝負の前半と後半がそこでつながり、何回かの勝負のなりゆきが全員の頭の中で混ざってしまうでしょうし、後になればド・ロートレックがいつごろテーブルを離れていたかも証言できなくなっていますよ」

　マダムが独り合点した。

「わたくしは気がついておりましたけど」と公言する。「あの席でそういうことに気を配るのは女主人のつとめでございましょ。それでもずいぶん長く抜けていらしたのは存じておりましたけど、室内にいらっしゃるとばかり」

「ここで、ド・ロートレックの物語は侮りがたいブライス・ダグラスの物語と合流して、すばらしい芸術的な効果をあげています。と申しますか、二人の物語は髪一筋ですれ違っています――あたかもブライスとド・ロートレックがこの家の門前ですれ違ったように。ド・ロートレックの『おつとめ』の所要時間はものの一時間足らずでしょう。ブライスのほうはマルブル荘へ出かけてあれこれやらかして戻ってくるまでに、さしずめ一時間強ですかな。(ブライスの所要時間がこの程度ですむなんて、いささか意外でしょう。車で別宅へ向かうだけで半時間近くかかるだろうとおっしゃるかな？　それはそうです。パリの中心部からならば。ですがパリ周辺地図をよくご覧になって、現在地がどのあたりか考えてみてください。どんぐり丘はロンシャンの外縁部にあって、直線距離で横断すればマルリーの森に至近なのです。この事実にも興味をそそられましたね)

ブライスのほうは門前で見張ると見せかけて、十二時半ごろこの場所を出たに違いありません。行きはメルシエとタクシーだったのを覚えておいででしょう。自分の車はとうに丘のふもとに隠してありました、あくまで荒れ野に取り残されたという体裁にしておきたかったのでね。ド・ロートレックが出発したのはその直後に違いありません――そうして二人は見事にすれ違いました。ブライスはド・ロートレックがまだ屋敷内にいると思いこんでいます。ド・ロートレックはというと、見張りが表にいるとは疑ってもみませんでした。

やることが少なかったド・ロートレックのほうが先に戻ってきました。ブライスは何分か遅れたに違いありません――またもや、きれいにすれ違います。ブライスにもド・ロートレックにも万事異状なしと思えました。ド・ロートレックはまた屋敷に戻り、あいかわらずツキに恵まれ続けました。そしてこちらのマダムにお願いして保管箱をもらい、勝ち金の大半を入れるついでに、盗んできた宝石をこっそり忍ばせました。持ち帰ったのは勝ち金のほんの一部と、もともとの宝石三点です。なぜでしょうか？　ムッシュウ・ルドーに見せたのは三つのうちのひとつだけだったのに、すべて模造品だと思いこんだからです。あんな人けのない場所で賊に出くわす場合を考えて、勝ち金の大半を置いてきたのなら、その晩の収穫に匹敵する値打ちものの三点を持ち歩くはずがないのは、火を見るより明らかでしょう。しかも帰宅する気はありません。どこか終夜営業の店にでもしけこんで、それから三日間のアリバイを作るつもりでした。

ほくほく顔で出てきたとたん、外務省の連中に襲われた時の驚きを想像してください――彼らはこの屋敷を夜通し見張っていたと言うのです！　さて、その時まで残っていた難題がひとつだけありました。あのエメラルドのペンダントを、あいにくな成り行きで宝石商のムッシュウ・ルドーに見られてしまっています。定かではないが、ほかの二つも誰かの目に触れたかもしれない。いくら模造品にせよ、盗難の件が世間に知れれば、まずいことをいろいろ尋ねられそうです。これをローズ・クロネッツのアパルトマンに戻すわけにはいかない。自分の手許に置いて、何とか筋の通る理由をつけなくては。よろしいかな、その説明なら簡単です。あの男がアンヴァリッド街八十一番を出たのは、その夜、ローズが家を出る少し前でした。出る前に盗めるはずがありません、ローズがマルブル荘へ持参する軽めの装身具をいくつか金庫から出すからです。賭博場にいたことさえしっかり証明できれば、アリバイ全体が完全無欠でした。ところが、ここにきて外務省の連中に介入されました。ド・ロートレックは不意の恐怖に襲われたあと、相手の一人（ブライス・ダグラス）が強く主張して、彼に完全無欠のアリバイを作ってくれるのを耳にしました。ブライスはド・ロートレックが夜通し屋敷を出なかったと明言しています。ブライスは自分のアリバイを作っているだけです。ド・ロートレックにとっては不意打ちに違いありませんが、望外の展開です。殺人の話を聞いて――夕刊ですべての事実を知って――ようやく破顔一笑したことでしょうな。彼はローズ・クロネッツとマルブル荘で会う約束をしたのが誰の声か悟りました。もしかするとブライスとローズが一緒にいるところを目にしたことがあるかもしれません。ブライスがあれほど完全なアリバイを与えてくれた理由はすぐわかりました。

ド・ロートレックはそれを受け入れたか？　それはもう皆さん、心からです。ブライスを全力でかばわなくてはなりません、それが自分の身の安全につながるわけですから。こうして二つの物語の結末が交差し、運命がない合わさりました。ド・ロートレックは『女の声』うんぬんというあの不出来な話を捏造して、それと知らずに共犯になった男の容疑を払拭してアネット・フォーヴルに投げかけました。

絡み合う思惑と人間の行動のねじれについて、ささやかな楽しい説明をして参ったしめくくりに、狡猾なブライス・ダグラス氏がどういうつもりで茶のレインコートの男になって登場したかをお聞かせしましょう。その計画とは正確にはどんなものか？　世間、特にマグダ・トラーに対して自分の弟の信用を傷つけ、彼に会う者すべてが吐き気がするほどおぞましいと後で思うように仕向けるのが目的でした。恐怖を与えたり、法律を使って報復するのではなくてね、おわかりでしょう。大犯罪者でも色悪でもない、ひたすら嫌悪の対象にしようという魂胆です」

一呼吸おいてラルフを見る。

「ダグラスさん、こう申し上げればご理解いただけますか？」と続けて、「ブライスはあなたをそういうふうに思っていたし、ミス・トラーにもそう思わせたかったのだと？」

またしても沈黙。

「一年以上前になりますか、世に知られたあの事件をご想起願いたい。あいにく私がその話を耳にしたのはようやく今日になってからですが、その当座はずいぶんでかでかと書き立てられてパリ中に喧伝されたそうですな。あるナイトクラブでローズ・クロネッツがナイフ投げの刃物をいじろうとしたのがもとで、あなたと口論だか痴話喧嘩になりました。そして故意か偶然か彼女はあなたに切りつけましたね。それであなたは二度とこんなまねをしたら、ナイフで顔をめちゃくちゃにしてやるぞとおっしゃった……。いえ、そんな話が事実でないのはわかっています。ですがパリ中が鵜呑みにしました。それでブライスは土曜の夜に別宅であなたになりすまし、パリ中の目の前で、多少ひねった形でその通りのことを――」

ラルフが拳でテーブルを叩いた。

「まさか、あの豚野郎がナイフでローズの顔に傷をつけたあげく、酔っぱらったおれが喧嘩中にやったと見せかける魂胆だったというんじゃないよな?」

「ナイフではありません」とバンコラン。「カミソリです。そのほうが楽でしたから」

ラルフとカーティスは顔を見合わせた。マダムだけがガーゴイル風のしたり顔で、目配せしながらうなずいている。

「なるほどね」マダムはあっさり言った。

「そうなのです。しかもブライスは、ローズ・クロネツ自身にもあなたのしわざと思わせる手口を考えていました。それがこの計画の主眼であり核心でした。さだめしローズはひどいスキャンダルにしてくれたでしょうよ――

ですが、ブライスの悪だくみの序盤にあたる下準備のことをお尋ねでしたね、ローズをどうやってマルブル荘におびき寄せたかという。さて、誰かがラルフの姿を目撃しないといけませんし、誰かがラルフだと確認し、あとでその誰かがラルフがいたと証言しなくてはなりません。

そこでオルタンスです。ですがもちろん、ローズ自身をこのなりすましと対面させるわけには参りません。なりすましのブライスが別宅へ入るに先立って――ローズには一服盛って――できれば一服盛った上で酔っぱらわせて――おかなくてはだめです。そのために上等のシャンパンをふんだんにそろえて、彼女の意を迎えようとしました。しかしながらいくつかの案を却下した末に、たくみに妙な薬を仕込んだロデレール一本が残りました。バルコニーから見張っていれば、ローズがいつそれを飲んだかを見極められます。

あとでスキャンダルがおおごとになれば、二つの解釈が成り立ちます。

1、ローズ・クロネッツの解釈では、なるべく早く裁判沙汰に持ち込んで、ラルフを法廷に引っ張り出すでしょう。ローズならこう言いますよ。『あの人、ずっと根に持っていたんです。わたしをあの別宅へおびき寄せ、何かに一服盛りました。そうして寝ているすきに、顔をこんな傷ものにして一巻の終わりにしたんです』ローズなら本気でそう信じるでしょう。彼女の目には事実その通りですから。ですが世間の見方は違うでしょうね。世間はかぶりを振って言うでしょう。『やれやれ、あの女なら言いそうなことさ、さもお上品ぶった淑女に見せかけようとして。自分は酒を飲まなかったってのかい？　やんちゃしなかったってのかい？　喧嘩しなかったとでもいう気かね？』そうして、こんなふうに解釈するでしょう。

2、ローズとラルフ・ダグラスは、こっそり元鞘に戻っていた。マルブル荘で密会を楽しみ、水入らずの夜食を取った。女が言うように一服盛られたわけじゃない。男も女もわけへだてなくべろべろに酔っぱらっただけだよ。酔った挙句のいさかいで、ラルフ・ダグラスは以前の脅し文句通りに――」

バンコランは一息ついた。

「もう詳しく言うまでもありませんが、この第二の解釈こそブライスが世間のみんなに植えつけたかったものです。ブライスはその証拠を用意しておきました。ローズが眠っているうちに、用意ずみの夜食のテーブルを二階へ持ってあがる予定でした。翌朝、マダム・クロネッツが失神状態から回復しかけたところを女中に発見されれば――命には別条ないが、むざんに容貌を損なう程度の切り傷を受けて――結論はただ一つしかないはずでした。部屋中に散らばった、映画や三文小説でお決まりのどんちゃん騒ぎの名残が発見されるはずですし、パリ中の堅気の主婦なら誰でもすぐ思い当たるでしょう。からの酒壜。裂けた服。吸いがらで一杯の灰皿。乱れた家具……乙にすました新聞読者が意味ありげに顔を見合わせるのが目に見え、「へーえ！」と言う声が耳に聞こえるではありませんか。

だからこそ、一分のすきもない完璧なたくらみでした。偽物だからこそ、いかにも本当らしいのです。一方でローズが法廷に立ち、薬を盛られて襲われたと女学生のように証言します。するともう一方からその言い分をあざ笑うように、反証がぞろぞろ出てきます。実人生を才気で模倣したわけですよ。その結果がどうあれ、苦しむのはラルフだけです」

カーティスが口をはさんだ。「ですが、いいですか！　かりにブライスが連絡将校の役回りなら――つまり、彼がラルフの名を出してローズに伝言したのなら――やっぱり大っぴらに巻き込まれて渦中の人にされませんか？」

「いいえ。おわかりにならない？　ローズにそんな度胸はありません。お次のブライスの役どころは完全に冷静沈着、冷ややかで無関心です。『あのねえ、君』とくるでしょう。『何によらず、どんな形でもぼくの名を出したりするなよ。伝言を仲介するというばかなまねはしたが、今の自分の立場を忘れるんじゃないぞ。もう高級娼婦を張れない身の上になっちまった。誰が雇ってくれるっていうんだ？　せいぜい腕に覚えがあるのは、秘密警察のマッセがくれた歩合のいい仕事ぐらいだろ、なんならまたやらせてやってもいいよ。ただし、ぼくの地位はわかってるな。ぼくとあんたが裏で結託してる理由をよそに知られちゃ困るんだ。ぼくのマッセへの影響力もわかってるよな。もしも何かでぼくの名を出そうものなら、もう一フランも受け取れないぞ』あの婦人の口封じに、これより効果的なやり口をご存じでしたら喜んで承りましょう。

まあ、その計画全体が潰れたわけですが……理由はご存じの通りです。ブライスの過度な巧妙さがあだになり、シャンパンの壜に液体クロロフォルムを調合したことだけではありません。それればかりか――ローズが睡眠薬を飲むまで暗闇にひそんで、別宅の外で待ちながら――ブライスはあるものを見て泣きたくなったはずです。大げさだとお思いでしたらね、ムッシュウ・ダグラス、今夜、私に見抜かれたと悟った時のブライスの顔をごらんになればよかったのに。

ブライスが見たのは、別宅の門を入っていくミス・マグダ・トラーでした――よりによって、世界中でいちばんラルフの非道ぶりを吹きこみたいと願っていた人です。

見事ではありませんか？　逆蛍の老いぼれバンコランはたとえて言えば脱帽し、ゆがんだ道筋をたどるゆがんだ天の摂理に敬意を表しますよ。ですが事態はさらに悪化しました。ブライスは家の中で何が起きているかわからない不安に耐えきれず、様子を見定めようとマグダのあとからバルコニーの階段をこっそり上がりました。それより先に一方の女が話すのをやめ、ヒステリックになった相手の女が『動脈を切ってやる』などと脅迫しているのが聞こえ――」そこで言葉を切ったバンコランが揉み手をする。「二人とも沈黙した理由を知ろうと彼が化粧室に入ってみれば、立派な理由が目の前にありました。若い娘はクロロフォルムの毒気にあてられて化粧テーブルの上に気絶している。床には、彼が用意した錬金術師のボトルで絶命した女の死体。その二つの痛打で、やつの計画はこっぱみじんになりました」

バンコランは椅子にもたれた。顔色は悪く、しなびて見える。片手で目を隠した。

「ナポレオンの金言と伝えられる言葉があります。『案は二つ作れ。まさかに備えて何かを残せ』ブライス・ダグラスには副案がありませんでした。それでもとっさに一つ思いつき――またしても三文小説からそっくり借用しました。そしてマグダ嬢の記憶がないあの空白の十五分か二十分（途方もなく長い時間ですよ！）の間に、実行に移したのです。

マグダは、血を流させてローズ・クロネツを殺してやると大声を上げていました。そこでブライスは、彼女に本当にやったと思いこませるよう仕向けにかかりました。さて、重要な点にご注意を。マグダが殺人罪で逮捕されたり、疑われたりするのはブライスの本意ではありません。それどころか！　ブライスは化粧テーブルに彼女の指紋を残さないよう気を配りさえしました――ご記憶でしょうが、指紋はひとつも見つからず、テーブルの指紋を拭いたというミス・トラーの供述もありません。ですが、彼女にだけは自分の犯行と思いこませるつもりでした。その上でブライス自身——外務省の名探偵が快刀乱麻の解決ぶりを見せてやろう。こっそりマグダと連絡を取り合って冷静な勇者の役割を演じ、彼女の身を守る手だてを説明しようというのです。いかにもブライス好みの展開ですな。そうすれば彼女はすっかりブライスに心を許すでしょう。それに、こちらの副案のほうが当初の案より巧みさでは優っているくらいです——結局、依然として、ラルフはマルブル荘でクロネッツと元鞘に戻っていたのだと主張できますからね。

ブライスがしたことはご承知の通りです。同じ人物を二度殺した事件は、私の知る限りこれだけですよ。ブライスは死んだ女の腕の動脈を切りました。血がいくらか出たのは、女がうつぶせの姿勢で寝かされ、浴槽のふちから腕を垂らしていたからです。あの短剣を使うはめになったのは、ミス・トラーが目にした凶器がどうやらそれだけだったからです。それがすむとお嬢さんの手に短剣を握らせ、クロロフォルムから回復するまで浴室に置き去りにしました。ブライスはバルコニーの階段をこっそり降りて、降りてくるマグダを待ち受けました。さらに彼女に姿を見せることまでしました。なにぶん時間が押していたので、おどかして追い払いたかったのですよ。

ところが待っている間に胸算用し、こう考えるに至りました。この新しい状況では、誰か身代りを立てないとだめだ。ミス・トラーは逮捕させたくないし、(神かけて)自分もごめんだ。身代りにできそうな唯一の相手はもともとの標的——ラルフしかいない。ブライスを公平に評して申し上げますが、彼は悪の権化でもなんでもありません。ただ策士が策に溺れて途方に暮れ、神経質で執念深いというだけです。反面、派手な情事を連想させる空壜やら、裂けた服やら、食べかけの夜食などの室内の偽装は、こうなってしまうとうまくありません。室内はマグダ・トラーに見られてしまったため、どこかを変えればあとで気づかれます。いくらローズ・クロネツでも、死んだ後にどんちゃん騒ぎは無理でしょう。さらにブライスとしてはどの程度までマグダをだませるか——どれを自分がやったと信じこんでくれるかまでは自信が持てません。おかしいぞという思いを募らせ、疑いを持ち、人に話してしまうかもしれない。

それでもブライスは手を打っておきました。裏口から足音を立てて中へ入り、逢瀬の場にたどりついたラルフを演じます。夜食のテーブルを抱えて騒々しく二階へ行きます。しかし、ブライスの苦衷の核心はまさにそこでした。ラルフを実際の殺人犯に仕立てる度胸はありません。もしそうすれば、私が指摘したように、彼の身代りは身代り以上のものになってしまいます——それではマグダ・トラーに事実だと思いこませた話を口外されてしまうでしょう。

ブライスはとんでもない板ばさみに遭って、初めて混乱しました。それを責めるのは酷でしょう。すぐに冷静さを取り戻し、自分のひらめきは自分が思うほど天才的ではなかったのを悟りましたからね。それで、カミソリを使ってあのばかげた小細工をしたのです。あれがとっさに思いついた唯一のその場しのぎでした。

この事件でしじゅう出た疑問は、やったのが誰であれ、なぜカミソリを荒砥《あらと》で研いだかです。出なかった疑問は、やったのが誰であれ、なぜオルタンスの目と耳の届くところでカミソリを研いだかです。キッチンの電灯をつけ、オルタンスの部屋のドアが細めに開いているのに、なぜその男はキッチンの中央に立ってカミソリを研ぎ、オルタンスの好奇心をそそること間違いなしの音をしばらく立てたのか？　オルタンスの注意を引く意図なのは確実です。ラルフが険悪な気分で別宅に来て、ローズがもしも今回の密会でくだらんまねをしてみせたら、以前の脅迫を実行する気だというところを見せるのが目的でした。

なりすましはラルフの演技をしながら、夜食のテーブルを二階へ運び上げます。ここでやっとこの登場です――われわれが見つけるように仕組まれていたものです。ラルフが鍵のかかったドアを叩いても返事がなく、カッとしてやっとここでドアをこじ開けたという推理を導くためです。ラルフはベッドでぐっすり太平楽を決めこむ女を見て、よけい腹を立てる。給仕テーブルを部屋に押し入れる。シャンパンを開封してグラスふたつに注ぎ分け、起きて一杯やれと女に声をかける。（実を言うとあのグラスの片方は、ローズがクロロフォルム入りを飲んだグラスをきれいにゆすいで拭いてありました）やがてベッドに近づいて声を張り上げる。女は身動きもしない。女の体に触れ、死んでいるのに気づく。

以上が、あの部屋でブライスがわれわれを誘導しようとした筋書きです――悪魔の気性を秘めた浮気者の弟なら、女の顔を切り刻むくらい朝飯前でしょうが、そうしなかったのはローズ・クロネツがその前に死んでいたからです。ブライスとしては、ラルフが酒を飲んだり煙草を吸ったりしながら死体のそばで長らく待っていた風に見せかけたつもりでした……それであれだけの煙草に火をつけ、灰皿のふちに並べて燃え尽きるまで放置したのです。不注意にも、ごく普通に煙草をもみ消して灰皿に捨てるのを忘れていましたがね。あの場のすべてが、数ある凶器と同じく偽装でした。吸いがらがそう教えてくれました。しかし、あることだけは忘れずに実行した。入ってから五分もたたずにこっそり部屋を出るさいに、あの動かぬ証拠となるシャンパンのハーフボトルを忘れずに持って出ました。いくらゆすいでもクロロフォルム臭が残ってしまうので、出がけに敷地内に埋めてしまいました。あの男は特筆すべき巧妙さとおぞましさで、二重写しの影絵を作り上げました。意中の娘を殺人犯に、虫の好かない弟を安っぽい無頼漢に仕立てたのです。こうしてふたりの生殺与奪を握る立場になったわけです」

長い沈黙が続いた。バンコランは椅子に背を預け、テーブルを見つめて物思いにふけっている。

「ひとつだけ」と、血の気をなくしたラルフが言い出した。「おれが何度も考えたことがあって。ディック・カーティスには今日話しました。ブライスがほかのことにそこまで満遍なく手間暇かけたんなら、なんでおれにアリバイがないのを確かめなかったんですか？　あいつの狙いからいって、そこは絶対外せなかったツボだろうし、それさえやっておけば、このもくろみは完全に図に当たってたんじゃないかな。それなのに――」

「確かめたのですよ」とバンコラン。

「確かめた？」

「私におっしゃったのが正しければ、日曜の早朝にロンドンから弁護士が来ることになったと、ブライスには土曜の午後に話したでしょう？」

「その通りですよ。このディック・カーティスが来てくれたしょっぱなにその話を出して――」

「するとブライスはもっともらしい顔で、なら土曜の夜は外出を控えろとあなたに約束させましたね。九時までに部屋に戻り、翌朝の面談に備えて頭をはっきりさせておけ。もしも何かでそうできなくなれば、宵のうちに知らせに来いという話でしたか？」

「そうそう！　あの晩に行く約束でした。でも、マグダと食事に出ることになって、そっちは忘れたことにしました。それでもカーティスに話した通り、なるべく早く寝る気ではいたんだけど」ラルフは考えこんだ。「だけどトラー夫人は？　多少とも関与してるんですか？」

「あいにく違います。エルキュール・ルナールが目撃したと言う、マルブル荘からあたふた出て行った背の高い女というのは、地面に寝そべったあの男がミス・トラーを見上げただけでしょうよ——私が塀の上のブライスを月明かりで見て、ずいぶん背があるように錯覚したのと同じでね。ですが、お上品なトラー夫人の体面にかかわることがひとつはありますね。ローズ・クロネツ殺しであなたの逮捕と告発を切望してやまなかった夫人は、事務所からあのピストルを持ち出したかどであなたを告発させるべく、スタンフィールドを説きつけました。あなたに不利な事実関係が崩れそうだと見てとるや、多少なりと煽《あお》らずにはいられませんでした。夫人はブライスのたくらみにかなり感づいていたのではないかという疑いを、私はいつまでも捨て切れないでしょう。（ただし、こうした疑いをつねに抱くたちではありますが）

ブライスに対するわれわれの立場は以上です。ド・ロートレックのアリバイを破ることでブライスのアリバイを破らねばなりません。もしも——私がおおむね確信していた通り——ド・ロートレックが殺人犯の正体をよく知っていたとすれば、（1）ブライスが夜通しこの屋敷の外で張り込んでいたのは嘘である、(2)ローズ・クロネツとマルブル荘で会う約束をしたのはブライスだ、の二点を立証できるはずです。この二つで殺人の決定打とまでいかずとも、ブライスを窮地に追いこめるでしょう。この二つは、あの男が終始一貫して気が狂ったように嘘で糊塗した泣きどころだからです。ですがド・ロートレックにこれを認めさせれば、取りも直さず盗みを自白させることになり、なかなか一筋縄ではいかないかもしれません。目的を果たす唯一の方法は、やつが隠した宝石を持つ現場を押さえることでした。その上で放免を約束してやれば、事実を打ち明けるでしょう。そうするための唯一の方法は」――バンコランはにんまりし始めた――「まっすぐ宝石のありかへ案内させることでした。困ったことにね、やつがどこに隠したのかはさっぱりお手上げでした。盗難自体がまだ発見されておりませんしね。弁護士はあの壁金庫に詰めこまれた模造品の山を見つけましたが、まだ査定にはかけておりませんで――私が査定させました。本物はパリのどこかに隠してありそうでした。それがどこかはド・ロートレック本人に教えてもらうしかありません。

あの男はツイていると思いこんでいました。それで前代未聞の思い切った勝負を張る気になっているのは確実でした。だったら、その機会を与えてやりましょう。友人のモーパッソン伯爵の紹介で、(私は表に出ないようにしました)この屋敷に招かれたのは、パリきっての気っ風が売りの勝負師二人――リチャードソン夫人とムッシュウ・ジュールダンでした。さらに遊び人の若き百万長者と、自己責任で判断しろと因果を含められた別の若者も紹介されてきました。人手を借りたからといって責めないでいただきたい。おいでになった皆さんは事情を知らされず、緑ラシャのテーブルの魅力を手ほどきされただけで、あとはためになることわざの通り『なるようになる』でした。あの二人を相手にド・ロートレックのツキが続くようなら、そのまま勝ち逃げしてもいいくらいです。私見では、そうは問屋がおろすまいとみており、とにかく試すだけの価値はありました。いったんツキが離れれば、持ち前の短気とこらえ性のなさで普段の用心をかなぐり捨てて、ムキになってあの宝石を取りに行くでしょう。この屋敷にあったとは存じませんでしたが、おかげでド・ロートレックが負けだすとあっさり片づきました。あの署名させた書類は、彼が知っているブライス・ダグラスの行動の大筋とひきかえに、彼自身の放免を約束するというだけの内容でした。どちらにせよ告発するつもりがないという、こちらの思惑は当然ながら知るよしもなく――」

「なぜ告発しないんですか？」

「やつを告発したら、ブライス・ダグラスを巻きこまずにはすまないからです。それにさきほど申しあげたように、ブライスはさる事情で放免されます。彼は知りすぎていますからね」

「知りすぎている？」

「あの男の立場をお忘れですね。ヴォワルボの話をお聞き及びですか、一八六〇年代末の滅多切り大量殺人犯ですが？　ヴォワルボは不快な猟奇犯罪者というだけでなく、政府機関のスパイでね。さまざまな微妙な案件に関わっていました。この事件の初めに、国家の秘事が絡むかもしれないとは警告いたしましたよ、ままあることなので。ヴォワルボの場合はなにぶん世を騒がせすぎ、かの大探偵マセがやつの仕業だと突き止めたおかげで、揉み消せなくなりました。

ですが、あの男が牢内で自殺したあとは、別に調べもしなかったようですね。ブライス・ダグラスの立場ははるかに要配慮です。私は探偵の流儀で事実を扱います。でも、この件では、外交官のように曖昧な物言いをするしかありません。むろんブライスはフランスを退去するでしょう。英国で何と言われるか、どんな噂になるかはわかりかねます。もしこの件で面倒を起こそうとしたり、この先、このパリで変なまねをしたりすれば、こちらには常にド・ロートレックの供述書があります。私の望みはそれだけです。ブライスは天国でも地獄でも勝手に行かせましょう。ただ、私見では天国へ行くほどの善人でも、地獄へ行くほどの悪人でもなさそうですが」

「おれの兄貴だからな」ラルフは辛辣だった。「それならそれで。おれはこの件とはもうすっぱり手を切るよ。だけど一件全体はつくづくいい教訓になった。あんたはマグダが犯人だと思っていたのにそのまま逃がすつもりだったでしょ。それにド・ロートレックのやつは重窃盗を働いといて、お咎《とが》めなしだ。あとはブライスが人を殺しておきながら、やっぱり放免かよ。もういっそ、あんたは警察のやり方を本にして、『犯罪は大ごとじゃない』とでも題をつけるべきだよ」

「あなたは大ごとになる寸前までいきましたよ」

ラルフは深呼吸し、余裕を取り戻しにかかった。

「そうですね。申し訳ない。まあとにかく、この事件からおれが得たのはそういうこと。君のほうは」——カーティスを見て——「あの娘を得るわけだ」

「気を悪くしませんか？」

「気を悪くする！」とラルフ。「それは——ないね。あの娘はおれの手に負えないし、手綱を取る気もないよ。あのな、はっきり言っとく。おれは気楽な身になりたい。これまでにおれが好きになった女は一人だけだし、枕元にいた時の話しぶりで君にもバレてたはずだろ」

「つまり——？」

「そうだよ、ローズ・クロネッのことさ」ラルフは腰を上げにかかった。「だからこそ、ブライスが憎くてならないんだよ」

そう言って黙りこみ、少したって肩をすくめた。

「でもさ、ひとつだけ。自覚はあるのかな、今夜の君はクイーンに賭けて、たった一回めくっただけで、れっきとした英ポンドで九千以上もうけたんだぞ？」

「いえ」カーティスは正直に言った。「その自覚はありません。本物のお金じゃないような気がして——すみません、マダム、悪気はないんです！　つまりその、ドーヴァーを越えたとたんに消えうせてしまうような気がして」

ラルフはまたにやりと笑った。この男は今回以上に危ない橋を渡るときもこうして笑っているだろうが、本物の試練の前ではこの笑顔もなんの足しにもなるまい。

「へーえ、これはこれは」と声を上げる。「おれならたとえ命がかかっても、トラント・エ・ル・ヴァまで行く度胸はなかったよ。以後ずっと頭を離れないだろうな、もしも君とド・ロートレックってイカレ野郎ふたりでもう一勝負やったら、結果はどうなってたかなって。君は九千ポンドを、あいつはなんかろくでもないものを賭けてたはずだよな。君なら口笛ひとつでいにしえの賭博師連中を墓から起こして、子供みたいに頭をなでてやれてたよ。だってさ、もしもあの当たり札が出たら、五十万ポンド以上にはなったんだぜ」口笛を鳴らした。「なあ、本当にどうなったかな?」

「あーら、ごらんになったら?」マダムがにぎやかに言って笑った。「カードはそれですよ、ムッシュウ・ド・ロートレックがシャッフルして、めくるばかりになってますわ」と、指さす。「あなたの肘のすぐそばよ。わたくしは見ましたからね」

ラルフはあの小箱から一組のトランプを慎重に出して、おもむろに見にかかった。すぐ笑いだす。カーティスも笑った。バンコランだけは、椅子にくつろいで例の我慢ならないパイプを取り出しながら、一瞬だけ沈んだ顔になった。

解説

真田啓介

ジョン・ディクスン・カーの最初期の四つの長篇では、パリ警察の大立者、予審判事アンリ・バンコランが探偵役をつとめる。まずその四作のあらましを振り返ってみよう。

○『夜歩く』（一九三〇）

バンコランが若い友人ジェフ・マール（事件記録者となる）を従えて乗り込んだパリのナイトクラブでは、サリニー公爵が新妻ルイーズと婚礼の夜を過ごしていた。ルイーズの前夫ローランは危険な精神異常者で、病院を脱走して整形手術で顔を変え、その正体を隠したまま公爵夫妻をつけねらっていた。要請を受けて警察は厳重な護衛体制を敷いたが、それもむなしく公爵はクラブの一室で首を切り落とされた死体となって発見される。だが監視により密室状況にあった現場を出入りできた者がいるはずはなかった。そして、次の晩にはまた新たな犠牲者が……。「夜ともなれば冷酷無残なる鬼畜の本性さらして鉤爪をしたたか血に染める」のは何者か。妖かしの人狼伝説すら想起されるこの凄惨で謎に満ちた事件に人々は震えおののくが、

「私はしてやられたためしなどないし、どんな事件であれ全容解明に二十四時間以上かかったためしもない」とうそぶくバンコランは、悪魔じみた笑いを浮かべながら殺人者を追いつめる。

○『絞首台の謎』（一九三一）

サリニー事件の関係者が書いた芝居の上演初日、ロンドンを訪れたバンコランとジェフは、ブリムストーン・クラブで古なじみの元ヤード副総監サー・ジョン・ランダーヴォーンから奇妙な話を聞かされた。いずことも知れぬ街角で、霧にぼやけて浮き出た巨大な絞首台を目撃した男の話を。一方、クラブに住むエジプト人富豪エル・ムルクは、処刑役人ジャック・ケッチを名乗る謎の人物から殺人予告を受け、その日も精巧な絞首台の模型を送りつけられていた。深夜、劇場帰りのジェフらの傍らを疾駆していったエル・ムルクのリムジンには喉を切られた黒人運転手の死体が見えるばかり。警察署には存在しない街の絞首台でエル・ムルクが吊るされたという通報が……。処刑役人の跳梁はしかしパリから来た魔王にさえぎられることになる。担当警部曰《いわ》く、「ジャック・ケッチに追われるのはごめんです……。ですが、もしも自分が罪を犯したとすれば、アンリ・バンコランよりはあの悪魔野郎に追われるほうがましです」。

○『髑髏城』（一九三一）

ライン川の急流を見下ろす岩山のいただきに聳《そび》える古城は、されこうべを模した建築意匠から髑髏城の異名を持つ。城はかつて戦慄的な舞台で名をはせた魔術師マリーガーの所有に帰していたが、彼は十七年前に旅行中の列車から消え失せ、数日後川から死体で発見されるという事件があった。いま城の対岸には、魔術師の友人だった英国人俳優アリソンが別荘を構えて

「公爵夫人」を自称する妹とともに住む。いわくありげな数名の滞在客を迎えていた夜、アリソンが胸に三発の弾を食らい火だるまになって城の胸壁から転落死する事件が起き、関係者の依頼を受けて休暇中のバンコランとジェフが現地に赴いた。地元からはベルリン警察きっての切れ者フォン・アルンハイム男爵が送り込まれ、相手にとって不足はないと認めるバンコランと真相究明にしのぎを削る。男爵は十七年前の事件との関係を見通し、城で晩餐会を催す中で深讐綿々たる犯罪の顚末を発きたてたが……。

○『蠟人形館の殺人』（一九三二）

その日セーヌ河に浮いた女性の刺殺死体の身元は、元閣僚の令嬢オデットと判明した。彼女は前日オーギュスタン蠟人形館に入った後、行方が知れなくなっていた。深夜同館を訪れたバンコランとジェフは、地下の恐怖回廊へと続く階段の踊り場で新たな犠牲者を発見する。オデットの友人だった名家の娘クローディーヌで、その死体はセーヌに巣くうという半人半獣の怪物サテュロスの像に抱きかかえられていた。館と通路を隔てた隣には、バンコランに恨みを抱く暗黒街の顔役ギャランの経営する秘密社交クラブがあり、二件の殺人との関係が疑われた。その秘密を探るべくジェフは単身乗り込んで大立ち回りを演じるが、クラブの外ではまだ事件が進行していた。……「わが職業人生でも屈指の風変わりな事件」に翻弄され、すんでのところで迷宮入りとなりかけながらも、バンコランは意外な犯人を突き止める。そして悪魔的な裁きで事件の終結を図るが……。

以上四作の特色をなす要素としては、①密室の斬首死体、死人が運転する自動車、古城から落下する火だるま人間、蠟人形の怪物に抱かれた死美人といった派手派手しい事件のプレゼンテーション、②それとないまぜになった怪奇趣味・残虐趣味、③一作ごとに舞台が変わり各国人が入り乱れて物語が進行するコスモポリタンな背景・人物設定、④深酒と絶え間のない喫煙、麻薬、秘密クラブの密会等が醸し出すほのかに背徳的・頽廃的な雰囲気、などが挙げられるが、もう一つ、⑤探偵役の特異なキャラクター、というのも特筆すべきだろう。

バンコランは、メフィストフェレスのごとき人物として造形されている。「黒いくの字眉の下に眼光炯々とし、両頰骨の陰からくっきりした法令線が小さな口ひげをかすめ、山羊ひげに達していた。分けてまとめた髪先はねじれた双角さながら」(『夜歩く』)と描かれる容貌は、さる遠慮のないご婦人が「悪魔面」と呼んだとおりだが、それ以上に、たとえば『絞首台の謎』の衝撃的な幕切れに際してもご機嫌で鼻歌を歌っているような、人間離れした冷酷非情な言動が悪魔じみた性格を印象づけている。『髑髏城』のある登場人物は、彼を評して「イエス様を磔にしておいて、ひたすらその芸術的な釘の打ち方を自慢する、そういうことができるやつ」と述べていた。このようなアンチ・ヒーロー的キャラクターは、黄金時代の本格ミステリの探偵役としては異例である。

バンコランのデビューは、『夜歩く』の三年以上前に遡《さかのぼ》る。当時まだカレッジに在学中だったカーが学内の文芸誌に発表した四つの短篇には、パリ警察の捜査官たるバンコランが登場するが、そこでの彼は、容貌こそメフィストフェレスを思わせるところがあるものの、俊敏な警察官僚で、誠実さや信義を重んじ、慈善家には敬意を表する。昇進が遅れているのは、感情過多の性格のためと噂されている。その有能さは国内外に知れ渡っているが、時には自身が犯人と間違われて逮捕されてしまうようなドジをふむこともあり、冷酷非情な悪魔的人物のイメージとはほど遠い。

それが一変するのは、作者のパリ遊学を経て一九二九年に発表された中篇「グラン・ギニョール」（翔泳社刊同題書に収録）においてである。これは『夜歩く』の原型となる作品で、分量的には三分の一程度のものだが基本的なプロットは共通している。「グラン・ギニョール」とは、かつてパリのモンマルトル地区にあった劇場の名で、そこでは大仕掛な舞台装置を使って残虐な見世物芝居が打たれていた。この恐怖劇に魅せられた作者はその雰囲気をさながら小説化し、併せて作品世界にマッチさせようとしたものであろうか、バンコランを外見だけでなく中身も悪魔的に作り変えて登場させた。「わたしは、これはと思う人間にピンを刺してみて、反応を見るのが大好きなんだ」と語るような、サディスティックで冷笑的な人物として。『夜歩く』以下の四長篇は、この「グラン・ギニョール」の戦慄的・煽情的な雰囲気とバンコランの悪魔的キャラクターに支配されている。

しかし、この作風は『蠟人形館の殺人』をもって打ち止めとなる。次作『毒のたわむれ』ではジェフ・マールが引き続き語り手をつとめるが、バンコランはその名が言及されるだけである。翌年『魔女の隠れ家』（一九三三）でギディオン・フェル博士を、次いでカーター・ディクスン名義の『黒死荘の殺人』（一九三四）でヘンリ・メリヴェール卿を登場させたカーは、以後この二人を看板探偵にミステリ作家としての本領を発揮し、矢継ぎ早に作品を発表していく。そんな中、『火刑法廷』や『曲がった蝶番』、『ユダの窓』といった傑作と前後してバンコラン物の新作として書かれたのが、本書『四つの凶器』（一九三七）である。

実は本書の前にも一度、バンコランの復活が試みられたことがあった。ダグラス・G・グリーンの評伝『ジョン・ディクスン・カー〈奇蹟を解く男〉』（国書刊行会）によれば、一九三五年初め、カーは有名な舞台奇術のトリックを応用した密室ミステリ『吸血鬼の塔』を構想し、これにバンコランの起用を図ったのだが、五章書いたところで中絶した。「このいまいましい探偵ではどうすることもできない！　実在感がなく、生命のない、マネキンでは」という理由で。見世物芝居を抜け出てきたようなキャラクターには、ノヴェルとしてのミステリの世界に居場所を見つけられなかったのでもあろう。このとき考案されたプロットとトリックはフェル博士物として書き直され、代表作の一つ『三つの棺』となった。

二年後、バンコラン復活の再度の試みが『四つの凶器』として結実したわけだが、本書における彼の人物像は、『蠟人形館の殺人』までのそれとは様変わりしている。すでに公職を退き、かつての隙のない着こなしのダンディは、今や無精ひげをはやし身なりに構わず、かかしを思わせるような風貌。酷薄非情な性格は影をひそめ、初登場の短篇時代に回帰したかのように、穏やかで愛想よく、滋味ある人物として再登場するのだ（それでもただの好々爺でないことはすぐに明らかになるのだが）。出版社あての手紙で作者自身語ったように、「バンコランは、もうただの怪物ではない。真の人格を備えた、本物の人間だ」（グリーン前掲書）。

思うに、バンコランの変貌は、カーの作品世界の基調がポオ的なものからチェスタトン的なものへとシフトしたことに対応している。『夜歩く』の作中でポオが論じられ、『蠟人形館の殺人』には「赤死病の仮面」が引用されることなどに端的に表れているように、最初期のカー作品は陰鬱なポオの影に覆われていた。一方で作者はチェスタトンからも深い影響を受けていたが、それがフェル博士の創造（チェスタトンがモデルと言われる）を契機として一気に顕在化してくるのである。ここで詳論する余裕はないが、カーがこの巨人文学者から被った影響は基本的な作風からプロット、トリック、人物造形など様々な局面に及んでおり、一九三〇年代半ば以降の諸作にはそれが殊《こと》に顕著である。

本書も、ブラウン神父物の一篇「三つの凶器」から〈多すぎる凶器の謎〉という基本的なアイディアを借りている（さらに「三つの凶器」はまたポオの「モルグ街の殺人」に発想の源がある）。『The Four False Weapons』という原題の言葉の響きには、チェスタトンの短篇集『Four Faultless Felons（四人の申し分なき重罪人）』のエコーが聴き取れる。

バンコランは本書で復活を果たしたものの、後続の作はなく、これが最後の登場となった。だが、作品の探偵小説的密度はシリーズ随一といってよく、偶然の多用にやや難はあるが、練り上げられたプロットの妙味は黄金時代の水準を超えている。読者におかれてはどうぞ物語の曲折を楽しみつつ、ここへ来て真の人格を備えるに至ったバンコランの活躍ぶりをしかと見届けていただきたい。彼こそは、若き日のカーが試行錯誤を繰り返しながら創造の情熱を傾けた初めてのヒーローだったのだから。

編集　藤原編集室

検印
廃止

訳者紹介　英米文学翻訳家。慶應義塾大学文学部中退。訳書にカー「夜歩く」「絞首台の謎」「髑髏城」「蠟人形館の殺人」、ヒューリック〈狄《ディー》判事〉シリーズ、サキ「クローヴィス物語」「四角い卵」など多数。

四つの凶器

2019年12月20日　初版

著者　ジョン・ディクスン・カー
訳者　和《わ》爾《に》桃《もも》子《こ》
発行所　（株）東京創元社
代表者　渋谷健太郎
162-0814/東京都新宿区新小川町1-5
電話　03・3268・8231-営業部
03・3268・8204-編集部
URL　http://www.tsogen.co.jp
工友会印刷・本間製本

ISBN978-4-488-11847-1　C0197

H・M卿、洋上の不可能犯罪に挑む

NINE-AND DEATH MAKES TEN◆Carter Dickson

九人と死で十人だ

カーター・ディクスン
駒月雅子 訳 創元推理文庫

◆

第二次大戦初期、エドワーディック号は英国の某港へ
軍需品を輸送すべくニューヨークの埠頭に碇泊していた。
敵の標的になりかねないこの船に、乗客が九人。
危険を顧みず最速で英国入りしたいとは、
揃いも揃ってわけありの人物かもしれない。
航海二日目の晩、妖艶な美女が船室で喉を掻き切られた。
右肩に血染めの指紋、容疑者は船内の人間に限られ、
逃げることはできないと誰もが思った。
ところが、全員の指紋を採って調べると該当者なし。
信じがたい展開に頭を抱えた船長は、
ヘンリ・メリヴェール卿に事態収拾を依頼する。
そこへ轟く一発の銃声、続いて大きな水音。
H・M卿は洋上の不可能犯罪を如何に解く？